主编 行达

教材作家作品范本
青春语文课

寻找丢失的时间

Seek the time being lost

新蕾出版社

图书在版编目(CIP)数据

青春语文课：寻找丢失的时间 / 方达主编. —天津:新蕾出版社，2010.6

(教材作家作品范本)

ISBN 978-7-5307-4821-3

Ⅰ.①青… Ⅱ.①方… Ⅲ.①语文课—中小学—教学参考资料 Ⅳ.①G634.303

中国版本图书馆 CIP 数据核字(2010)第 101421 号

青春语文课：寻找丢失的时间

主　　编：方　达　　责任编辑：陈晓梅

特约监制：李耀辉　杨雅茹　　特约编辑：叶夕夕

封面设计：方寅祺　　内文设计：熊　琼

出版发行：新蕾出版社

E-mail:newbuds@public.tpt.tj.cn

http://www.newbuds.cn

地　　址：天津市和平区西康路 35 号(300051)

出 版 人：纪秀荣

电　　话：(022)23332422

传　　真：(022)23332422

经　　销：全国新华书店

印　　刷：三河市骏杰印刷厂

开　　本：710 毫米×1000 毫米　1/16

字　　数：320 千字

印　　张：18.5

版　　次：2010 年 7 月第 1 版第 1 次印刷

定　　价：26.80 元

目录

contents

乔　叶

河南省修武县人。中国作协会员。在《人民文学》、《十月》、《上海文学》等刊物发表长中短篇小说五十余万字。出版散文集《坐在我的左边》、《我们的翅膀店》、《喜欢和爱之间》、《自己的观音》、《薄冰之舞》、《爱情底片》等数部，《读者》杂志签约作家。

作品《母亲的纯净水》选入北师大版六年级语文上册教学。

乔叶作品　另一种珍爱

刘亮程

1962后出生在新疆古尔班通古特沙漠边缘沙湾县的一个小村庄里，长大后种过地、放过羊、当过十几年乡农机管理员，劳动之余写点文字，大多写自己生活多年的一个村子。作者在不慌不忙中叙述着一种人类久违的自然生存。

出版有散文集《一个人的村庄》和《风中的院门》、图文集《库车行》等书。

曾获“第二届冯牧文学奖”文学新人奖。被誉为“20世纪中国最后一位散文家”和“乡村哲学家”。

作品《寒风吹彻》、《今生今世的证据》、《我改变的事物》和《走向虫子》）入选苏教版高中语文课本。

刘亮程作品　空气中多了一个人的呼吸

鲍尔吉·原野

蒙古族，祖籍内蒙古自治区哲里木盟宾图旗，1958年7月生于呼和浩特，野性而有童心。著有随感录《脱口而出》，散文集《百变人生》、《酒到唇边》、《善良是一棵矮树》、《思想起》、《世相铁板烧》、《浪漫是情场的官僚主义》等文集。

十年来，他成为国内读者最多的散文作家之一。多次获得国内大奖，2003年《人物》杂志封面人物。《读者》杂志签约作家。

作品《雪地贺卡》、《静默草原》被选入北师大版初中语文教材。

《草》、《月光手帕》入选上海全日制初中课本，并有多篇作品被作为高校考题。

鲍尔吉·原野作品 愤怒的葡萄

王宗仁

散文家。1939生，陕西扶风人。中国作家协会会员、中国散文学会秘书长。

1957年中学毕业后参加中国人民解放军。《读者》杂志签约作家。

作品《藏羚羊跪拜》选入沪教版初中语文教材六年级上册。

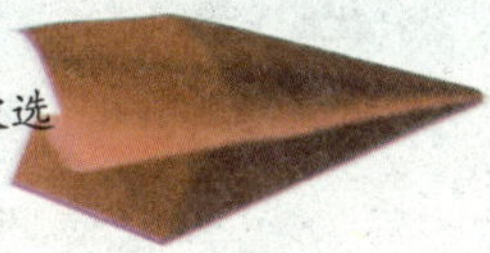

王宗仁作品 一把藏刀

谢宗玉

生于七十年代初。现居长沙。中国作协会员。

作品常见于《收获》、《人民文学》、《当代》、《天涯》、《大家》《、小说月报》、《小说选刊》等刊物。出版过四部书，编写过21集电视连续剧《阳光的哥》，有四十多篇作品选入各种版本的中国年度优秀作品选，并有十多篇散文选入中学课本或读本。

作品《西墙》被收入（沪教版）初中语文教材六年级下册。

谢宗玉作品 耻辱之心

蒋光宇

哲理散文作家，同时也是一位以“为人民服务”为己任的政府机关领导干部，一名朴实忠诚的共产党员。

出版有《一沙一世界》、《一滴一海洋》、《一事一机缘》、《一人一菩萨》、《灵犀顿悟》、《心态禅机》、《把木梳卖给和尚》、《厄运打不垮信念》和《品格高于战绩》。《读者》杂志签约作家。多篇作品被选入大中小学的课外读本。

作品《厄运打不垮的信念》被选入义务教育课程标准实验教科书《语文》五年级（上册，江苏教育出版社）。

蒋光宇作品 不拿别人的错误惩罚自己

余继聪

生于云南楚雄，毕业于云南师范大学中文系，云南省作家协会会员。已在《青年文摘》、《散文选刊》、《读者》、《语文报》等发表作品数百万字，并有作品入选《青年文摘读者评选精华本》，《2006年中国散文随笔精选（专家年选）》等三十多个年度散文选本。《炊烟的味道》、《收藏阳光》被选入国内省市中学语文试题和作为考试阅读教材。

余继聪作品 怀念斗笠

李雪峰

河南省西峡县人，省作家协会会员，中国散文学会会员。已出版作品集《成长花园》、《钻石宝地》、《心灵解锁》等多部，作品先后被选入《2002中国年度散文选》、《2005年中国最佳散文选》等选集。《读者》杂志签约作家。作品《人生的泥宁》、《把根修一修》被选入新加坡中学华文课本《中学华文》；作品《母亲的贺卡》、《浮生若茶》等多篇作品被选入中学语文教材和作为中考作文试题。

作品《生命的林子》、《尊严是一笔财富》入选（人教版）全国小学《语文》课本第十一册。

李雪峰作品 生命的灯

江飞作品 梦见母亲骑着鱼

江　飞

安徽桐城人，高校教师。安徽省作家协会会员，中国散文学会会员。先后在《散文》、《中华散文》、《海燕·都市美文》等报刊杂志发表散文、小说、诗歌、评论等二十余万字，《读者》、《青年文摘》、《中学生阅读》等多有转载，有作品入选《散文中国，2007》、《<中学生阅读>高中版2006年度佳作》、《2001中国年度最佳散文诗》等。作品《飘在空中的鱼》等文被作为江西、南京等地高考模拟试卷现代文阅读试题。

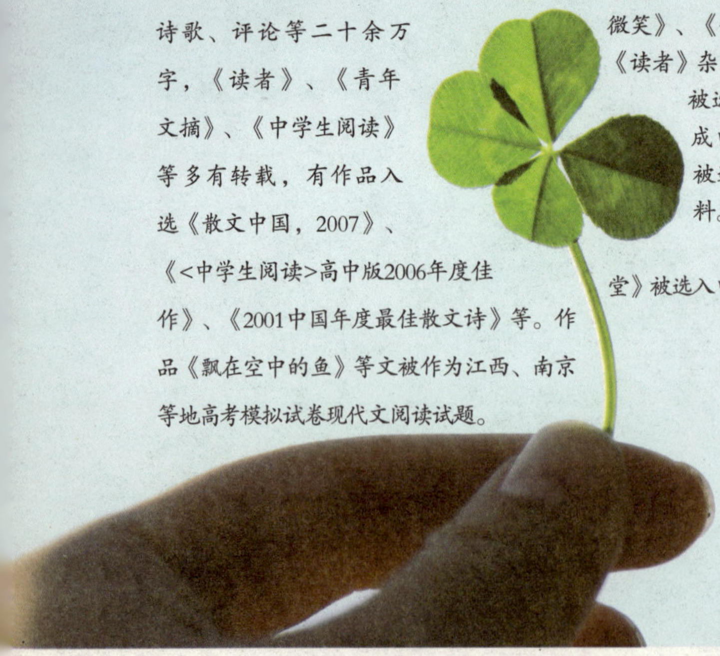

张丽钧

六十年代出生河北。中国作家协会会员，现为唐山市某中学校长，河北省语文特级教师。迄今发表各类文章100余万字，作品多被文摘类杂志转载。已出版散文集《畏惧美丽》、《依偎那座雪峰》、《看见阳光就微笑》、《你不能施舍给我翅膀》等数部。《读者》杂志签约作家。作品《捐赠天堂》被选入冀教版五年级语文下册，拍成电视散文；散文《分享生命》被选作2002年全国高考作文背景材料。

作品《畏惧美丽》、《捐赠天堂》被选入中小学语文教材。

张丽钧作品 打动我的心

卫宣利

河南孟津人，河南省作协会员。作品见于《读者》、《小说选刊》、《青年文摘》《意林》等数百家期刊报纸。《读者》杂志作家。

作品《番茄太阳》被选入国标本苏教版小学语文四年级下册，并被改成电视散文。

卫宣利作品 温暖的玉米

内心安宁

原名仲利民，职业写作，作品发表于国内外期刊、报纸副刊，《读者》、《青年文摘》《青年博览》、《杂文选刊》、《中华文摘》、《人民文摘》、《特别关注》等文摘刊物多有转载。作品《让孩子自己走》被收入辽宁师范大学出版社出版的《小学语文补充教材新阅读(四年级.下)，有多篇文章入选中小学教材及课外必读教材。

内心安宁作品 父亲的口袋

马国福

笔名青海马，青海省乐都县人。现居江苏。江苏省作协会员，出版有散文随笔文集《赢自己一把》、《成功彼岸的灯火》、《给心灵取暖》等。《读者》杂志签约作家。有作品被CCTV-10子午书简栏目配音播出，并有多篇文章被作为国内重点城市中考、高考作文训练题。

马国福作品 生命的内伤

包利民

1974年生，黑龙江呼兰人。现居伊春。黑龙江省作家协会会员。《读者》杂志签约作家。出版有哲理散文集《当空瓶子有了梦想》等，多篇文章被选作全国高考或中考试卷作文材料或阅读材料。

作品《最美的声音》等文入选苏教版小学语文教材《亲近母语》第十册（五年级）

包利民作品 莫斯科郊外的蜡烛

洪 烛

原名王军，1967年生于南京，1985年保送武汉大学，现工作于北京某出版社。出版有《南方音乐》、《你是一张旧照片》、《我的灵魂穿着草鞋》、《眉批天空》、《抚摸古典的中国》、《多少风物烟雨中》、《颐和园：宫廷画里的山水》等数十

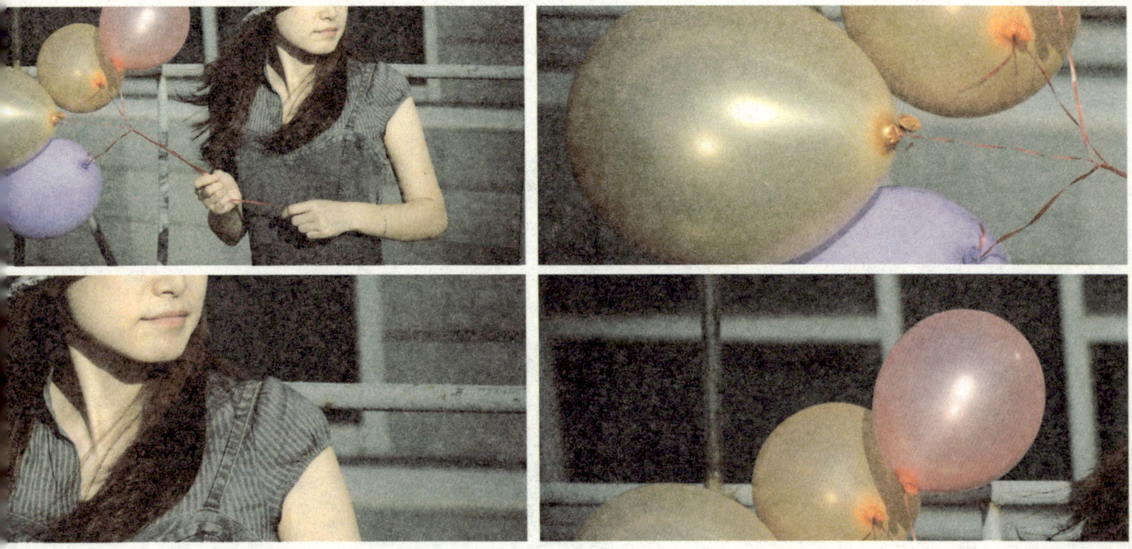

种，并被译为日文版、韩文版、英文版。作品《北京话》被收入科教版小学语文五年级教材（下册）。

洪烛作品 母校的女孩

记忆里，

总有一些东西挥之不去。

他们，

悄无声息的停留在你的心底深处，

生了根、发了芽……

直到有一天，忽然想念，

才发现，

原来，

一直想忘记的那些，

却一直念念不忘……

点亮属于自己的那一盏生命之灯，
既照亮了别人，
更照亮了你自己，
只有先照亮别人，
才能够照亮我们自己。
为别人点燃我们自己的灯吧，
这样，在生活的夜色里，
我们才能寻找到自己的平安和灿烂……

一次真诚的赞美，能使人终生不忘；

一句鼓励的赞美，能使人勇往直前；

就连一声诚挚的致谢，也能使人如沐春风……

不要吝惜赞美，一定把赞美坚持下去。

要相信，

真诚的赞美之花一定会结出丰硕的和谐之果。

乔叶作品

另一种珍爱

透骨草

文/乔叶

1

好像是自打有女孩子以来，在这乡村里，染指甲就成了她们的必修课。课上了一代又一代，染法倒没什么大变。先把开饱的花儿摘了，在太阳下晒晒，去去水，然后放到碗里，加上点儿白矾，用蒜锤子捣碎了，一直碎成花泥，这就成了染料。至于包指甲的叶子，都说还是用指甲花的叶子最好，原叶配原花，染出的指甲最是漂亮，可是用它来包的人却少之又少。因用它包需要两样铁板钉钉的功夫：一是包的功夫。它的叶子只比柳叶大一圈，用来包指甲显得过于窄怯，容易让花泥跑出来，滴滴答答地蔓延一手。二是睡觉的功夫。即使好不容易用这叶子包好了指甲，睡觉时要是不老实，胡抓乱挠的，半夜里也很容易脱落，末了还是祖国江山一片红。因此，若是这两样功夫都平常的女孩子，是绝不敢用这叶子包的。通常用的都是豆角叶。豆角叶是圆圆的桃子型，叶面阔大厚实，韧性好，包起来最是趁手合适。包的时候，只需将花泥在指甲上按瓷实，然后将两张豆角叶交错叠放在指肚下面，自下而上，将指甲轻轻包裹起来，再将指尖外多出的那点儿豆叶尖儿朝里折下，最后用白棉线不松不紧地缠好，就算停当了。第二天早上，解开白棉线，摘下绿叶套，那鲜红的指甲出现在指端的一瞬间，如同一个小小的绚丽的魔术。

又一年夏天来临。村子里大大小小的女人们都开始染指甲了。她只有看的份儿。她东家钻，西家跑，北街逛，南街瞧，去的最多的，是错对门的五娘家。她和五娘的女儿小芳一般大，从不会说话的时候就认识，上了学又是同桌，老交情了。

吃过晚饭，写过作业，她就跑到了小芳家，来看五娘染指甲。五娘这时候也已经刷完锅，洗过碗，将灶台收拾干净，也给小芳、自己和婆婆都冲了凉，抹了澡。手边再没有什么杂务，给婆婆和女儿染指甲就成了五娘睡前最后一件事。五娘一边染着，她一边问，口里的话川流不息：

"五娘，为什么不用布包？布不是更软和？"

"布吸花汁儿，不中用的。"

"五娘，这线是不是太松了？"

"太紧了不中用。血不顺畅，明儿指头就肿起来了。"

"五娘，半夜里想挠痒痒了怎么办？"

"那就痒呗。"

"那花泥要是跑了呢？指甲不就染不红了？"

"那就明个儿接着染呗。"

"五娘，怎么不染食指？"

"染食指嫁得远。"

"谁说的？"

"老辈人说的。"

"怎么不染中指？"

"染中指找不到好人家。"

"也是老辈人说的？"

"嗯。"

"为什么脚趾头就不论这个？"

"哪有那么多为什么。"五娘笑了，"真是话怕挖根，事怕掘蔓。不过是人们嘴里闲了，拿花说个玩意儿话解闷，哪能这么当真啊。都这么当真起来，可还了得呢。"

2

她家的女人不许染指甲。从她记事时候起就是这规矩。奶奶，妈妈，婶娘，伯母，堂姐，堂妹……统统都是一双素手。

“为什么？”她曾经问妈妈。

“你奶奶不让。”

“奶奶为什么不让？”

“你问她去。”

她眨巴眨巴眼睛，看看天。她不敢去问奶奶。

奶奶瘦弱，白净。头发在脑后梳成了一个光光的圆髻，用一个黑色的网罩网住，周周正正。夏天穿着的确良斜襟衫，春秋天穿着斜纹布夹衣，冬天是盘扣对襟棉袄。每天早上都要漱口，吃茶。茶渣子倒在屋角的大缸里，说是存放到一定时日，就成了性寒的药，可以治烫伤。有一次，她的手背被开水烫了个大泡，抹上去，泡果然立刻就小了。连五娘都说，奶奶话虽然不多，却是个很有见识的女人呢。

奶奶的见识自然是有些缘由的。奶奶的娘家村离这村两里地，听那里的听老辈人说，奶奶的母亲是那村里最早的党员，奶奶自小跟着母亲多听多见，也革命得早。小小年纪就加入了儿童团，送过鸡毛信，进过抗日剧社，还曾经和母亲一起住过日本宪兵队的大牢，受了不少折磨。后来母亲死在了牢里，奶奶九死一生逃了一命。解放后，她成了村里第一任妇女主任，当了几十年的村干部。

风风雨雨了这么多年，奶奶是个了不起的奶奶，她知道。可她就是不明白：为什么她就不染指甲呢？不仅自己不染，还不让她们染？

不过，让她稍感安慰的是，虽不许染，种却还是让种的。春天的时候，她溜着院墙边儿撒了一些种，不几天就出了两牙儿嫩嫩的翠苗儿，出了苗儿就一天一个样儿，像女孩子的身子一般，葱葱茏茏、苗苗条条的，就长起来了。初夏，开花了。白的，粉的，黄的，紫的，大红的……这些花儿扬着笑脸，绰绰约约地晃着身子，妖妖娆娆地舞着胳膊，真是好看。然而她越看越不甘心。指甲花，指甲花，这花不开到自己的指甲上，不就白认了她一场么？

无论如何，她决定要让自己的指甲上也开一次花。一次，一次就行。

3

那天，她跟妈妈打了个招呼，说去五娘家和小芳一起做作业，晚上就在那里睡，不回来了。一进五娘家的院子，她就看见东厢房的窗台子上放着一个小小的白瓷碗，碗上盖着一叠鲜碧鲜碧的豆角叶，她知道：这一年的头茬指甲花又开了。她正赶上今年的头染。——都说头茬的花染出来的指甲颜色最纯正，像母亲怀的头胎孩子最聪明漂亮。她掀开豆角叶看了一眼,可真不少,小半碗呢。

“染不染?”五娘知道她家的规矩,故意逗她。

“染。”她绷了绷嘴角。

“不怕挨骂?”

“骂又骂不死人。”她横了心。

知道是她第一次包指甲,五娘就包得用心。她仔仔细细,精精腻腻。先是把花泥敷在指甲上,一点儿也不多,一点儿也不少。那感觉,润润的,凉凉的,真好。然后是豆角叶,像一个小小的绿色怀抱,稳稳妥妥地把指甲包住。再然后是细细的白棉线,一道道一圈圈,像绿裙子系上了白腰带。脚上十个,手上六个,一共一十六。她看看自己的脚,再看看自己的手,这样子是有些奇怪的,然而也是好看的——还没有等到明天早上,光想就能想出这份儿好看来了。

晚上,她和小芳、五娘一起睡在了平房顶。她几乎没有睡着。不是怕掉下来,而是因为红指甲。她生怕豆角叶子会脱落,染出一身红。

乡村的夜晚真静啊。天空是深蓝色的大布衫,上面的小星斗是黄灿灿的玉米粒,蛐蛐儿啾啾地唱着,青蛙也呱呱地配着乐。东院的猪在打鼾,西院的老母鸡不时发出一声声轻微的声响。这间平房下面垛着干草,冬天的时候,村里的人都要在床上铺一层厚厚的干草。这些干草洗三遍,晒三遍,躺在上面,身子一动,就会有一股清香汩汩地管涌出来……在她无边的漫想中,露水悄悄地下来了,是一种无声无息的滋润,在这滋润里躺着,感觉自己一点一点地变成了一株庄稼……她还是不知不觉地睡着了。早上一激灵醒来,她连忙看看自己的手脚,还好,豆角叶都好好地在上面呢。

几个人都把手指凑到一起,比了起来,五娘的掉了两个,小芳的掉了四个。小芳奶奶和她的一个都没掉。五娘拿起她的手仔细打量,连连赞叹:“好看。是好看。我猜她的指甲染出来就会好看。不是我说,娘,”她把脸转向婆婆,“咱们上年纪的人,就是包得再服帖也不中。人老了,指甲也老了,不上色了。再涂胭脂再抹粉也是枉然啊。”——枉然。有时候,五娘就会用这些文绉绉的词。她不由得笑起来。她也入迷地看着自己的指甲。红得不是很深,却是那么纯正,那么润亮,既照人的眼,又养人的眼。这红指甲红得多么俊!像课文说得那样:红得像宝石——不,她没见过宝石,那就像刚洗过的红樱桃吧,或者是秋天成熟的枸杞子。

4

第二天是星期天，不用上学。她磨磨蹭蹭的，半上午才回到家。奶奶正在大门口坐着，一眼就看到了她的红指甲，转身进了屋。顷刻，妈出来了。

“刮掉。”妈二话没说，就给她递来一把小刀。

小刀子放在指甲盖上，她舍不得往下刮。红指甲的光映到刀刃上，闪出一片惨惨的血痕，看着就心惊。她的眼眶发胀，泪已经开始打旋了，手却突然被一双大手捉住：妈来了。她把她的手按到自己手里，开始给她刮。小刀片很薄，被妈使在手里却是那样的重。

嗤！嗤！她的左手大拇指指甲上，落下了两道白印儿。

“妈！疼！”她叫着。其实不怎么疼。最让她疼的，还是这刚刚染上的红指甲。

“妈，让我自己刮吧。”她说，“我求求你。”

妈的手停住了。“好好刮。刮干净。”她声音不高，却神情凛然。

又迟疑了一会儿，她手里的刀片终于朝自己的指甲刮去。

自那之后，她再也没有染过指甲。

5

她上高二那年，奶奶病了。说是食道癌晚期。到医院看了，受了一番罪，花了一番钱，最后还是让把人抬回了家。她的功课很紧张，不过每个星期还能有一天回去的日子。每次回去她都给奶奶值夜。她整夜不睡，坐在奶奶床前。

奶奶病了，她想起奶奶好时的样子来。奶奶不会走路了，她想起奶奶走路时的样子来。奶奶醒了，她想起奶奶睡觉时的样子来。奶奶睡了，她想起她醒时的样子来。

奶奶越来越衰弱了，但是看着很平静。精神好的时候，她还能和她聊几句。

“想考个啥大学？”

“医科大学。”

“中。给人治病，好。”

“奶奶，你可得活着，等我学成了，把病给你治好。”

“那可不中，赶不上了。”

她噙住眼里的泪，把视线转向电视，不自觉地换着频道。有个台放的是《红岩》，正播着江姐受刑的场面，竹签正在往江姐的手上钉，一根，一根……

"奶奶，快看，江姐。"她说，"女革命家。你小时候是不是特别崇拜她？"

"关掉。"奶奶闭上眼睛，突然急促地说，"关掉，关掉。"

她关掉了电视才发觉自己手心里全都是汗。

好久，奶奶的呼吸才平静下来。

"妞妞，我死了之后，你们都可以染指甲了。"奶奶轻轻地说，"这些年，委屈你们了。"

她的眼泪刷地落下来。不是因为委屈。可她也说不准是为了什么。

"我是真的不能看染指甲。"奶奶又说。

"为什么？"知道这个问题是个禁区，她还是忍不住问了出来。

奶奶笑了笑。

"本来想把这事带到棺材里的，可是又怕你们以为奶奶是个老古怪，在地底下还怨我……女孩子，谁不喜欢染指甲呢？"她望着房顶，似乎要望到极远极远的远处，"八岁那年，我和娘一起住了宪兵队的大牢。娘去受刑，手上钉的也是竹签，指甲全掉了，全是黑红黑红的血……"奶奶抿了抿嘴唇，"从那以后，我就不能染指甲了，也不能看染指甲了。我娘那才……那才真是指甲开花啊。"

她怔住了。

两年后，她考上了一所著名的中医学院，一次在和同学们闲谈的时候，有人说起了指甲花的中医用途，女孩子们顿时热烈起来，纷纷说起在家乡的时候如何用指甲花染指甲。她这才知道指甲花原来有很多别名：豫晋一带叫指甲草、染指甲花、凤仙花，闽东一带叫灯盏花、急性子、洒金花，潮汕一带叫小桃红、金凤花……

"我们那里还有一个名字，"一个女同学说，"叫透骨草。"

"你说什么？"她惊住了。

"透，骨，草。"

她的泪水顿时盈满了眼眶。

有那样一个下午

文/乔叶

不知为什么,这些天来,我常常想起那样一个下午。

那是一个夏日的午后,母亲要去给玉米喷农药,喊我去,我不情愿地说:“我又不会喷药,让我去干什么?再说我还要看书呢!”

“不是让你喷药,因为喷壶太沉,我背不上肩,让你去帮我往肩上送送喷壶。”母亲小心地说,“你可以带书去,坐在井边的树阴下看书。”

我满脸的不高兴,又实在找不处搪塞的理由,只好去了。

没有一丝风,天热得正很,玉米长得还不及膝,一脚便可踩折一棵,所以走在田间需要格外小心。我帮母亲背上壶喷之后,便坐在树阴下,毫无意识地看着她缓缓地在玉米地的空隙间移动。

喷药是玉米生长期间必需的一道工序,就是用定量的药兑上定量的水装在水壶里,然后左手作压杆,右手挥动喷壶,均匀而细致地为每一棵玉米镀上一层“保护衣”。喷壶灌满至少要有三四十斤重,每次回来,母亲的背都是湿透的,不知是汗水还是药水。

“下次不要装那么多了!”我说。

“傻丫头,好不容易来回跑一趟,太少了不值得。”母亲说。

“我也试试吧。”我的语气明显缺乏诚意——我实在畏惧喷壶这种充满了怪味的重物,可我已经18岁了,目睹母亲的劳累而无动而衷,我又感到愧疚。

“不用了。你不会。再说我已经沾了手，就别染上你了。”母亲说，“你看你的书吧。”

我在心底暗暗地长吁了一口气，居然觉得如释重负。

最后一壶药喷完的时候，已经夕阳西下了。

“怎么样？热不热？”母亲边洗手边问我。

“还好，就是井边的蚊子太多。”我很随意地说。

“咬出疙瘩了吗？回家赶紧用清凉油擦擦。”母亲说。

我们这样有一句没一句地聊着闲话回到家里。回家后的情形我已经记得不大清楚了，只知道母亲吃完饭后就躺在竹椅上，一睡一整夜，而我“搂”着电视机看到“再见”。

一晃多年过去了，母亲因患脑溢血去世也已多年。冥冥之中，我一直清晰地记得我们母女生活中最平凡最微不足道的小事。

其实，这不是一件小事。

大千世界，父母对儿女的溺爱有各种各样的方式：富贵人家让儿女一掷千金，小康门户让儿女精吃细咽，而我的母亲，一个拙辞讷言的农妇，一位年过半百的人母，对我最常见的溺爱就是那个盛夏午后田边井旁的清凉绿阴。

18 岁的我，身体懒惰，心灵肤浅，矫情地谦让之后便是坦然的享受，更使她感到安慰。

天底下还有哪一种爱，和母亲的爱是一样的呢？

“世上只有妈妈好，有妈的孩子像块宝，投进妈妈的怀抱，幸福享不了……”一向喜欢咬文嚼字的我，曾经在多种场合对这首歌里“享不了”三个字的用法提出质疑，认为用得实在不规范，意思也实在表达得不到位。

“怎么不到位？享不了就是享受不完的意思嘛！”一次，一位朋友反驳我道。

我蓦然怔住了，为自己的迂和愚感到无地自容。如此明白的话，我居然一直愚钝不解，就像那个下午，我坐在树下读一本早已忘记了名字的闲书，而母亲，却背着沉重的喷壶，一步一步缓缓地行走在玉米的缝隙中，竟然问我“热不热！”

我的眼泪涌了出来。我明白：对我的爱，母亲永远是一条奔腾不息的大河；对母亲的爱，我则是一条喧嚣浮躁的小溪，永远永远只能是她的支流。

你查字典了吗？

文/乔叶

我曾辗转听说过这样一个故事：

一个男孩深恋一个女孩子多年，但他一直不敢向女孩直言求爱。女孩对他也颇有情意，却也是始终难开玉口，两人试探着，退缩着，亲近着，疏远着；不要嘲笑他们的怯懦，也许初恋的人都是如此害怕拒绝和畏惧失败吧。

一天晚上，男孩精心制作了一张卡片，在上面抒写了多年来藏在心里的话，但他思前想后，就是不敢把卡片亲手交给女孩。他握着它，愁闷至极，到饭店里喝了点酒，竟然微微壮起了胆子，去找女孩。

女孩一开门，便闻见扑鼻的酒气。看男孩虽然不像喝醉了的样子，但是微醺着脸，心中便有一丝微微的不快。

“怎么这时候才来？有事吗？”

“来看看你。”

“我有什么好看的！”女孩没好气地把他领进屋。

男孩的卡片在口袋里揣摸了许久，硬硬的卡片竟然有些温热和湿润了，可他还是不敢拿出来。面对女孩粉面含嗔的脸，他的心充溢着春水般的柔波，那柔波在明媚的阳光下，一漾一漾的，一颤一颤的。

他们漫长地沉默着。也许是因为情绪的缘故，女孩的话极少。

桌上的钟指向了夜十一时。

“我累了。”女孩娇懒地伸伸腰，慢条斯理地整理着案上的书本，不经意的神态中流露出辞客的意思。

男孩突然灵机一动，他百无聊赖地翻着一本大字典，又百无聊赖地把字典合上，放到了一边。过了一会儿，他在纸上写下了一个“罂”字问女孩：“哎，你说这个字念什么？”

“yīng”。女孩奇怪地看着他，“怎么了？”

“是读‘yáo’吧。”他说。

“是‘yīng’。”

“我记得就是‘yáo’。我自打认识这个字起就这么读它。”

“你一定错了。”女孩冷淡地说。他真是醉了。她想。

男孩有点儿无所适从。过了片刻，他涨红着脸说：“我想一定是念‘yáo’。不信，我们可以查查字典。”

他的话语竟然有些结巴了。

“没必要，明天再说吧。你现在可以回去休息了。”女孩站起来。

男孩坐着没动。他怔怔地看着女孩。

“查查字典吧。”他轻声地说。口气中含着一丝恳求的味道。

女孩心中一动。但转念一想：他真是醉得不浅呢。于是，她柔声哄劝道：“是念yáo，不用查字典，你是对的。回去休息好吗？”

“不，我不对我不对！”男孩着急得几乎要流下泪来，“我求你，查查字典，好吗？”

看着他胡闹的样子，女孩想：他真是醉得不可收拾。她绷起了小脸：“你再不走我就生气了，今后再也不会理你！”

“好，我走，我走。”男孩急忙地站起来，向门外缓缓走去，“我走后，你查查字典好吗？”

“好的。”女孩答应道。她简直想笑出声来。

男孩走出门。女孩关灯睡了。

然而女孩还没有睡着，就听见有人在敲她的窗户。轻轻地，有节奏地叩击着。“谁？”女孩坐起身。

“你查字典了吗？”窗外是男孩的声音。

“神经病！”女孩喃喃骂道。而后她沉默着。

“你查字典了吗？”男孩又问。

“你走吧，你怎么这么顽固和啰唆！”

“你查字典了吗？”男孩依旧不停地问。

“我查了！”女孩高声说，“你当然错了，你从始到终都是错的！”

“你没骗我吗？”

“没有。鬼才骗你呢。”

男孩很久很久没有说话。

“保重。”这是女孩听见男孩说的最后一句话。

当男孩的脚步声渐渐消失之后，女孩仍旧偎被坐着。她睡不着。“你查字典了吗？”他忽然想起男孩这句话，便打开灯，翻开字典。

在“罂”字的那一页，睡卧着那张可爱的卡片。上面是再熟悉不过的字体：“我愿意用整个生命去爱你，你允许吗？”

她全明白了。

“第二天我就去找他。”她想。

那一夜，她辗转未眠。

第二天，她一早出门，但是她没有见到男孩。男孩躺在太平间里。他死了。他以为她拒绝了他，离开女孩后又喝了很多酒，结果真的喝醉了，车祸而死。

女孩无泪。她打开字典，找到“罂”。注释是：“罂粟，果实球形。未成熟的果实中有白浆。是制鸦片的原料。”

罂粟是一种极美的花，且是一种极好的良药。但用之不当时，竟然也可以是致命的毒品。人生中一些极美极珍贵的东西，如果不好好留心和把握，便常常失之交臂，甚至一声难得再遇再求。有时这些逝去的美好会变成一把锋利的刀子，一刀一刀地在你心上剜出血来。

命运的无常和叵测，有谁能够明了和预知呢？

“你查字典了吗？”

如果有人这样询问你，你一定要查查字典。或许你会发现：你一直以为自己读对的某个字，其实是错误的，或者还有另一种读法。

掀起布帘之后

文/乔叶

一次笔会中，我认识了一个叫林间的男孩子。他平易近人，宽容成熟，活泼开朗，又不乏自省的深沉与理性的思辨，总之是个个性十分健康的人。我很有兴趣地请他谈谈性格的形成，他笑着讲起了他的故事——

我出生在一个高干家庭里，家里人对我的期望值挺高，却不在心理上关心我——这是中国家庭教育的一个普遍问题。自小我就比较孤僻，和别的孩子玩不到一起。上了高中后，许多同学知道了我的背景，再加上我性格上的原因，都有点疏远我。但是当时我不清楚为什么，只是觉得他们都敌视我，故意和我制造距离，心里也就对他们产生了很强的敌意，动不动就以为别人在伤害我，于是也不由分说去伤害别人。这种恶性循环愈演愈烈，我几乎苦恼地想自杀。对异性也不敢有什么感情寄托——正巧脸上又长满了青春痘，见了女生远远就躲开，仿佛她们都在嘲笑我——青春期的神经真是又敏感又脆弱！那是我迄今为止所经历的一段最迷茫最难熬最痛苦的日子，一直到上了大学，我还是这样。

那是个周末之夜，宿舍里的其他人都在聊天，我拉严床前的布帘子就着昏暗的灯光闷坐在铺位上看书——全寝室就我一个人装上了这种掩饰自己的布帘子。

忽然，宿舍内一阵喧哗，室友们热烈鼓掌，然后传来女生们的莺歌燕语——女生们来这儿联欢了。

我捧着书，一动也不敢动，脑子里一片混乱。

女生们偏偏注意到了我的布帘子。

“那个挂布帘子的是谁的床？”一个名叫赵贤的女生问。

“林间的。”室友的回答。

“林间呢？”

“不知道。”——这是室友的真实的回答，他们一般都不知道也不在意我在不在——可想而知我与他们疏远到了何等程度。

“干吗挂个布帘子啊。”赵贤边说边走过来。我坐在铺位上，几乎要颤抖起来。我真怕她看见我讽刺我羞辱我。我真想夺路而逃。

赵贤掀开了布帘子的一角，探头看了看。她一愣，朝我做了个鬼脸，奇怪的是她什么也没说，放下帘子又走了。我又惶惑又紧张又有些遗憾，不知道该怎么办。

联欢开始了。他们又唱又跳又闹又笑，荡出了一片欢乐的海洋。而我像一叶小舟，孤零零地在海洋上漂荡。一帘之隔，两个世界。我真羡慕他们，内心也充满了参与的欲望。但是，就是没有勇气。

忽然，我听见赵贤高声说：“下面，我要给大家表演一下本次联欢最精彩的节目——魔术”。

“变什么？”群情高涨，大家纷纷问她。

“大——变——活——人！”语音落地，帘子掀开，我出现在众目睽睽之下。当时我盘腿而坐的痴呆形状像一个入定的和尚。一瞬间，哄堂大笑。

“林间，真有你的！”

“你还挺沉得住气！”

大家你一言，我一语，热忱而友好。望着那一张张欢乐的笑脸，我的心也被融化了，自卑和胆怯也逃遁得无影无踪。接着我又表演了一个哑剧小品《书呆子撞树》。第二天全班人都知道我是个含而不露的“喜剧明星”。

现在想起来，我还是打心眼儿里感谢赵贤。她那一掀帘子，使我像新芽一样拱出了土地，脱离了黑暗，见到了阳光。

林间的脸上流溢出由衷的感激之情，令人为之动容。我不禁震惊了：一道帘子竟然可以封闭住一个人的幸福和欢乐！而掀开它却是这么艰辛和漫长，居然又是如此轻快和简单。

其实，细细想来，人的一生中遇到的许多障碍，像林间的布帘子一样，都是自己设置的：蒙昧的时候看不见智慧，邪恶的时候忘记了正义，卑劣的时候抛弃了善

良，愚蠢的时候玷污了真理……能遇到为你掀帘子“开悟”的人，自是人生之大幸，但若是遇不到呢？你能不能自己为自己掀开？你能指望别人为你掀一辈子帘子吗？

我默默地问着自己，遐思如鸿。

最后的爆米花

文/乔叶

1

一个深秋的周末，那个做爆米花的老头第一次扎在了巷子口。人们熙熙攘攘下班的时候，正看见他把三轮车上的东西一一卸下：一个炭炉子，一个风箱，一个大号的塑料水杯，一大一小两个红色的塑料盆，一个小马扎，一个中间鼓两头尖的戴着手柄的黑转锅，一个上边是黑铁桶下边是黑麻袋的物事，外加一个银光闪闪的大方白铁盒……琳琅满目。后几样东西初看起来都是有些怪异的，不过自有乡村经历的城里人对它们的用处知道得一清二楚：黑转锅是爆米花的主要武器，黑麻袋是爆米花刚出锅时盛放的用具，大方铁盒么，是用来做大米糕的。

说话间老头已经在墙上敲了个钉子，把一张纸片挂在了墙上：

爆玉米花每锅需用两斤半玉米工价三元

做大米糕每锅需用两斤半大米一斤半白糖半斤油工价六元

2

老头不胖不瘦，不高不矮，穿着深蓝色的中山装、深蓝色的裤子，头上戴着一顶深蓝色的呢子干部帽。大约是因为长年在炭炉边的原因，他的脸看着总像是洗不干净的样子，浮着些黑黑的煤灰。偶尔他把帽子摘下来弹灰的时候，人们就会发现，这其实是个眉眼很周正的老头。不过因为很周正，也就没什么特色了。让人看过了就会忘记他长得什么样子，反不如丑些的人让人过目难忘。

或许是因为新鲜，一开张就引来了很多看客，看客多了，主顾就多了。看到已经有四五个主顾了，老头就从一个黑包里掏出一摞硬纸，上面写着号码。老头一一把纸片发了去，让他们按着号来。众人拿着这些纸片都笑了，说老头还挺讲秩序的，老头没说话。

顾客十有八九都是做大米糕的。转锅是高压转锅。老头把大米装进转锅里，拧紧盖子，就开始一手拉风箱，一手摇转锅。他拉啊拉，摇啊摇，一边拉摇一边看着手柄上的气压表，快到十分钟的样子，气压就足了，老头就不慌不忙地站起来，把烧得肚皮白亮的转锅从炭炉上取下，锅口对准了铁桶口——这时候就知道麻袋上面是铁桶的用处了：只有这么厚的铁皮才能耐得住转锅的高温啊。对准了铁桶口，老头就用一根铁撬杠稳稳地插进锅口的阀门开关上，身子微微后倾，静一静，聚聚神，然后突然用力一揣。

轰！

一声震响，黑麻袋便在这一瞬间被气浪充起，鼓囊囊，饱涨涨。与此同时，老头的脚下腾起一阵白云般的缭绕气雾，一股浓烈的芳香便在空气中弥漫开来。

在芳香里，老头迅速地解开麻袋尾部的绳子，把米花倒进大红塑料盆中。接着他在炭炉上坐上一个小铁锅，把油倒进去，又把糖放进去，开始熬糖稀。等熬得糖稀泛着白沫滚滚热的时候，他就把糖稀倒进红塑料盆里，和大米花搅拌起来，搅拌匀了，就把这些又软又热的混合品倒进那个大方白铁盒子里。然后，他拿出一把长长宽宽的木刀，把大米花在白铁盒子里一一压瓷实。这就成了大米糕，等大米糕在铁盒里冷却坚硬之后，再用刀子把定型了的大米花一一割成小块，给主顾装进黑色的塑料袋里。这一锅就算彻底清工。

在给主顾装袋之前，老头都要从中拣出两块，放进小红塑料盆里。塑料盆的前面写着四个字：免费品尝。

老头在众人的目光中一五一十地进行着这一切程序。等待着的主顾们有些无聊，就会说起往日的爆米花。很多人都曾是乡下人，或者曾在乡下待过，对着爆米花自然也都有记忆。

“多少年都没见过这种摊子了，没想到在家门口还能碰着。”

“可不是,小时候能吃到的零嘴也就是这个了。”

“那时候来我们村做爆米花的那个人总穿着一件黑棉袄,骑着个二八的飞鸽车,车的后座上是两个大筐,筐里装着这些设备。然后我们就排队。大人们没空,只有小孩子排。那时候爆的都是玉米……”

“爆玉米,两毛钱一锅。放糖精再加一毛。”

“那时候大米金贵啊。一个月一人只能买一斤大米,谁敢拿它去做零嘴吃?”

“嘿嘿,逢到谁家爆大米的时候,要么去地上捡些吃,要么顺便到家人篮子里抓一把,也没人说什么。那时候的人,都是厚道的。”

“现在的人也厚道。你看,不是还让免费品尝么?”

“那也是师傅定的规矩好。他不定规矩,谁肯让咱们尝一口?”

“这个师傅真不错。要是再开朗些就更好了。”

“懂什么,人家这叫个性。”

……

无论谁说什么,老头的话都很省俭,能不搭言就不搭言。日子久了,人们就都知道了:这是个不爱说话的老头。

3

不知道老头的名字,也没有兴趣去打听,人们就叫他师傅。更客气些的叫老师儿。这个老师儿一定是要带儿化音的,以区别学校里的老师。这些都是豫北平原对中老年男人最常用的称呼。既不高看也不低看,既不卑也不亢,最是有礼有节的一个称呼。无论谁怎么叫,老头都是那么淡淡地应着。他的话还是那么少。按说做生意的人总要对主顾们迁就些,低伏些,温存些,可他不。不仅话少,他的表情始终也是很端庄的。他沾着煤灰的脸上几乎从不带笑容。这种端庄的表情很奇异,具有一种多义性。可以视为骄傲,也可以视为宽容,还可以视为严肃。总之是很尊严的,是有架子的,然而也是很大气的。谁的零钱不够,他就说:“走吧。”也不说下次再给的话。有孩子要尝,他就指指小红盆里:“拿。”看孩子不动手,他干脆就抓两块递过去。

在这端庄的老头面前,主顾们也都很顺从。当大米进了转锅,刚开始摇的时候,老头都要抽个空去切割白铁方盒子里上一锅已经凝固的米糕,转锅怎么办呢?就得让本锅的主顾们来替他摇两把。有的主顾们会说没摇过,害怕,他就韧韧道:“不难。”然后顿一顿，又道：“你们再不过来摇，米花就焦糊了。”于是那些主顾就连忙坐在那里，兴致勃勃地摇上几把。——有兴致来做爆米花的人，原本也都是有些孩子气的，心底里似乎早就盼着有这个机会，一被鼓动就按耐不住了。

然而一上手就知道，这个活并不像想象的那么简单。风箱是一里一外的直线，转锅是圆打圆的环线。等于说一手画圆，一手画线。路数不同，劲不能一顺儿去使，实在还是讲究技术的。有的两手一齐画圆，有的两手一齐画直线。两手画圆的时候风箱受不住，两手画直线的时候简直要把转锅从炭炉上揪下来，于是就有些个胆小的女人惊叫着从小马扎上逃起来，踉踉跄跄地说：“老师儿，不中啊，不中。”

于是人们就轰地笑了。

还是男人们做这个活稍微强一些，无论是十七八的男孩子，三四十的中年人，还是六七十的老人，男人似乎生来就更会做这种有些技术含量的活儿。不过再怎么会做，头几下都免不了闹笑话。当然也都是有惊无险：即便是把转锅从火上拽下来又能怎么样呢？又不会爆炸，又伤不了人。于是这就成了男人们短暂的玩具。他们拉着，摇着，笑着，偶尔有的人还会吆喝两声：“爆米花啦——谁来爆米花啦——又香又甜的爆米花啦——”

于是人们又轰地笑了。

老头有时也会趁着这个空抽一支烟。他靠着墙，慢慢地抽着，一口一口地吐着烟雾。他眯着眼睛，深蓝色的帽子下，是他刀刻一般的脸。眼睛陷在皱纹里面。人们看不清楚他的眼睛。只知道那眼睛是黑的，黑不见底。那眼睛也是深的，深不见底。

“哎，你这么叫人乱动你的东西，不怕他们给你弄毁了？”有时候，有人会这么提醒他。

老头不说话。

“自己吃饭的家伙自己不心疼，谁还会替你心疼？”那人继续唠叨。

老头还是不说话。

这真是个不爱说话的老头啊。是个深沉的生意人。到后来，人们不得不这么认定。按理说做生意的人的深沉是只能放在心里，不能露在外面的。露在外面就做不好生意。可他生意却又偏偏这么好，真是怪呢。

4

渐渐的，人们就确定了：老头一周只来一次。来的那天都是周六。于是一到周六下午，人们三三两两地就拿着东西排着队，来到了老头的炭炉前。在冬天，火真是个好东西啊。总让人们不自觉地就想围在它的身边。这个爆米花的小摊，这旺旺的炭炉，似乎为这个严丝合缝又苍凉无边的城市燃出了几分悠缓奇丽的诗意。只要站在这里，人们就会感到，生活一下子就慢了下来。不慢下来就是不对的。既对不起这个爆米花的小摊，也对不起自己。

来做爆米花的主顾群很快就固定了下来。这时候人们才明白，这个老头一周来一次简直是太英明了。说到底，爆米花再好，谁家整天吃这个呀，又不是油盐酱醋。就得隔几天再回来才能在这儿倒腾出新鲜茬口，不然生意还不会这么好呢。其他几天么，他肯定也不闲着。城市这么大，东西南北中，铁打的营盘流水的兵，他一天一个地儿，到哪里就都是细水长流，客源不断。这个城市就到处都是他的主顾了。

转眼间，老头已经在这里待了将近一年。他的规律伴随着他的炭炉，他爆米花时的声响，和他爆米花散发的香气，逐渐也成为了周围人的一个规律。然而这个规律的方格子却不硬。与其说是规律，不如说是一种柔和的浸入，是一种亲切的伴奏。这规律，是温的，是软的，是暖的。黄昏时分，一拐到巷子口，看见炭炉蓝紫色的火焰欢欢地飘着，人们就会忍不住加快蹬车的频率和走路的步伐，有孩子的妇人会连忙捂住孩子的耳朵，道："要响了吧？快响了吧？"

因这老头和他的爆米花，周围的人们也突然变得有些亲近起来。在排队等候的过程中，孩子和孩子们玩在了一起，大人和大人们也拉起了家常。哪个超市的东西更便宜，哪个服装店在打折，哪家的麻辣烫更好吃些，永乐和苏宁的电器哪个更划算花色更齐全，谁家的保姆和主人勾搭上了，哪个小区丢的自行车最多……热热闹闹，兴兴头头。这些原本陌不相关的城市居住者，因着这小小的火，就聚起来了，就认识了。认识了才知道：有的就住在一个小区，有的就住得楼挨楼，有的甚至就住在一栋楼里，因为各自匆忙，却几乎没见过面，或者见了面也不留意。于是都惊讶着，都惊喜着，很快溶出了一些情谊。这情谊虽然如微雨，湿一层地面就了无痕迹，但在城市这干燥焦枯的尘嚣里，这钢筋水泥的丛林里，能有微雨降落已经是小小的奇迹了。

元旦那天，这个城市下了入冬以来的第一场雪。下雪之前打了一个雷。冬打雷，雷打雪。老话还是说得准。黄昏时分就下起了雪。雪片开始很小，入掌即化，小雨点似的。后来渐渐大了起来，飞着，飘着，跳着舞，有些像杨花了。暮色渐浓，先成了深蓝，然后是黑蓝。这时的雪片更大了，却反而下得笨重了，成熟了，沉静了。它密密地下着，直直地下着，一心一意地下着，下得简单明了，下得倔强执拗，下得一根筋，下得死心眼。

大雪中，还有不少主顾等候在炭炉旁，热热闹闹地说着话。有人从爆米花的摊子走过，脚踩着雪地咯吱咯吱响。纷纷漫漫的雪中，老头一如既往地忙碌着，他的帽子白了，帽子盖不住的那些头发稍也白了，衣服上挂着一层梨花。围在炭炉边的人们一边听着风箱的响动，一边清清楚楚地看见：一个一个的雪片义无反顾地投身到炭炉蓝紫色的火焰中，一瞬间就和火融在了一起。这雪花也有个去处呢。不知道有没有人想过：这个爆米花的老头，他住在哪里？当这个偌大的城市打了烊，所有的街巷都寂静了下来，这个异乡口音的老头，他会去哪里？

“哎，这老天爷，又打雷又下雪，是不是也在天上爆米花呢。就是这雪做的爆米花存不住，没法子吃。就是能吃，它也不甜呐。”有人突然说。他为自己的比喻得意极了。

“比方得好。”老头看着雪，夸赞道。

5

除了是元旦，除了在下雪，一切都和往常一样，人们排着队，等着爆自己的那一锅。老头去白铁方盒子里切米糕的时候，叫上来个主顾替他拉风箱摇转锅。笑话还是不断地有，人们还是不断地笑。轮到一个年轻女孩子替老头拉风箱摇转锅了。女孩子穿着一件天蓝色的羽绒服，围着白色的围巾，明眸皓齿，怎么看怎么顺眼。就是拉风箱摇转锅的样子也好看。自然，她也是做不好的。只摇了两下就站起来，说：“我不行，我不行。谁替替我吧。”

“我来。”一个男人说。这是个看热闹的年轻人。他高高瘦瘦的身材，穿着一件蓝黑色的棉夹克，一顶深蓝色的鸭舌帽。在马扎上坐下来的时候，他把帽子往脸上压了压，一手拉起了风箱，一手就摇起了转锅。一圆一线，两手并用。从第一个动作开始，就干得极为流畅娴熟。

“嘿，这个小伙子真是不错。”有人喝起了彩。

正在白方铁盒子那里切米糕的老头停下了手，转身看了看那个高高的男人。炭炉的火光忽闪着小伙子脸上隐约的轮廓。老头取了一支烟，走到小伙子身边，停了片刻，敬了过去，说：“你多拉几把，我去上个厕所。”

“得了。你去。”小伙子说。他拉得越发起兴了。

老头朝巷子口去了。大约五六分钟的样子，他回来了。手里拿着一根绳子来到了炭炉边。小伙子正有些厌倦了似的，看到老头，就连忙站起了身，一边给他让座，一边道："快好了。"老头不说话，他沉默着，和年轻人面对面站着，朝着年轻人的脸看了一眼，又看一眼。年轻人意识到了什么，转身就要跑，就在这一刹那，老头抡起了炭炉上的转锅，朝年轻人砸去。年轻人一转身，转锅砸在了年轻人的背上，棉夹克发出一阵激烈的哧啦声，随即一股焦煳味向四周冲击开来。然后，转锅骨碌碌地滚落到地上，火星噼里啪啦地闪耀着。周围的人都惊呼着退开，却又舍不得退得太远。只见老头转手就把年轻人的手扳住了，然后绳子便上了年轻人的脖颈，年轻人挣扎着，踢打着，老头则把整个身子都扑上去拧着。两人绞缠在了一起，拼死地斗着，咻咻地喘着粗气。难舍难分。

周围的人都呆住了。

一阵尖利的警笛声响，110 到了。

"我的米花。"在老头就要跨上警车的时候，年轻女孩低声嘟囔。老头闻声折回了头，他捡起转锅，又放在了炭炉上，重新坐定，一手拉起了风箱，一手摇起了转锅。他拉啊拉，摇啊摇，拉啊拉，摇啊摇。主顾们都静静地站着，看着他。除了风箱声和转锅声，这个世界一片安寂。

时辰足了。老头不慌不忙地站起来，把烧得肚皮白亮的转锅从炭炉上取下，锅口对准上铁桶口，将铁撬杠稳稳地插进锅口的阀门开关上，身子微微后倾，用力一揣。

轰!

周围的人一起捂住了耳朵。

6

第二天，爆米花的老头没有来。他的三轮车还在巷子口放着，炭炉已经灭了。那个上铁桶下麻袋的物事还在地上凌乱地摊着，大小两个红塑料盆也还待在那里。还有那个矮小的马扎。新年喜洋洋的气氛里，这一堆没有主人的东西显得特别落魄，一副无家可归的孤儿神情。

下午的时候，片警过来了，把这些东西收拾到了一起。被秘密要撑爆了心的人们连忙围拢过来打探，片警不耐烦地说："看晚报。"

晚报上的题目很直白:《女儿被害成悬案,父亲寻仇整七载》。内文介绍说那个老头家在豫南,是个县政府的机关干部,临退休那年,他跑出租的女儿被人劫杀了,早就锁定了嫌疑犯,凶手却总是逮不住。老头去催,公安局说警力不足,不能把精神头儿都放在这一件案子上。老头就提前办了退休,带着这么个爆米花的摊子四处游荡,开始捉凶。他老婆蹲在老家负责打探仇家的消息,听说仇家在哪里就告诉他,他就去哪里卧,一卧就是一年。来这个城市之前,他已经走过了七个地方。七年没回家了。

仇家的家里,原来就是做爆米花的。

"这个老头,心里可有功夫着嘞。"许多时日之后,还有人这么议论,"真是功夫到家,石头开花。"

"以后怕再也碰不到这么好吃的爆米花了。"又有人说。

果然,这里的人们再也没有见过这种爆米花的摊子。再也没有见过。

伤害尊严的代价

文/乔叶

上大学时，一次，我喝水时不小心把水洒在了同宿舍一位女生阿丽的鞋子上，正逢她心情不好，说了几句极难听的话。我一冲动便与她吵了起来。此后不久，两人虽然在其他同学的帮助下表示了和解，并且我诚心诚意地向她道了歉，但是她却一直对我心存嫌隙，只是平时不好发作。

国庆那天，我们宿舍与另一个男生宿舍举行联欢，时间定在晚上8点钟。因为有些急事，差几分钟时我才赶回来。同宿舍的另外4个女生都已打扮妥当。一个女生去接电话，两个女生去楼下接男生，屋里只剩下我和阿丽。她正悠闲地擦着鞋子。

我匆匆忙忙地梳头、化妆，然后换上一件紧腰后扣长裙——因为是紧腰，所以后背上的排扣必须靠别人帮忙才能系上。

“阿丽”，犹豫了片刻，我终于开口道，“帮我系一下扣子好吗？”

她沉默了一会儿，“我正忙着呢，没看见？”她终于冷冷地说。

“就系一下扣子呀！”

“扣子怎么了？有谁说过扣子比鞋子重要？”她挑衅地看着我。从她的目光中，我感受到了一丝掩饰着的快意。这丝快意让我蓦然明白：她等待这个时机已经很久了。

我知道再请求也是徒劳，便欲下床，想请隔壁宿舍的女生帮忙。正在这时，只听得楼梯那边传来一阵愉悦的喧哗声——男生们上来了。

她飞快地放下擦鞋刷和擦鞋布，洗了洗手，然后打开了门。

“阿丽！”我再次不甘心地喊。我已经别无他法，换衣服已经来不及，出门去便会和男生迎面撞上。她真的希望我如此尴尬？

然而，她却真的立在门边，没有回头。我仿佛看见她灿若春花的笑脸。而她的身影，对我则意味着一堵没有表情的铁墙。

我只有背靠着墙，坐在床上，作静若处于状，努力控制着不争气的眼泪。

开心的面容，开心的问候?整洁的衣着，亲切的调侃……人们一个个走了进来，小小的宿舍顿时成了欢乐的海洋。而我，则是海洋里一尾不得不沉默的小鱼。

“你坐在床上干吗？下来玩啊。”一个男生说。

“我的脚有些疼。”我说。

“咦，你刚才走得好好的啊。”她故作惊讶。

“是不想理我们？”又有男生戏言。

“哪里的话，是真的脚疼。阿丽，你刚才不是踩我一脚吗？怎么忘得这么快？”

“大家吃糖。”一个女生似乎听出了话中的不和谐之音，赶忙把话岔开了。

然后就是海阔天空的聊天，痛快淋漓的唱歌，花样繁多的跳舞……在一张张朝气蓬勃的欢颜之后，是我凋零的花萼，一瓣瓣地为他们衬托背景。

“你到底怎么了？”终于，一位平常和我关系挺不错的男生坐在我的床边，悄悄地问。我欲言又止，却经不住他三番五次地殷殷询问，终于对他和盘托出。

“我来！”他坚决地说，把手伸到我的身后。因着那份不容拒绝的恳切，我点了点头。

然而她还是不肯放过我，存心要出我的洋相。“你们俩在那儿说什么悄悄话?让大家都听听。”她大声说。那名男生的脸红了，但是他的手没有停下。我看着她。

“有什么不好意思的？是不是有特殊情况？”她咄咄逼人。满室轰然。

我咬了咬嘴唇，穿上鞋子站到地上。所有人的眼睛都盯着我，我知道我不能再忍，我已经把自己忍到绝境。

“其实你最清楚我们在干什么。”我看着大家，“我在请他帮我系扣子——这是我请求阿丽而她却不肯做的事情。”我颤抖着声音一字一句地说。

一室的人，都把眼神凝固在那里。她显然没想到我会这么做，怔怔地看着我。

“也许有人会认为我请男生为我系扣子是不自重，但是我却不这么认为。我们心本无邪，这也是无奈之举。至于自重不自重，”我直直地凝视着她，“我只知道，不懂得尊重别人的人才是真正的不自重。”众皆默然。

“你的尊严和我有什么关系？”许久，她底气不足地说。

“不仅和你有关系，和我们所有的人都有关系。”帮我系扣子的男生突然说，“因为我们都是人。尊严就是人的精神衣裳。”

她没有说话。忽然间，她哭了。

我的泪水也莫名其妙地落下来。有羞愤，有委屈，有酸涩，也有不能承受的复杂况味。

这是我大学时代和同学之间发生的最激烈的一次冲突，毕业多年之后，与阿丽再次相逢，聊起旧事，她不禁赧然。

“那时候太不懂事了。”她道，“真是年轻。”我握握她的手，把自己的释然传递给她。当然，这件事是早就不必计较了。在我们之间，已成为历史。但是。历史，往往是新的。现在，每当看到那种以作践他人为乐、损人脸面为荣的事情时，这件事便会从记忆的河底重新泛起。我困惑他们怎么不明白，伤害别人的尊严，其实正是丢失自己的尊严；作践你的同类，也是作践你自己啊。

当年阿丽对此的不懂，只是因为年轻。而如今有太多人对此不懂，却并不是因为年轻。

音乐厅里的下里巴人

文/乔叶

一天晚上，我和一位朋友到一个著名的音乐厅去听音乐会。

那时节正值暮春，气候已经转暖。来听音乐会的人们穿得都十分合体：男士们大多穿着作工精良的名牌西服，显得庄重而高贵。女士们大多穿着色调和款式都很新颖的套裙或旗袍，显得雍容而典雅。熟悉的人们亲热地寒暄着，陌生的人们矜持地静坐着。整个音乐厅的氛围显得特别协调，特别温馨，特别美好。总之，让人一走进去，就会觉得这是一个上等人士云集的高级场所。

我和朋友坐在一方视听角度都非常好的位置上——我们手持的是一等票。一等票的价格是每张 200 元，是全场最高的。不过我们两个人的票都是另一位朋友转送的。以我们俩的月收入，要是自己掏腰包来听音乐会，未免也太奢侈了。虽然坐在音乐厅里的那种感觉远远不是 200 元钱所能够衡量的，但是，作为生活在紫陌红尘中的一介俗人，谁又能够完全抛弃物质条件的控制和局限而毫不犹豫地去登攀精神享受的空中楼阁呢？

和我们并排坐在一起的也是两位小姐。她们的衣饰看起来也很不俗，本来就很秀丽的容貌经过一番用心良苦的精雕细琢，显得更加脂光粉润，让人观之惊艳。

和这样两位小姐坐在一起，我和朋友不自觉地都有点儿局促，好像今天我们这一身很一般的衣着有点儿对不起这个金碧辉煌的音乐厅似的。不过我们的这种感觉并没有延长多长时间——因为不久音乐会就开始了，我们马上就沉浸到了优美的旋律中。

第一支曲子演奏完毕之后，我们座位的前排又来了两位姑娘。

一瞬间，周围人们的目光都集中在了这两个姑娘身上。

这两个姑娘的打扮很像是打工妹。一个姑娘看起来大一些，上身穿着一件红色的劣质毛衣，下身穿着一条不伦不类的黄裙子。另一个姑娘看起来小一些，她穿着一身粗糙的牛仔装。她们都没有化妆，脸蛋儿都泛着生气勃勃的红晕，仿佛是很仓促地赶过来的。她们找到座位之后，兴奋地相视一笑，便满脸幸福地坐了下来。可以说，她们根本没有注意到周围有人在看她们。

我听见和我们并排坐的那两位姑娘都轻轻地笑了出来。我知道她们笑的含义，她们其实是在用动听的笑声来传递她们对前面这两位姑娘的不便于表达也不屑于表达的另一种潜含的语言——这种人，也配听音乐会？不过，这种注意和轻蔑也是短暂的，因为第二支曲子也开始演奏了。

第二支曲子是勃拉姆斯的《匈牙利舞曲第五号》。是勃拉姆斯以吉卜赛民族的民间舞曲音调作为素材创作的一首钢琴作品。我们正默默地倾听着，忽然，前面传来了两个姑娘的对话声：

“姐姐，这首曲子表现的什么内容啊？”

“这首曲子是以吉卜赛的民间舞曲音调作为主旋律的，所以表现的主要就是吉卜赛人热情奔放的性格，整个舞曲充满了欢乐热烈的气氛，描绘出了一幅吉卜赛人的生活画面。这首曲子的结构是复三部曲式。第一个主题的旋律优美流畅……”大一点的姑娘很内行地向妹妹讲述着，尽管她的声音压得很低，但是在安静肃穆的听众席上还是让人觉得十分的刺耳。

有几双眼睛向姊妹两个瞟了过来。

“……第二个主题的旋律由于切分节奏，吉卜赛民间舞的特色就更为鲜明……”

姐姐仍在详尽地向妹妹解释着。妹妹也听得十分专注。

“第三段是A段音乐的再现……”

“还有完没完哪？”

“懂不懂规矩？”

和我们并排坐的那两位姑娘开始不满地低语。那位姐姐回头看了看她们，不再说话了。

第二曲结束，第三曲开始了。

第三曲是贝多芬的一首小步舞曲。

“这首舞曲是贝多芬三十八首小步舞曲中流传最广的一首……”姐姐又自觉地开始了她的讲解，“这首曲子是由一系列的附点节奏组成的……”

“喂，请你注意一下公共道德行不行？”我们身边的一个姑娘拍了拍姐姐的椅背，终于插话了。

“就是，如果你太喜欢当老师，那就待在家里一心一意地哄孩子去，这儿的人大概不需要你的指教吧。”另一位姑娘也语气温和语锋尖刻地说。

“对不起，我妹妹她……”

“她要是懂音乐，你就是不讲她也自然会懂，她要是不懂，你就是再说也是白搭。如果你实在是想把她培养成个大音乐家，那你就把她领回家去，自个儿爱怎么教育就怎么教育去，不要拉我们当她的陪读。”拍椅背的姑娘又说。

“来到音乐厅，就得尊重音乐，不尊重音乐，就是不尊重你自己，”另一位姑娘的语气更加凌厉了，“你知道吗？”

姐姐沉默着。妹妹转回头有点胆怯地看了看那两位谴责她们俩的姑娘，神色中流露出一丝令人怜惜的张皇。

第四首曲子也开始演奏了。这是肖邦在流落异国的时候创作的一首具有波兰民间舞曲特色的钢琴曲。

“这一首曲子……”姐姐居然又顽固地开始了她的讲述。

“太不像话了！”我们身边的两个姑娘都站了起来，满面阴云，“你简直就是不可理喻！”

姐姐置若罔闻。她依然津津有味地对妹妹讲着。一副我行我素的样子。

两位姑娘终于拂袖而走。

第五支，第六支，第七支……从始至终，姐姐都是那么尽情尽兴地讲着。而我们周围的人，差不多都被她的讲解声弄得兴致全无，一走了之。我的朋友也曾经想中途退场，但是因为她非常喜欢最后的那曲《天鹅湖》，而我又对这两个小姊妹非常好奇，因此我们一直坚持到了散场。

“你们觉得今天的音乐会怎么样？”随着熙熙攘攘的人流往外走时，我笑着和她们搭话。

“很好。”姐姐说着，脸上忽然溢满了愧疚，“我今天是不是打扰你们了？”

“你还知道啊？”朋友半开玩笑半不客气地说。

“对不起。”姐姐微微地低了低头。

“今天你们怎么来晚了？”我又问道。

“今天晚上吃饭的客人特别多，我们向老板请假，一直请不下来。”

“你们是从外地过来打工的吗？”

姐姐点点头。

“在哪儿打工？”

“在复兴门附近的一家小饭店里。”

“今天的票是老板给你们的吗？”

“不，是我们自己买的。”姐姐的话语里竟然有一种掩饰不住的自豪，“我们两个人最大的爱好就是音乐了。我妹妹最喜欢的是唱歌，我最喜欢的是听曲子。就这两张票，花了我们差不多半个月的工资呢。”

“你们这么喜欢音乐，怎么不考音乐学院？”

“没有考上。”姐姐的神色暗淡下来，“所以我们才来到这儿打工。一是想离音乐学院近一点儿，多沾沾那股气儿。再就是想抽空儿去听听音乐会。”

“在音乐厅里，你们有没有觉得自己挺……”我斟酌着词句，“挺寒酸的？”

“我从来没有想过这个问题。”姐姐坦然说道，“我是来听音乐的，又不是来比衣服的。”

“那你有没有觉得是个下里巴人？”朋友也插进来问道。

“我觉得，下里巴人应当是指精神境界而言的。凡是能够欣赏音乐的人，都不会是下里巴人，因为音乐不允许你去做一个下里巴人。”姐姐郑重地说，“也许有时候，面对音乐，我会觉得自己是一个下里巴人，但是面对人的时候，我从来没有过一丝一毫下里巴人的感觉。”

我和朋友都被这个姑娘的话惊呆了。是啊，她说的话多好啊。什么是阳春白雪？什么是下里巴人？衡量二者的到底应当是什么标准？这两个打工妹从破灭的大学梦里走出来，执著地流浪到这个城市，从油腻腻脏兮兮的饭店碗碟里走出来，艰难地跨进这个音乐厅，她们虽然没有什么漂亮的服饰，没有什么高贵的身份，甚至还没有什么完全符合文明规范的举止，但是她们的内心，却完全匹配得上音乐的纯洁、纯美和纯粹。对于她们来说，音乐不仅仅存在于音乐厅里，音乐还更长久地存在于她们的心中，存在于她们生活的每一个信念里。

如此说来，那些只是因为她们的衣着和举止就鄙夷她们的人，又有什么资格去听音乐呢？

——甚至包括我和我的朋友。

告别的时候，我们依依不舍地和她们姊妹两个一一握手。那个妹妹，始终没有说过一句话。

“也许你们会不高兴，但是我还是得告诉你们，”最后，我终于鼓起勇气说，“以后你们再来音乐厅听音乐的时候，最好不要一边听一边说话，那样会影响别人的。而且，即使是你妹妹，也不能听到最好的效果。”

“你说得很对，”姐姐说，“可是我妹妹在读高三那年得了一场病，因为医院的误诊误治，她的听力已经严重受损了。”姐姐的眼泪终于流了下来：“如果我不那样对她讲，她几乎就什么都听不见。”

另一种珍爱

文/乔叶

曾读过一篇小说《绿墨水》，讲一位慈父为使女儿有勇气面对生活而借她同班男生的名义给她写匿名求爱信的故事。感动之余我忽然想到，人真是太脆弱了，似乎总是需要通过别人的语言和感情才能肯定自己热爱自己。如果有一天这世界上没有一个人去关怀你爱护你倾听你鼓励？你——人生中必定会有这样的时刻，那时你怎么办呢？

我深深记着一位老音乐家辛酸的轶事。他在“文革”中被下放到农村为牲口铡了整整七年的草。等他平反回来，人们惊奇地发现他并没有憔悴衰老。他笑道：怎么会老呢，每天我铡草我都会按 4/4 拍铡的。为此，我爱上了这位不著名的音乐家和他的作品，他懂得怎样拯救自己和爱自己。

我同样深深记着另一位音乐家——杰出的女钢琴家顾圣婴。我不止一次为她扼腕叹息。她在“文革”初期自杀了。我知道她不是不爱自己，而是太爱——爱到了溺爱的程度。音乐使她飘逸空灵清丽秀美，可当美好的东西被践踏的时候，她便毁了自己。

为什么不学会爱自己呢?

学会爱自己,不是让我们自我姑息,自我放纵,而是要我们学会勤于律己和矫正自己。这一生总有许多时候没有人督促我们指导我们告诫我们叮咛我们,即使是最亲爱的父母和最真诚的朋友也不会永远伴随我们。我们拥有的关怀和爱抚都有随时失去的可能。这时候,我们必须学会为自己修枝打杈浇水培肥,使自己不会沉沦为一棵枯荣随风的草,而成长为一株株笔直葱茏的树。

学会爱自己。不是让我们虐待自己苛求自己,而是让我们在最痛楚无助最孤立无援的时候,在必须独自穿行黑洞洞的雨夜没有星光也没有月华的时候,在我们独立支撑着人生的苦难没有一个人能为我们分担的时候——我们要学会自己送自己一枝鲜花,自己给自己画一道海岸线,自己给自己一个明媚的笑容。然后,怀着美好的预感和吉祥的愿望活下去,坚韧地走过一个又一个鸟声如洗的清晨。

也许有人会说这是一种自我欺骗,可是如果这种短暂的欺骗能获得长久的真实的幸福,自我欺骗一下又有什么不好呢?

学会爱自己。这不是一种羞耻,而是一种光荣。因为这并非出于一种夜郎自大的无知和狭隘,而是源于对生命本身的崇尚和珍重。这可以让我们的生命更为丰满更为健康,也可以让我们的灵魂更为自由更为强壮。可以让我们在无房可居的时候,亲手去砌砖叠瓦,建造出我们自己的宫殿,成为自己精神家园的人。

学会爱自己,才会真正懂得爱这个世界。

醉透苦难

文/乔叶

最近认识了一位朋友，他是个农民，做过木匠，干过泥瓦工，收过破烂，卖过煤球，在感情上受到过致命的欺骗，还打过一场三年之久的麻烦官司。现在他独身闯荡在一个又一个城市里，做着各种各样的工作，居无定所，四处飘摇，经济上也没有任何保障。看起来仍然像一个农民，但是他与乡村里的农民不同的是，他虽然也日出而作，但是却不日落而息——他热爱文学，写下了许多清澈纯净的诗歌。每每读到他的诗歌，都让我觉得感动，同时惊奇。

“你这么复杂的经历怎么会写这么柔情的作品呢？”我曾经问他，“有时候我读你的作品总有一种感觉，觉得只有初恋的人才能写得出。”

“那你认为我该写出什么样的作品呢？《罪与罚》吗？”他笑。

“起码应当比这些作品沉重和黯淡些。”

他笑了。

“我是在农村长大的，农村家家都储粪，”他说，“小时候，每当碰到有人往地里送粪时，我都会掩鼻而过。那时我觉得很奇怪，这么臭这么脏的东西，怎么就能使庄稼长得更壮实呢？后来，经历了这么多事，我却发现自己并没有学坏，也没有堕落，甚至连麻木也没有，就完全明白了粪和庄稼的关系。”

我看着他。他想做一个怎样的比喻呢？

“粪便是脏臭的，如果你把它一直储在粪缸里，它就会一直这么脏臭下去。但是一旦它遇到土地,情况就不一样了。它和深厚的土地结合,就成了一种有益的肥料。对于一个人,苦难也是这样。如果把苦难只视为苦难,那它真的就只是苦难。但是如果你让它与你精神世界里最广阔的那片土地去结合，它就会成为一种宝贵的营养,让你在苦难中如凤凰涅槃,体会到特别的甘甜和美好。”

我也笑了。这个智慧的人,他是对的。土地转化了粪便的性质,他的心灵转化了苦难的流向。在这转化中,每一场沧桑都成了他唇间的烈酒,每一道沟坎都成了他诗句的花瓣。他文字里的那些明亮和妩媚原来是那么深情和隽永，因为其间的一笔一画都是他踏破苦难的履痕。

他让苦难芬芳。他让苦难醉透。能够这样生活的人,多么让人钦羡。

后来,我把他的一首小诗抄录了下来,作为自己的座右铭:

我健康的赤足是一面清脆的小鼓
在这个雨季敲打着春天的胸脯
没有华丽的鞋子又有什么关系啊
谁说此刻的我不够幸福

刘亮程
作品

空气中多了一个人得呼吸

先父

文/刘亮程

一

我比年少时更需要一个父亲，他住在我隔壁，夜里我听他打呼噜，很费劲地喘气。看他躬腰推门进来，一脸皱纹，眼皮耷拉，张开剩下两颗牙齿的嘴，对我说一句话。我们在一张餐桌上吃饭，他坐上席，我在他旁边，看着他颤巍巍伸出一只青筋暴露的手，已经抓不住什么，又抖抖地勉力去抓住。听他咳嗽，大口喘气——这就是数年之后的我自己。一个父亲，把全部的老年展示给儿子。一如我把整个童年、青年带回到他眼前。

在一个家里，儿子守着父亲老去，就像父亲看着儿子长大成人。这个过程中儿子慢慢懂得老是怎么回事。父亲在前面趟路。父亲离开后儿子会知道自己40岁时该做什么，50岁、60岁时要考虑什么。到了七八十岁，该放下什么，去着手操劳什么。

可是，我没有这样一个老父亲。

我活得比你还老的时候，身心的一部分仍旧是一个孩子。我叫你爹，叫你父亲，你再不答应。我叫你爹的那部分永远地长不大了。

多少年后，我活到你死亡的年龄：37岁。我想，我能过去这一年，就比你都老了。作为一个女儿的父亲，我会活得更老。那时想起年纪轻轻就离去的你，就像怀想一个早夭的儿子。你给我童年，我自己走向青年、中年。

我的女儿只看见过你的坟墓。我清明带着她上坟，让她跪在你的墓前磕头，叫你爷爷。你这个没福气的人，没有活到她张口叫年龄。如果你能够，在那个几乎活不下去的年月，想到多少年后，会有一个孙女伏在耳边轻声叫你爷爷，亲你胡子拉查的脸，或许你会为此活下去。但你没有。

二

留下5个儿女的父亲，在5条回家的路上。一到夜晚，村庄的5个方向有你的脚步声。狗都不认识你了。5个儿女分别出去开门，看见不同的月色星空。他们早已忘记模样的父亲，一脸漆黑，埋没在夜色中。

多年来儿女们记住的，是5个不同的父亲。或许根本没有一个父亲。所有对你的记忆都是空的。我们好像从来就没有过你。只是觉得跟别人一样应该有一个父亲，尽管是一个死去的父亲。每年清明我们上坟去看你，给你烧纸，烧烟和酒。边烧边在坟头吃喝说笑。喝剩下的酒埋在你的头顶。临走了再跪在墓碑前叫声父亲。

我们真的有过一个父亲吗。

当我们谈起你时，几乎没有一点共同的记忆。我不知道6岁便失去你的弟弟记住的那个父亲是谁。当时还在母亲怀中哇哇大哭的妹妹记住的，又是怎样一个父亲。母亲记忆中的那个丈夫跟我们又有什么关系。你死的那年我8岁，大哥11岁。最小的妹妹才8个月。我的记忆中没有一点你的影子。我对你的所有记忆是我构想的。我自己创造了一个父亲，通过母亲、认识你的那些人。也通过我自己。

如果生命是一滴水，那我一定流经了上游。我一定经过了我的祖先、爷爷奶奶、父亲母亲，就像我迷茫中经过的无数个黑夜。我浑然不觉的黑夜。我睁开眼睛。只是我不知道我来到世上那几年里，我看见了什么。我的童年被我丢掉了。包括那个我叫父亲的人，我真的早已忘了，这个把我带到世上的人。我记不起他的样子，忘了他怎样，在我记忆模糊的幼年，教我说话，逗我玩，让我骑在他的脖子上，在院子里走。我忘了他的个头，想不起家里仅存的一张照片上，那个面容清瘦的男人曾经跟我有过什么关系。他把我拉扯到8岁，他走了。可我8岁之前的记忆全是黑夜，我看不清他。

我需要一个父亲，在我成年之后，把我最初的那段人生讲给我。就像你需要一个儿子，当你死后，我还在世间传播你种子。你把我的童年全带走了，连一点影子都没留下。

我只知道有过一个父亲。在我前头，隐约走过这样一个人。

我的有一脚踩在他的脚印上，隔着厚厚的尘土。我的有一声追上他的声。我吸的有一口气,是他呼出的。

你去世后我所有的童年之梦全破灭了。剩下的只是生存。

三

我没见过爷爷,他在父亲很小时便去世了。我的奶奶活到78岁。那是我看见的唯一一个亲人的老年。父亲死后他又活了3年,或许是4年。她把全部的老年光景示意给了母亲。我们的奶奶,那个老年丧子的奶奶,我已经想不起她的模样,记忆中只有一个灰灰的老人,灰白头发,灰旧衣服,躬着背,小脚,拄拐,活在一群未成年的孙儿中。她给我们做饭,洗碗。晚上睡在最里边的炕角。我仿佛记得她在深夜里的咳嗽,和喘息,记得她摸索着下炕,开门出去。过一会儿,又进来,摸索着上炕。全是黑黑的感觉。有一个早晨,她再没有醒来,母亲做好早饭喊她,我们也大声喊她。她就睡在那个炕角,躬着身,背对我们,像一个熟睡的孩子。

母亲肯定知道奶奶的更多细节,她没有讲给我们。我们也很少问过。仿佛我们对自己的童年更感兴趣。童年是我们自己的陌生人,那段看不见的人生,永远吸引我们。我们并不想看清陪伴童年的那个老人。我们连自己都无法弄清。印象中奶奶只是一个遥远的亲人,一个称谓。她死的时候,我们的童年还没有结束。她什么都没有看见,除了自己独生儿子的死,她在那样的年月里,看不见我们前途的一丝光亮。我们的未来向她关闭了。她带走的有关我们的所有记忆是愁苦。她走的时候,一定从童年领走了我们,在遥远的天国,她抚养着永远长不大的一群孙儿孙女。

四

在我8岁,你离世的第二年,我看见12岁时的光景:个头稍高一些,胳膊长到锨把粗,能抱动两块土块,背一大捆柴从野地回来,走更远的路去大队买东西——那是我大哥当时的岁数。我和他隔了4年,看见自己在慢慢朝一捆背不动的柴走近,我的身体正一碗饭、一碗水地,长到能背起一捆柴、一袋粮食。

然后我到了16岁,外出上学。19岁到安吉小镇工作。那时大哥已下地劳动,我有了跟他不一样的生活,我再不用回去种地。

可是,到了40岁,我对年岁突然没有了感觉。路被尘土蒙蔽。我不知道40岁以后的下一年我是多大。我的父亲没有把那时的人生活给我看。他藏起我的老年,让我时刻回到童年，在那里，他的儿女永远都记得他收工回来的那些黄昏，晚饭的香味飘在院子。我们记住的饭菜全是那时的味道。我一生都在找寻那个傍晚那顿饭的味道。我已忘了是什么饭，那股香气飘散在空气里，一家人围坐在桌旁，等父亲的影子伸进院子，等他带回一身尘土，在院门外拍打。

有这样一些日子，父亲就永远是父亲了，没有谁能替代他。我们做他的儿女，他再不回来我们还是他的儿女。一次次，我们回到有他的年月，回到他收工回来的那些傍晚，看见他一身尘土，头上落着草叶。他把铁锨立在墙根，一脸疲惫。母亲端来水让他洗脸，他坐在土墙的阴影里，一动不动，好像叹着气，我们全在一旁看着他。多少年后，他早不在人世，我们还在那里一动不动看着他。我们叫他父亲，声音传不过去。盛好饭，碗递不过去。

五

你死去后我的一部分也在死去。你离开的那个早晨我也永远地离开了，留在世上的那个我究竟是谁。

父亲，只有你能认出你的儿子。他从小流落人世，不知家，不知冷暖饥饱。只有你记得我身上的胎记，记得我初来人世的模样和眼神，记得我第一眼看见你时，紧张陌生的表情和勉强的一丝微笑。

我一直等你来认出我。我像一个父亲看儿子一样，一直看着我从8岁长到40岁。这应该是你做的事情。你闭上眼睛不管我了。我是否已经不像你的儿子。我自己拉扯大自己。这个40岁的我到底是谁。除了你，是否还有一双父亲的眼睛，在看见我。

我在世间待的太久了。谁拍打过我头上的土。谁会像擦拭尘埃一样，擦去我的年龄、皱纹，认出最初的模样。当我淹没在熙攘人群中，谁会在身后喊一声：吠，儿子。我回过头，看见我童年时的父亲，我满含热泪，一步步向他走去，从40岁，走到8岁。我一直想把那个8岁的我从童年领出来。如果我能回去，我会像一个好父亲，拉着那个8岁孩子的手，一直走到现在。那样我会认识我，知道自己走过了怎样一条路。

现在，我站在40岁的黄土梁上，望不见自己的老年，也看不清远去的童年。

我一直等你来认出我，告诉我姓氏，一一指给我父母兄弟。他们一样急切地等着我回去认出他们。当我叫出大哥时，那个太不像我的长兄一脸欢喜，他被辨认出来。当我喊出母亲时，我一下喊出我自己，一个40岁的儿子，回到家里，最小的妹妹都30岁了。我们有了一个后父。家里已经没你的位置。

你在世间只留下名字，我为怀念你的名字把整个人生留在世间。我的身体承受你留下的重负，从小到大，你不去背的一捆柴我去背回来，你不再干的活我一件件干完。他们说我是你儿子，可是你是谁，是我怎样的一个父亲。我跟你走掉的那部分一遍遍地喊着父亲。我留下的身体扛起你的铁锨。你没挖到头的一截水渠我得接着挖完，你垒剩的半堵墙我们还得垒下去。

六

如果你在身旁，我可能会活成另外一个人。你放弃了教养我的职责。没有你我不知道该听谁的。谁有资格教育我做人做事。我以谁为榜样一岁岁成长。我像一棵荒野中的树，听由了风、阳光、雨水和自己的性情。谁告诉过我哪个枝丫长歪了。谁曾经修剪过我。如果你在，我肯定不会是现在的样子。尽管我从小就反抗你，听母亲说，我自小就不听你的话，你说东，我朝西。你指南，我故意向北。但我最终仍长得跟你一模一样。没有什么能改变你的旨意。我是你儿子，你孕育我的那一刻我便再无法改变。但我一直都想改变，我想活得跟你不一样。我活得跟你不一样时，内心的图景也许早已跟你一模一样。

早年认识你的人，见了我都说：你跟你父亲那时候一模一样。

我终究跟你一样了。你不在我也没活成别人的儿子。

可是，你坚持的也许我早已放弃，你舍身而守的，我或许已不了了之。

没有你我会相信谁呢。你在时我连你的话都不信。现在我想听你的，你却一句不说。我多想让你吩咐我干一件事，就像早年，你收工回来，叫我把你背来的一捆柴码在墙根。那时我那么的不情愿，码一半，剩下一半。你看见了，大声呵斥我。我再动一动，码上另一半，仍扔下一两根，让你看着不舒服。

偷苞谷的贼

文/刘亮程

人们都忙着什么事，往东走的、朝西去的、照北跑的，碰到一起又分开，越离越远，回来又出去，没有一点秩序，看不出他们要干什么。

像一场没做好的梦，乱乱的。

我跑去时天已经开始黑了，还刮着一股风。破墙圈上站着许多人，都是大人。我在村里听见这边噢噢乱叫，就跑来了。路上听人说抓住一个偷苞谷的贼，把腿打断了，蜷在破牛圈墙圈里。我跑到时喊叫声突然停住，墙圈上站着的那些人，像一些影子贴在灰暗的空气里。

偷苞谷的贼缩在一个墙角，一只腿半曲着，头耷拉在膝盖上，另一只腿平放在地，像在不住地抖。他的双手紧抱着头，我看不清他的脸，只感到他很壮实。

我找了个豁口，想爬到墙上去，爬了两下，没上去。这时天很快全黑了，墙圈上的人一个一个往下跳。我至今记得他们跳墙的动作，身子往下一躬，一纵，直直地落了下来。

他们跳下来后，拍打着身上的土，一声不响从一个大豁口往外走。我看见墙上没人了，也赶紧跟着往外走。

“刘二，你把这个豁口守着，别让偷苞谷贼跑了。”喊我的人是杜锁娃的父亲。我常和他家锁娃一起玩。他们家住在沙沟沿上，和胡木家挨着。我还在他家吃过一次饭。我一直记着他对我说话的口气，不像对一个孩子，像是给一个大人安排一件事。我愣在那里。

见我站着不动，他三两步走过来，两只大手夹住我的腰，像拿一件小东西，很轻松地把我夹起来，放到那个豁口中间。

“这样，手伸开挡住，不能把贼放跑了。”他把我的胳膊拉直，像个十字架一样立在那里。他好像看出我的胳膊伸得一高一低，又轻轻把一只胳膊往上托了一下。然后我听见他们离开的脚步声越走越远，消失在村子里。

一连几天，我躲在家里不敢出门。大人们下地后，我一个人待在院子，脸贴在院门缝往外望。一有人走近便赶忙藏起来，像个贼一样不敢出声。

他们肯定要来找我的麻烦，我想。我也没敢把这件事告诉家里人。

我把偷苞谷的贼放跑了。

我以为他们回去吃饭了，很快就会回来。我很听话地站在那里，一动不动。偷苞谷的贼像一块黑乎乎的东西堆在墙角，只能模糊地辨认出一点轮廓。我不眨眼地盯着他。刚才那股风似乎刮大了一些，风把墙上的土吹下来，直迷眼睛。我正好站在一个风口上，身体不住地摆动着，衣服刮得直抖，却听不到一点声音。

不知这样站了多久，月亮出来了，黄黄的一个脸，探出墙头。我吓了一跳，以为是一个人。

偷苞谷的贼动了一下，月光正好照清楚他的半边身体。我至今记得他那件紧裹在身上的上衣，袖口短半截子，肩膀处撕烂了一片，月光落在上面，像洒了一层土。

他先放下一只手，摸了摸那条平躺在地的断腿，接着用另一只手扶着墙，很吃力地站起来。

我始终没看清他的脸，他低垂着头，像在看着他那条拖拉在地上的断腿，又像在看地上的什么东西。在我多少次的回想中他是个没头的人，我想不出他那颗头的形状，他的脸深埋着，头发溶在夜色中，肩膀之上是一片黑黑的夜空。

他站稳后也没抬头看一眼，便径直朝豁口处走过来，走得很慢，却很坚定。随着身体一倾一斜，那条好腿一下一下地捣着地。我像被钉在那里，伸开的胳膊一只也放不下来，也无法转动身体。我恐惧万分地看着偷苞谷的贼一瘸一拐走过来，想喊叫，却叫不出声。眼看就走到跟前了，我突然像从什么力量中摆脱出来，一转身，拔腿飞跑起来。跑了一阵才意识到，两只胳膊还直伸着忘了放下来。

我发现自己跑进一条幽暗的巷子里，两旁是一幢一幢的黑房子，一点灯光没有。我认出这不是我们家住的那条巷子。我刚才一着急把方向跑反了，我回过头想往另一个巷子跑，突然看见偷苞谷的贼已经追上来，离我很近了。他依旧埋着头，身子一倾一斜的样子更加吓人。

“偷苞谷的贼跑了。”

“偷苞谷的贼跑了。”……

我吓了一大跳，不敢相信是我喊出的声音。我边跑边喊。那个夜晚人们睡得特别早也特别死，我喊了那么多遍，嗓子都哑了，没喊醒一个人。连一条狗都没叫醒。

偷苞谷的贼似乎加快了步子，我听见他一只脚捣地的声音越来越急，也越来越有力。我跑几步便回头看一眼，每次都觉得他更近了。

至今我清楚地记得那个夜晚我仓皇跑过的那些人家的房子：陈元家的房子、张天家的房子、胡学义家的房子……白天我多少次经过这些房子，门口蹲着人，墙根卧着狗和牲畜。我无所事事地走着，边玩边走，不时伸手折一根路边的柳树条，抬脚踢一下路上的土块和驴粪蛋。我认识每一户人家的大人和孩子，熟悉每个院子的每一间房子。他们也都知道我是刘家老二。有时我被陈元家方头喊住，在他家院子里玩一上午。有时在胡学义家墙根蹲一下午，和胡小梅玩抓石子。胡小梅的手指细长细长，她能一手背接住七个石子。我玩不过她，却喜欢跟她玩。她家黑狗也认识我，见了我便亲热地跑过来，让我摸它的脊背和脖子。

夜里这些人家全不一样了。我似乎错跑到另一个村庄，所有的门紧闭，窗户黑洞洞的。奔跑中我还急促地敲了丁树和李一棵家的门，一点回应没有。眼看我要跑出村子了，剩下最后一户人家的房子。我已经看见村边那片黑森森的苞谷地，一条小路从中间穿过去。过了苞谷地再过一个沙沟，就是闸板口村了。偷苞谷的贼好像是闸板口村的。

我又急又害怕，再跑下去，我就被偷苞谷的贼追赶着跑进苞谷地，跑过那个沙沟，一直跑到闸板口村了。

就在这时月亮钻进云里去了，身后的脚步声也像暗了下去。我一扭身，躲到路旁一垛柴火后面。

这垛柴火全是红柳，枝条不规则地乱扎着。我不小心碰到一根，弄出一阵干炸炸的响声，我想偷苞谷的贼一定听见了。

我猫着腰，屏住气等了好几分钟，才看见偷苞谷的贼从柴垛旁过去。他过去的时候，好像扭头看了我一眼。我看不清他的脸，只感到一股目光落到身上，像浇了盆凉水一样，浑身的汗毛全竖了起来。我想他会转到柴垛后面找我，却没有。他几乎没停顿，一瘸一拐地走了过去，钻进那片苞谷地里不见了。

我直起身，村子里突然一片亮光。好多人家的窗户都亮了。到处是开门声、说话声。

“出啥事了。刚才谁在喊。”

“好像是个孩子。”

我听见许多人走到路上，相互询问，突然又害怕起来，不敢过去跟他们说话。我蹲在柴垛后面，一直等他们回到屋子，灯一家一家灭尽。

很多天过去了，没有一个人来找我。我在家里躲得没趣，想出去找个人把这件事说清楚。村子里不停地刮着风，人都像被风吹乱的影子，这儿那儿，破破碎碎的。不知怎么了，那年秋天，我记住的人都薄薄的像一张纸，风一刮就动起来。

我在村里转悠了半天，也没人理我。人们都忙着什么事，往东走的、朝西去的、照北跑的、碰到一起、又分开，越离越远，回来又出去，没有一点秩序，看不出他们要干什么。像一场没做好的梦，乱乱的。

一天早晨，我看见杜锁娃的父亲牵着一头牛正准备下地。我故意绕到他前面，站在路旁等他走过来。我想他肯定会问我。是他安排我看偷苞谷的贼的。

杜锁娃的父亲一手扛锨，一手拉着牛缰绳，走到跟前时漫不经心地看了我一眼。我低着头，等他问那件事，他已经牵着牛走过去，像从没发生过什么似的。

我见他过去了，紧走两步追上去。

“那个贼跑掉了。”我说。

他扭过头看着我。

“偷苞谷的贼。”我又大声说一句。

他瞪了我一眼，转身吆喝了一声牛。接着我听他嘟囔说：“苞谷早收掉了。哪还有苞谷。”我一下愣在那里。

许多年，或许许多事情都没有发生，但被我经历了。我很小的时候，人们都背着我干了些什么。从我八岁到三十五岁二十七年里，被你们打断腿的一个人，一直在梦中追我，我跑不过他。一个梦中我逃脱了，远远地甩掉了他。另一个梦中他又追了上来。他的一条腿拖在地上，另一条腿一下一下地捣着地。随着我一年年长大，我想我再不会怕他了。下次梦中遇到他我一定不会逃跑，我会双手叉腰站着等他走到跟前，我要看看他到底是谁，他的腿又不是我打断的，我为啥要吓得逃跑呢。可是，我一直都没长到那个断腿男人那样壮实。在一场一场的梦中，我依旧被他追着跑。一开始是在村里那些幽黑的巷子里奔跑，除了身后一瘸一拐的断腿人，再碰不见一个人，也没一点灯光。我在恐惧和绝望中跑过一幢幢熟悉的黑房子。

后来就到了荒野上，我漫无边际地奔逃，断腿人像一截摇晃的木头在身后紧追不舍。

再后来，梦境移到了一个小镇空荡荡的街道上。我从街道一头往另一头跑。我不熟悉两旁的高房子，不敢躲进去，只是拼命奔跑。

在多少次的奔跑中我想找到那垛柴火，躲到它后面去。我试着躲在一堵破墙后面，钻进一间没人的空房子，都被断腿人找见了。他不抬头，却总能看见我跑到了哪里。在我的下意识中只有那垛柴火能救我，却一直再没找到。

那垛柴火是胡望家的。我那时还不明白胡望为啥要把一车柴火卸在路边。他家的房子离路有一百多米远。除非不想要的东西，才敢放在路边。这个村里有些爱占便宜的大人，我就碰到好几个。他们走到柴垛边身不由己地停住，上上下下瞅半天。

“嗯，这根能做鞭杆呢。”

“这是根好叉刺。”说着顺手拽了去。

其实，他们哪家的院子都有成垛的红柳，哪根都能当鞭杆做叉刺。他们只是想占点小便宜。村里的男人们大都有不空手回家的习惯。出去放羊也好、锄草也罢，回来时总要捎带些东西。一捆草、半截树根，还是几个红柳条，家产就是这样一点点积累起来的。

别小看一根红柳条，做饭时往炉灶里多塞一根，锅里的汤面就会立马“咕嘟”起来。爱占小便宜的人总能及时享受到小便宜的好处，同样一碗汤面，端在手里，一想到其中几个面条是白用别人家的柴火煮熟的，味道就会立马变得美滋滋，少放盐也觉不出。

胡望也是极小心小气的人，他为啥把柴堆在路边让人随便乱拿白占便宜呢。十几年后我二十多岁快离开村子时才明白过来，胡望是多么有远见和心计的人啊。多少年前我还啥事不懂的时候，他便已经谋划着占这块靠路边的好地。尽管那时他根本没能力打个围墙把它圈起来。但他把一车柴火卸在了这里。事实也证实了这堆柴火的用处。后来张天家大儿子娶媳妇，想在路边这块地上盖房子，就被胡望挡住了。

他早年卸在路边剩下半垛已经发灰的柴火，使这块地永远成了他的。

只是胡望占着这块地，到老也没在上面起半堵墙。他的两个儿子，没长大便东一个西一个跑掉了。说是做买卖去了，却从没给家里寄回一分钱。胡望守着这块地，一年年地巴望哪个儿子挣笔钱回来，盖一院新房子。胡望没望来这一天。他在我离开村子的前一年死掉了。

那堆剩下一半的红柳柴，在胡望去世前那年冬天的一个晚上，被一个赶车的过路人点着烤火了。火烧得很旺，把半个村子都映红了。村里许多人爬在窗台上看见了这堆火。胡望没有看见，他的房子离柴堆太远。

第二天早晨他起来扫雪，看见垛柴的地方剩下一片黑灰。

不知胡望再想过其他计谋没有。那堆灰却再不会为他证明什么。雪一消，风一吹，就什么都没有了。烧掉成灰的东西人可以不认账，不理识。只是它还应该在我的梦里，我的梦里又没着火。再说，梦才不管那些东西是否还在村里，那些人是否还在人世。

那垛柴火早在它还没被烧掉甚至没被太阳晒得发灰那时起，就从我的梦中消失了。那时我像一堵墙的影子一样正一点点地长大。许许多多的梦纠缠在一起，不光这一个。每天每夜，都发生一些事，我记不清楚。有些当时就忘了，有些情景许久以后又完整清晰地显示出来。

但在相同的梦境中我依旧在那个巷子里奔逃，两旁依旧是黑黑的房子，身后偷苞谷的贼一瘸一拐的样子还是那样吓人，只有那垛柴火不见了，路空荡荡地对着苞谷地。

这样的梦一直延续到我进入乌鲁木齐，以后再没梦见那个偷苞谷的贼。

我相信自己已经摆脱他了。一方面，我远离了那片地域。他瘸着腿，一定跑不到这么远的城市。即使跑来了，也难以找到我。另一方面，我觉得自己真正长大了。尽管依旧没长到那个断腿男人那样壮实，却长到了跟他一样大的年纪，而且一年年地超过了他(在我的梦里他一直都是那个年龄，四十多岁，或者五十岁的样子)。

随着年岁日长，我越来越分不清曾经的哪些生活情景是现实，哪些是梦。它们糅在了一起。我也不再去仔细分辨。

梦是个人的现实。

那些梦别人可以不当真，我却不能回避。它发生在我心中，确实已经发生了。我不能说那全是假的。

当我远离那些日子，再无法回去，那里的一切都成了实实在在不能添改的经历。

多少年后的一个下午，我正在街上行走，我的一条腿突然疼痛起来。它好像一下子不是我的腿，我的身体不认它了，狠劲往外推、撕扯，要把它扔掉。我不知道身体中发生了什么。但我知道它迟早要出点事。我跑了那么多路，走了那么多地方，也早该把腿跑坏一条了。只是我不知道腿坏了会是这种滋味，它牵动了全身，我有点站不稳，转头望望，街上的人一个也不认识。多少年来我天天见的一街人，却一个也不认识。

我扶着电线杆站了一会儿，浑身冒汗。这条腿已经疼得不能着地，想找个人帮我一把，又不知去找谁，我认识的那些人，他们远在黄沙梁。我只好拖着一条腿，一瘸一拐往回走。走在我前面的是一个大人和一个小孩，他们刚从我身边超过去。那孩子七八岁的样子，每走几步便回头看我一眼，他似乎想帮帮我，又不敢停下来，好像有点害怕我，我紧走几步，他也加快步子。我慢下来，他也慢下来，不住地回头看着我。我觉得奇怪，走着走着，我一低头，突然看见自己——许多年前，那个偷苞谷的就是这副样子在追我。

我下意识地回头望了望，什么都没望见。街上的人黑压压的晃动着，像一片风中的苞谷地。

我紧走几步，突然又一阵剧痛，我感到一个人的粗壮身体正穿过我，像从我身上踩了过去。

他最终还是追上了我。

空气中多了一个人的呼吸

文/刘亮程

那一年，一个叫唐八的人出世，天空落了一夜土，许多东西变得重起来：房顶、绳子、牛车、灯。

我早醒了一阵，天还没亮。父亲说好睡眠是一根长绳子，能把黑夜完全捆住。那个晚上我的睡眠又短了一截子。

我又一次看见天是怎么亮的。我睁大眼睛，一场黑风从眼前慢慢刮过去，接着一场白风徐徐吹来，让人睡着和醒来的，是两种不同颜色的风。我回想起谁说过的这句话。这个村子的每个角落里都藏着一句话，每当我感受到一种东西，很快，空气中便会冒出一句话，把我的感受完全概括了。

这时空气微微波动了一下，极轻微的一下。不像是鸟扇了扇翅膀、房边渠沟里一个水泡破了、有人梦中长叹一口气。我感到空气中突然多了一个人的呼吸。因为多了一个人，这片天地间的空气重新分配了一次。

如果在梦中，我不会觉察到这些。我的睡眠稍长一点，我便错过了一个人的出世。

梦见的人不呼吸我们的空气。我听见谁说过这句话，也是天快亮的时候，我从梦中醒来，一句话在枕旁等着我。我静静躺着，天空在落土。我想听见另一句。许多东西变得重起来。我躺了一大阵子，公鸡叫了，驴叫了，狗叫了。——我感觉到的一个人的出生始终没被说出来。

可能出生一个人这样平常的小事，从来没必要花费一句话去说。鸡叫一声就够了。驴叫一声，狗再叫一声，就够够的了。

可是那一天，村里像过年一样迎接了一个人的出生。一大早鞭炮从村南头一直响到村北头。我出门撒尿，看见两个人在路旁拉鞭炮，从村南开始，一棵树一棵树地用鞭炮连起来，像一根红绳子穿过村子，拉到村北头了还余出一截子。接连不断的鞭炮声把狗吓得不敢出窝，树震得簌簌直落叶子。

唐家生了七个女儿，终于等来了一个儿子。吃早饭时母亲说，今天别跑远了，有好吃的。

多少年来这个村庄从没这样隆重地接迎一个人。唐家光羊宰了八只，院子里支了八只大锅，中午全村人被请去吃喝。每人带着自家的碗和筷子，房子里坐不下，站在院子，院子挤不下的站在路上，蹲在墙头上。狗在人中间窜来窜去，抢食人啃剩的骨头。鸡围着人脚转，等候人嘴里漏下的菜渣饭粒。那顿饭一直吃到天黑，看不见锅、看不见碗了人才渐渐散去。

又过多少年（十三年或许八年，我记不清楚），也是在夜里，天快亮时，这个人悄然死去。空气依旧微微波动了一下，我没有醒来。我在梦中进沙漠拉柴火，白雪覆盖的沙丘清清楚楚，我能看见很远处隔着无数个沙丘之外的一片片柴火，看清那些梭梭的铁青枝干和叶子，我的牛车一瞬间到了那里。

那时我已经知道梦中的活不磨损农具，梦中丢掉的东西天亮前全都完好无损回到家里。梦中的牛也不耗费力气。我一车一车往家里拉柴火，梦中我知道沙漠里的柴火不多了，有柴火的地方越来越远，要翻过无数个沙包。

我醒来的一刻感到吸进口里的气多了一些，天开始变亮，我长大了，需要更多一点的空气，更稠一些的阳光，谁把它们及时地给予了我。我知道在我的梦中一个人已经停止呼吸，这片天地间的空气又重新分配了一次。

我静静躺着，村子也静静的。我想再等一阵，我就能听见哭喊声，那是多少年前那一场热闹喜庆的回声，它早早地转返回来，就像是刚刚过去的事，人们都还没离开。

在这地方人咳嗽一声、牛哞一声、狗吠虫鸣，都能听见来自远方的清晰回声。每个人、每件事物，都会看见自己的影子在阳光下缓缓伸长，伸到看不见的遥远处，再慢慢返回到自己脚跟。

可是那个早晨，我没等到该有的那一片哭声。我出去放牛又回来，村子里依旧像往常一样安静。

天快黑时母亲告诉我，唐家的傻儿子昨晚上死了，唐家人也没吭声，悄悄拉出去埋了。

鲍尔吉·原野

作品

愤怒的葡萄

穷人是个尊贵的名字

文/鲍尔吉·原野

我有一些穷人朋友。按说照经济学家的划分，我也属于穷人。如果从固定收入和社会保障能力上说呢，我比朋友们要好一些。

我的朋友包括修自行车的瘸子、驼背并有些弱智的街头女理发师，还有卖牛奶的“黛米·摩尔”（该女实无黛氏之美艳，而是她老公太像黛的丈夫布鲁斯·威廉斯），以及站当街天天骂北约的退休钳工。

我和这些朋友们在一起感到非常舒服。他们淳朴、明朗、大气。与他们为伍，你很容易就发现自己的毛病，并为此羞愧。

穷人巧。他们都通一门技术。虽然“技术”并没有使这帮哥们变富，但他们觉得，人嘛，就得有一门技术。这个观念的背后还有一个观念，就是劳动的光荣。因为任何技术都会——也必然会——服务于社会。当你看到一双粗糙的大手摆弄自行车轴承的时候，“穷人”脸上安详，像孩子做游戏一样全神贯注。这时我很为他们自豪。

穷人关心国家大事。我在一些场合，譬如在酒桌上，体会到有些官员是那么倾心黄色笑话，而文人则在泄愤。穷人，或者说广大的普通劳动者，谈论最多的是咱们国家的大事。在街头，你看到他们三五成群地聚谈，凑上去听，人耳皆为国事。严格地说，他们并非热心政治，而是热切地关注这个国家和民族的命运——洪水、中国加入世贸、朱镕基访美和南疆通火车等等。我想那些殚精竭虑为国家操劳的领导者们，看到此景，也会感动。

穷人乐观，这是最令我佩服的品格。他们穷。扫街的老王常在菜市散了之后，在路灯下拣菜叶子和几寸长的烂鱼，但老王豪气四射，纵谈四野作战史，让人叹服。有一个退休的朱经理，眼泪汪汪地向瘸子叙说老伴得骨癌的事，瘸子斩钉截铁：肯定没事。医学上的道理他说不出来，但他说“肯定没事，不过，你得刚强”。要说也挺怪，经理老伴真就没事，两年了。瘸子躺在树下的从垃圾堆里捡来的破沙发上说：“我早就说没事”，闭着眼睛，很自负。其实，穷人最怕疾病的打击，瘸子的预言，其实是祝福，他怕经理憋出病来。老朱也是穷人，单位已经几年没开薪了。

穷人是语言大师，他们精通以明快的方式一语道破事物的本质。譬如科索沃问题，退休钳工只说了四个字：“美国没理”。简洁，又有音韵的美感。

穷人得大自在。他们衣衫破旧，随处可坐。他们捡一张撕半截的旧报纸读得津津有味。他们吃饭香，腮帮子鼓得溜圆。这时我会觉得那些面对珍馐无处下箸的人们的可怜。

其实“穷人”只是一个暂时与相对的说法，今日穷，明日也许就会富了；病弱时拮据，强健时便可能发达。因此，“穷人”绝对不应该是他们被轻视的理由。这意思还包括，“富”也不应该是被攻击的理由。富人在富的同时，为社会提供了就业机会以及税收，我常对富人抱有敬意。敬礼！

有一次，北京的一位教授到我家叙谈。在路上，我的穷人朋友们尊敬和亲密的目光迎接我，一脸淳朴的笑容，黝黑奇丑的“黛米·摩尔”还试图和我打情骂俏一番。教授先生很惊异，我没解释，我有些扭捏，但我感到很荣幸。有底层的民众喜欢你，让人踏实。

这时，我想起哈尔滨的朋友李琦说过一句话，她说“穷人是一个尊贵的名字”。

真的。

坐火车的三相

文/鲍尔吉·原野

我和三相成为朋友，是因为他的眼睛。在家属院，只有三相和他姐姐二朵有黄眼睛。我们所有的人，包括三相的家人大相、二相和四相，都没有那样神奇的眼睛。后来我家养了一只猫，也与三相同眼，但没妨碍我和三相的友谊。

三相家从北京搬来，说话爽利脆白。他聋了之后，嗓音变大，更加脆白，像朗诵一样，即使是一件小事，他也大声传播。

“早晨我在鸡窝拣了两个蛋，一红一白。”三相说。

三相失聪是因为游泳耳朵进了水，并发中耳炎，他爷爷（名医）和父亲（次名医）都没有治好。可怜的三相聋了之后，对我的声音尚能听清，他妈妈对此很奇怪，我也奇怪。

“三相！”我隔着栅栏喊，玻璃上人影晃动——三相吃饭的专座是窗台，背对玻璃。一瞬间，三相就从屋里冲出来，穿着不系扣的绿小褂，他妈端着碗筷在后边喊：“吃完了再走，你个三聋子。”

我们一起到木器厂，爬上高高的松木垛，坐着。这些来自大兴安岭的松树散发香味，我看三相的眼睛，黄澄澄的，像宝石一样。他的瞳孔里还有一些沟壑，如劈柴的纹理。

“你说咱们这辈子能坐飞机吗？”三相问。我们一齐往天上看，半天也没有飞机飞过。

“不能。不当空军就坐不上飞机。”我说。

“我坐过火车。”三相开始跟我讲坐火车的经历——讲一百多遍了:火车的厕所是铁的,从窟窿眼能看到嗖嗖的枕木;桌子和窗台连在一起,也是铁的;车厢接头儿像手风琴的风囊,呼——呼——。

“文革”开始之后,我在家属院常挨揍,这是我后来练武术的缘起。还没练成,全家到了五七干校,此术基本没派上用场。那时,我父亲臂上缝一白布,上写“大叛徒”,上下班走过家属院,人们都看到了。那些贫农出身的孩子、工人以及后院无业游民的孩子,常常把我堵到胡同里暴打一顿。我放学不敢走同一条道,尤其不敢走胡同,但还是免不了挨揍。一次,三相见我挨揍,书包散在地上,书本被踩烂了,气愤地和他们讲理(三相不会打架)。他们嘲笑三相,捎带还给他两个嘴巴子。三相带着脸上肿起的棱子回家,让他妈又揍了一顿。

三相聋了之后,造成信息隔膜。“文革”后,人人都骂人,三相不骂,他没听过,不会骂。那时没有电视,一个人听不到别人说话,思想难免停留在过去。过了很多年,三相来串门,说的还是童年那些事儿,火车啊,水文站仓库的蝙蝠等等。三相后来是为学校修理桌椅的木工,社会几乎和他没什么关系。我们这茬人都成家了,三相还独身。

他常常跟我说,最近又有人给他介绍对象。三相带着神往的表情描述姑娘的相貌与衣着,最后说“没同意”。这种故事不断地讲述着,变换了姓名与衣装。三相多么想同意,但别人在意他的残疾。

三相失聪之后,和后来的许多词汇绝缘了。事实上,许多词汇都是丑陋的,会不会均可。三相和我说的最多的还是少先队的事情,说到北树林抓特务和挖宝的游戏。这是在1984年左右,社会上大兴港台歌曲、反自由化、热播《霍元甲》,许海峰获得了第一块奥运金牌,而三相的内心停留在我们美好的童年。

愤怒的葡萄

文/鲍尔吉·原野

“葡萄。”我爸说，然后摘下一粒放在嘴里咀嚼。

我和姐姐甚至没听清，什么桃？也摘一粒放在嘴里。等我们把这种酸甜莫名的多汁之物咽进肚里后，我爸把葡萄皮吐出来。

“吃葡萄要把皮吐出来。”他意味深长地看我一眼，又说“籽也要吐出来。”

我根本没感觉出它还有皮和籽，而诧异于我爸能够弄来这么奇特的东西。一粒粒紧密地挨着，像把鱼尿泡系在了一起。如果他不说能吃，我以为这是一个摆设之物，工艺品。

“这叫什么？”我扭捏地又问一遍。

“葡萄。”我爸说。

“在哪弄的？”我不知这是他制造或怎么弄出来的。

“买的。”

世上还有卖葡萄的？我从未听说过这件事，也就是说这么好的一件事始终瞒着我在人间发生着。

葡萄，我默念着这个古怪的名字，吃葡萄的速度已越来越快，引起我姐的抗议。她说刚刚吃一粒，我已吃两粒甚至三粒了。葡萄，我管不了那么多，这个词在脑子里此起彼伏地发出声音。而且，这不能怪我，葡萄到了嘴里之后，自动冲进嗓子眼；它们挣脱了咀嚼，争先恐后钻进肚子里，和我有什么关系？葡萄。

我听说葡萄是冯阿訇所卖时，更惊讶了。冯阿訇住在我们去剧院那条路的边上，胡须银白，脸色干净，向每一个路过的人亲切地打招呼。他家里有葡萄，这就不奇怪了。

当最后一粒葡萄丢进嘴里后，我以极大的毅力把它取出来，放在桌上研究。剥去它的紫衣服，它像雨衣一样光滑。里面的果肉像模模糊糊的绿玻璃球，镶嵌着纵横脉络，籽儿坐在当中，这就是葡萄。但为什么这样就不清楚了，也许冯阿訇知道。它很软，不像苹果或土豆那样脆或喧，咬一下也没有咬梨的"咔嚓"声。

葡萄，那时我会不自觉地吐出这个词，像打嗝一样，像金鱼在水面吐出的气泡。

有一天，我终于下决心去拜访冯阿訇，这距我吃葡萄已逾半年多了。我记得他永远站在菜园对面的高门楼下，衣衫干净，笑着跟人打招呼，嘴唇红润。到了之后，却没见到阿訇。我来回走了几遍，见不到他出来。事实上，那一条街都没有人。肥硕的白菜望不到边，蝴蝶追逐着渠水飞向远方。冯阿訇的家，院门紧闭，里面是树与飞檐的青砖瓦房。我只好回去。

葡萄的事情刚刚被忘记，我和父母上街，不期然见到了冯阿訇。我挣脱母亲的手，飞跑到冯阿訇面前，敬一个礼，说："阿訇您好！"

冯阿訇被突如其来的礼遇感动了，父母对我的行为也满意。阿訇问"几岁了，学习好吗"这些问题，我不言语，全由父母作答。

"走吧！"母亲说，又向阿訇解释，"我们上街"。

"好，好！"阿訇说。

"不!"这是我在心里说的，我紧握着阿訇的手不动，在心里说："你们上街吧，快走，走得越快越好。"

父母见我不走，有些尴尬。他们觉得我平时并不是这样，说"走啊"。

"不！"我开口告诉他们。

阿訇笑了，用慈蔼的眼光征询他们的意见。

"走啊！"我爸几乎要发火了。

"快走啊！"我姐很急躁，她要为"六一"买一条裙子。

"不！"我紧紧握住阿訇的手。

我爸谦卑地向阿訇笑一下，说："阿訇，这孩子没礼貌。"

阿訇说："很好啊。"

我爸把我的手拽开，夹在肋下上路。我不禁涕泣，双脚踢踹，把一只鞋子甩到渠水里，另一只甩到白菜地深处。我姐姐不得不下水并猫腰在菜地里寻找。

那天，他们疑惑不已，互相探讨："这孩子到底怎么啦？"而我，拒绝了他们给我的买小人书、山楂冰棍以及上公园看熊等所有诱惑，心里只有美丽的葡萄园。

小羊羔

文/鲍尔吉·原野

在伊胡塔草原那边，今年也发了水。水退了，仍在地面盈留寸余。远望过去，草原如藏着一千面小镜子，躲躲闪闪地发亮，绿草尖就从镜子里伸出头来。马呢，三五成群地散布其间。马真是艺术家，白马红马或铁青马仿佛知道自己的颜色，穿插组合；又通点缀的道理，衬着绿草蓝天，构图饱满而和谐。

这里也有湖泊，即"淖尔"。黑天鹅曲颈而游，突然加速，伸长脖子起飞，翅膀扑啦扑啦，很费力，水迹涟涟的脚蹼将离湖面。我想，飞啥？这么麻烦，慢慢游不是挺好吗？

湖里鱼多，牧民的孩子挽着裤脚，用破筐头一捞就上来几条。他们没有网和鱼竿。我姐笑话他们，说这方法多笨。我暗喜，感谢老天爷仍然让蒙古人这么笨，用筐和脸盆捞鱼。我非鱼，亦知鱼之乐。

这些是我女儿鲍尔金娜从老家回来告诉我的。

在我大伯家，有一只刚出生七天的小羊羔。它走路尚不利索，偏喜欢跳高。走着走着，"崩"地来个空中动作，前腿跪着，歪头，然后摔倒了。小羊羔身上洁白干净，嘴巴粉红，眼神天真温驯。有趣的事在于，它每天追随鲍尔金娜身后。她坐在矮墙上，它则站在旁边。她往远处看，它也往远处看。鲍尔金娜珍怜它，又觉得它很可笑。

小羊羔每天下午四点钟停止玩耍，站在矮墙上"咩咩"地叫。它的母亲随羊群从很远的草地上就要牧归了。天越晚，小羊羔叫得越急切。

这时，火烧云在西天逶迤奔走，草地上的镜子金光陆离。地平线终于出现白茫茫的蠕动的羊群，它们一只挨一只低着头努力往家里走。那个高高的骑在马上的剪影，是吾堂兄朝格巴特尔。

羊群快到家的时候，母羊从九十九只羊的群中窜出，小羊羔几乎同时向母羊跑去。

我女儿孤独地站在当院，观看母亲和小羊羔拼命往一起跑的情景。

母子见面的情景，那种高兴的样子，使人感动。可惜它们不会拥抱，不然会紧紧抱在一起。拥抱真是天赋人权。紧紧抱在一起，是结为一体的渴望。动物中，猩猩勉强会一点拥抱术，但那种虚假，实在不堪。

小羊羔长出像葡萄似的两只小角。那天，它在组合柜的落地镜里看到自己，以为敌人，后退几步，冲上去抵镜子。大镜子哗啦碎了，小羊羔吓得没影儿了。这组合柜是吾侄保命（保命乃人名——作者注）为秋天结婚准备的。保命对此似不经意，他家很穷，拼命劳作仅糊口而已。但镜子乃小羊羔无知抵碎的，他们都不言语。

我嫂子灯笼（灯笼也是人名，朝格巴特尔的老婆）对小羊羔和鲍尔金娜的默契，夸张其事地表示惊讶。在牧区，这种惊讶往往暗含着某种佛教的因缘的揣度。譬如说，小羊羔和鲍尔金娜前生曾是姐妹或战友。

鲍尔金娜每天傍晚都观察母羊和小羊羔奔走相见的场面。这无疑是一课，用禅宗的话说是“一悟”。子思母或母思子是人人皆知的道理，但这道理在身外的异类中演示，特别是在苍茫的草地上演示，则是一种令人心痛的美，用女诗人李琦的话说，是“一种很深的难过”。

对人来说，往往不知别人怎么疼自己，虽然港台电视剧天天在宣扬这种恩怨故事，人们还是不懂。

小羊羔和它的母亲，以这么本色的演技（实际未演）和这么简单的情节（无情节）把一切都弄清楚了。

我的梦想包括在生活中看到这样的情景，虽然这并不容易。

王宗仁
作品

一把藏刀

谁的藏鞋晾在草滩

文/王宗仁

不管是走路或干活，她不说也不笑。好像这个世界就她一个人。

我说的是阿德。

我到她家已经三天了，看到她总是手脚不停地忙着，寡言少语。有时甚至一天中也听不到她讲几句话。她很安静，有点孤单。看上去略显疲倦，但丝毫不减她的美丽。

阿德最初留给我的印象就是这样。

我并不认为她是个藏族姑娘才这样不善言谈；恰恰相反，我所接触的许多藏家女孩那种唇枪舌剑般的尖刻，是汉族女娃也望尘莫及。阿德的性格中绝对缺少快言快语的基因。阿妈曾经用爱怜的口吻数落她："傻女子，难道你是河边那棵墩墩柳，没长嘴巴？"她听了，只是抿着嘴笑眯眯地在阿妈的脸上亲了一口，还是没有说话。

藏村里的人说喜鹊有三种叫法，他们最喜欢的还是它沉默时的声音。

其实，不爱张扬的阿德有另外一种声音，那就是她那双藏靴摩擦地面的声音。她更多的时候是不紧不慢地走路，地面被靴子蹭出轻柔而悠长的微音，很像鹰在它的高度飞翔。当然，她也有急促地赶路时，那就化作了小溪从草坡上淌过的节奏。我留意阿德就是从她的一双藏靴开始的。那双半高统的黑色绒料藏靴几乎把她膝盖以下的腿都装了进去，使本来就苗条的这位藏族姑娘越发透露出一种不俗的气质。靴子的边口和靴筒上都有能工巧匠绣下的美丽而简洁的抽象图案，看得出那是藏族人心中的吉祥物。特别撩拨人心的是那靴子尖，微微翘起，如同小船一般，在她走起路来时，很像在水面上流畅地划动着。藏家姑娘的韵味全都在这一双穿着漂亮藏靴的脚上。

“不少女孩都希望自己能有阿德这样一双别致的藏靴！”多吉这样对我说。能看得出他在讲这句话时一点也不掩饰那种超拔的自豪，在他的眼里，妻子和妻子的藏靴都是至美至善的。

我抬头望多吉时，他正甜蜜地看着我。显然他要我和他一起分享他们爱情的幸福。

原来，阿德和多吉的爱情故事都凝聚在这双藏靴上。那是一个不会远去的故事，想起来心头就发热的故事，回味之后是绵绵幸福的故事。

这是2004年夏日一个飞扬着棉絮般雪花的中午。在青藏高原那个叫五道梁的地方，我有心无意地欣赏着高原六月雪的特别景色。帐篷的门敞开着，我可以看见草滩上残留的斑斑积雪，白绿相间，是哪位巧手姑娘把草滩刺绣得如此美丽？阿德此时肯定忘情了，她完全像个天真的孩童仰着脸让雪花抚摸着她。她在享受一种潜心的幸福。有一只很懂事的藏羚羊绕着阿德轻轻地走动，它不惊动阿德，只是不时地用嘴舔舔她的藏靴。我能感觉得出它要给正在享受雪花抚摸的阿德，再增添一种生动的爱意。小藏羚羊也懂得爱！

阿德陶醉了！融化般地陶醉了！

静坐在我身旁美滋滋地看着阿德的多吉也陶醉了！

他们精心养护的藏羚羊就要返回大自然界了。在这惜别的日子里，这只小动物甚至表现得比它的主人们还要依恋不舍。平静如水面的阿德，其实是表面平静，内心复杂。人与动物的感情也有融会贯通的时候。

我就是在这时候结识了这对藏族夫妻，可可西里的普普通通的牧民。完全是赴藏路上一次意外的相遇。草滩上这两个藏族男女，还有围着他们亲热的小藏羚羊，以极大的诱惑力引着我走进了他们的帐篷。

阿德光着脚丫走进帐篷时，我已经和多吉坐在卡垫上聊起了他俩的爱情故事。阿德望了一眼家里的这个陌生人，好像听到了我们谈话的内容，便很不好意思地转身又出去了。多吉悄声地告诉我，她就是这样，男男女女的事总会把她的脸羞得像红布一样。直到现在，她做我的媳妇快半年了，每晚入睡时还要穿着出嫁时阿妈给她做的红布兜。

我笑了。阿德身上美丽的地方太辽阔了。真的！

“她为什么光着脚丫，靴子呢？”我问多吉。我当然很心疼她那洁嫩得如同刚出土的人参豆似的脚趾蛋，但是更多的还是觉得她穿上那双藏靴会更漂亮。

多吉并不回答我的问话，只是抬起头从帐篷门里望着外面。我也本能地将目光投去，只见草滩上，阿德一只手抱着那只藏羚羊，另一只手里拎着藏靴，向远处走去……

那年，阿德和多吉几乎是前后脚来到长江源头的乌丽煤矿。这里驻扎着军队的挖煤队，阿德当了队里炊事员，多吉在第一线挖煤。他俩虽然都是藏族，家乡却相隔数千里。阿德是西藏安多县人，多吉家在青海大通县。进了军营却不穿军装，人们通常称他们为军工。不管怎么说与军队占了边，总是一件值得自豪的事，阿德从小就有一个神圣的愿望，当一名解放军战士。对多吉而言，还有比穿上一身军装更让他不仅自豪而且得意的事，这就是他在军营里看到了阿德这位才貌出众的姑娘。他多吉长这么大什么时候遇见过这般鲜活的美人，每次望上阿德一眼他的整个身子都甜甜的酥透了！伙房和挖煤现场隔着一座小山，可美丽的姑娘把多吉的魂勾去了，他翻山去找阿德。阿德不理他，他就在每次开饭时无话找话地和阿德搭腔。阿德只是埋头打饭舀汤，她不喜欢贫嘴男人。多吉的耐心是惊人的，他竟然对沉默的阿德连着发出三四个问话，仍然换不来回应，下次他会表现得更热情。多吉的逻辑并不新奇，他认为你这个阿德哪怕是块石头，我也要用我的胸膛把你暖得孵出鸡仔来。阿德终于忍无可忍了，她把一勺菜狠劲地扣在多吉的碟里：“行了吧，多给你一勺菜占个小便宜，总可以把你的臭嘴堵住吧！”

多吉在考虑新的对策。抄小路抵达不了，掩身于林中远眺人家又不转过脸来，那索性就破门而入吧。女人大概喜欢最暴露的男人呢！多吉自作聪明地这样想。

他专门托人从拉萨买回一双崭新的藏靴，准备送给阿德。他明白最会打扮自己的女人往往是从脚开始，一双合适而美观的鞋会给她平添好多姿色。为什么男人看女人总是先要瞅瞅她的脚，就是这个道理。当多吉找到阿德的朋友挖煤队的医生郭德去完成这个使命时，郭德犹豫了，碰钉子他倒不怕，最主要的是他担心多吉要难堪的。多吉说：“我看到了，阿德脚上的靴子已经旧了，想来时间不短了，这真的会影响她很漂亮的本色。让她换上这双新靴子。”作为朋友，郭德比谁都清楚倔强的阿德不会轻易收接别人的恩赐，尤其是陌生男人的送礼。但他又一想，多吉如此多情，完全是一片真心，不妨试一试。

阿德拒绝收下藏靴，郭德预料得到。但是他确实没有想到她会大动肝火，她完全没有了平时那个腼腆少话的样子，接过靴子就摔给郭德，说："请你转告那个讨厌的多吉，叫他把藏靴送给他老妈穿去吧！"

如果多吉就此罢休的话，那他就不是多吉了。这个藏家小伙子同样很倔强，他一旦瞅准了目标，就一定要竭力达到。甚至在碰得一鼻子灰时，他的倔劲会陡增三分。

多吉总是要进食堂吃饭的，这样他与阿德的聊天就不会没有。我不能不说话，只要唾沫星子溅不到你脸上，我的话再多也不犯法。听不听那是你的事。要不，我憋得慌。多吉这样想。

爱情的力量就是这么执著而又神奇。也许旁观者无法理解，但追求爱情的人仍然要一意孤行。海上有风浪，又没有船，他照样出海。

转送藏靴的医生灰心了，说："多吉，我绝不认为你就是癞蛤蟆，可阿德是美丽的天鹅，这是大家公认的事实。你就死了这份心吧，和你般配的姑娘有的是，聪明人的做法是转移大方向另找目标！"多吉的态度很坚决："既然目标已定，我就追到底。" 郭德问："看来你是死心塌地的爱上阿德了。阿德为什么会让你这样痴心去爱？"多吉答："第一，她做的饭菜可口，我喜欢吃。第二，她长得出众，很漂亮。第三，她很厉害，只有这样的女人才能管住我这个不守规矩的调皮男人。"郭德笑了，说："就算你说的有道理，可是你知道阿德爱你吗？你这样追下去，你想没想过会有什么结果？"多吉说："什么样的结果我都可以接受。"

多吉疯了，因为爱情。

唐古拉山的岩石上，静静地伏卧着一只鸟，它不是伤心，也没有冻僵。而是俯视着落地的极好角度。

机缘是那次英模会。

年终，挖煤队开庆功会，阿德和多吉都戴上了大红花。那天下起了大雪，英模们胸前的红花被映衬得格外鲜红。很巧，这些体面的先进人物登台和大家见面时，阿德和多吉肩靠肩地站在了一起——自然是多吉有意把肩膀倾斜了一下。出人意料的是阿德没有了往日的讨厌情绪，只是白了他一眼。

寒夜一场雪，天气却不冷。

多吉显然闻到了他早就很想得到的一种美滋滋的气息。他对阿德的"进攻"加强了火力。庆功会的当天午后，他又一次找到阿德的好朋友郭德，恳求他帮忙。他拿出一张纸条，要郭德转送给阿德。上次吃了败仗的郭德已经没有了继续冲锋的锐气，但他不愿意给多吉泼冷水，便迂回着说："这是一封情书吧？你还是找别人传送好了,我这手太臭,肯定又会大败而归。"多吉给他鼓劲打气:"上回没经验,咱这事做得太露了。这一次你不必看这纸条上的内容,也不要告诉阿德什么,只是把这张纸条交给她就算你完成任务。" 郭德还在找推卸的理由:"也许人家阿德早就花开有主了,你去挖别人的墙根会烂舌头烂眼窝的。"多吉说:"你管这么多事干啥!把纸条送给她就是了,别的不属于你职责范围内的事。"

多吉早就"调研"过了,阿德没有男朋友。

那张纸条比那双藏鞋还要"恶毒",上面写着:"阿德,我向你求爱,晚上 8 点钟在饭堂后面山顶上的电杆下见面。"

多吉就这么坦率。这不奇怪。可是令许多人难以理解的是,阿德这回容忍了多吉的"无理取闹"。她不但收下了纸条,还很痛快地应承下来了。

当晚两人如约相会在山顶的电杆下。

任何人一旦进入爱情这个磁场,就会不分男女了,何况这两个人还是一路绊绊磕磕地才走到了一起。

情况完全像追逐者多吉一直企盼的那样,阿德变成主动进攻的一方了,锋芒的多吉反而显得有点拙嘴笨舌了。这就是真真实实的藏家姑娘的性格。当她的眼里没有这个男人时,你就是拿去金砖银锭她也懒得看一眼,一旦她认准了你,把你放在了心上,哪怕你躺在被窝里睡大觉,她也要揪着你的耳朵叫醒你来爱她。两人来到电杆下后,阿德开口就问多吉:

"为什么要和我相约在山顶上?"

多吉笑答:"一览无余,眼宽!"

"还有,你是想让挖煤队的人都看见,你终于把骄傲的阿德'捉拿归案'了。是不是?"

"算你聪明说到点子上了。"

稍停,阿德又问:

"太阳从西边出来了,今天你来见我怎么两手攥空拳?"

机灵的多吉马上明白过来了,说:"你太小看我多吉,我约你出来绝不怀好意,这次是二进贡。当然,我也做好了挨骂的准备。"

说着,他回转身从地上掂起一包东西,递到阿德面前。还是那双藏靴。

阿德郑重其事地接过靴子,感慨道:"谁开口都不容易,那天回绝了你,过后我挺后悔的。你托朋友送来藏靴,我可以不收,但实在不该出口伤人。"

多吉忙园场:"你还不了解我这个人,别人要是骂我,我是绝对不会饶过的。如果是心爱的姑娘骂我，我会很幸福地听着。”

“贫嘴！改不了。”

“这就叫爱情。爱情！”

阳光中午，山顶上一对藏家男女紧紧相拥，他们的嘴唇触摸着蓝天。

……

生活的哲学就是这样：爱你的人和不爱你的人，总会像格桑花和狗尾巴草一样混杂着长在一起。分辨需要时间，有时伤害对方也是为了分辨。即使这样，有些人已经结婚了，还没有分得太清楚。这大概就是在举行罢婚礼的当晚，阿德为什么要讲下面这番话的原由吧：

“老公，你抱怨我也罢，甚至恨我也好，今天已经成了你媳妇的我可以向你检讨，但我绝不会后悔自己当初冷淡过你的行为。因为阿妈说过，她不会干涉我的婚姻大事，我选择什么样的老公，那完全由我自己做主。但是她有话在先，如果我把一只狼领进家，她肯定会把这只狼和我一起赶出去。”

多吉说得也很动情：“过去的事，该忘掉的就让它留在昨天，不该忘掉的就让它像山巅的千年积雪一样永久地冻结在我们的生活中。说到底，我还要感谢这双藏靴，它是我俩成为夫妻的最早的也是最终的见证。”

阿德拎起藏靴紧紧抱在怀里，眼里不由得飘出泪花。这是多吉从拉萨买来的藏靴，是阿德曾经摔掉过的藏靴，是在婚礼上多吉亲手穿在她脚上的藏靴，是新婚夜摆放在新房最显眼的地方看着他们亲热、听着他们切切细语的藏靴。藏靴，幸福的藏靴！眼泪的藏靴！爱情的藏靴！

日子给藏靴续写着故事新篇。

婚后不久，阿德和多吉就辞别挖煤队的工作，到可可西里安家落户。他们要过真正的牧民生活。自由，自在，幸福。帐篷就撑在小河边的草滩上，日出出牧，日落归来。

阿德一直舍不得穿那双藏靴。可是，把它放在什么地方却着实叫她作了难。压在箱底看不见她太心慌，摆在柩上帐篷里光线暗显不着她太郁闷。抱在怀里当然最理想了，但不可能，她每天都要放牧。多吉说，就把它晾在草滩上吧，让它泡在阳光里，太阳给它温暖，给它色彩，给它光明。还有，天长日久人们知道了咱这藏靴的故事，藏靴也就成了一道风景。这，也没什么不好。

阿德有些害羞，为啥非要把两人的事张扬得天下人都知道呢？不过，她喜欢阳光，草原上那暖融融、甜滋滋的阳光太诱惑人了！她提出只有在阳光明媚的日子，才可以把藏靴晾在草滩上。

多吉说，藏靴在阳光下伸个懒腰，咱俩也跟着舒坦。

帐篷前，草滩上，最数藏靴鲜亮。

青草复青草，藏靴在其间又不在其间。夏日的六月雪，靴子盖上薄雪，太阳把雪化掉，洗净靴子，靴子显得更嫩更美。有时，飞来一只无名小鸟落在藏靴上，喳喳叫着。阿德故意不去惊动它，让小鸟把沉睡的靴子叫醒。

每月的初一十五，是这户草原牧民晾靴子的日子，约定俗成，这一天成了阿德和多吉回忆甜蜜生活的幸福时刻。

草滩上的藏靴，镀着太阳的灿烂碎片。

羊儿低头吃草，藏靴吃着阳光。阿德和多吉坐在草坡上眺望，望什么？望更远的地方。

这天傍晚，阿德照例掂起藏靴准备回家。先一步进了帐篷的多吉挤眉弄眼地要她动作快点，他已经等不及了。

就在这时候，阿德觉得这藏靴今天有些异样，沉甸甸的，好像有人在下面拽着。她以为是自己的错觉，并没在意，不对，不但沉还有动感。她犯懵了，弯腰一看，靴筒里有一只活物，似猫？又像狐狸？全不是。她惊呼多吉，快来看有怪物！

多吉出来辨认，笑她太傻，什么怪物，是一只可爱的藏羚羊，国家珍稀保护动物！

这只小崽子没伤没病，活蹦乱跳。它不可能是从猎人的枪口下逃脱的，十有八九是跟着妈妈跋涉时掉了队。丢了孩子，妈妈着急。失掉了妈妈，孩子心焦。阿德和多吉商量好：先把小藏羚羊带回帐篷，让它安全度过这一夜。明天，说不定妈妈与太阳一起床，来领走它的孩子。

小藏羚羊太奇怪，它不卧在卡垫，也不挨专门为它做的“软床”，硬是躲在藏靴筒里不出来，好不容易弄出来，它又会钻进去。也许是吓懵了，也许是它已经认定这藏靴就是它的家。好吧，就让它住在“藏靴房”里。

这一夜，阿德和多吉没睡安稳。小藏羚羊也闹腾了个通宵，那藏靴里的响动声一直没歇止。

次日，两口之家的早餐桌上破例地多了一袋伊利奶，那是阿德为小藏羚羊准备的。它肯定饿极了，毫不客气地喝了个净光。之后，它又钻进了藏靴，只将毛茸茸的小脑袋露在外面。用怯生生的眼光打量着这个陌生的世界。

出牧前，阿德把藏靴晾在了草滩上。这时，刚刚从东海喷出的霞光把草原涂染得殷红殷红。阿德对留家守帐篷的多吉说：“我把小藏羚羊带出去放牧，说不定还会碰上它的妈妈呢！”谁知，还没等她把话说完，小藏羚羊就挣脱开她蹦跳着钻进了藏靴。还是那个毛茸茸的小脑袋，还是那双怯生生的眼睛……

这一天，除了多吉给它喂奶，小藏羚羊整整一天都在“藏靴房”里……

第二天，还是这样；第三天仍然如此……

帐篷窗沿漫上宁静的白色，又是一个六月雪飞飘的日子。这应该是小藏羚羊来到阿德家的第8天了，8，一个吉祥的数字，清晨起来，阿德和丈夫还不知道会有什么好事发生，他们照样出牧，今天该多吉去放羊。这个没出息的家伙，这两天不知哪根腿抽筋了，变得黏黏糊糊甩都甩不掉，离不开阿德了，夜里死磨硬缠地还乐不够，白天也要阿德陪着他去牧场。阿德心烦却别无办法，只好带着小藏羚羊和他一同出牧——它自然还是离不开它的“藏靴房”。他俩刚要翻过一道草坡时，忽然听到了一种撕肝裂肺的叫声。声音来自不远的地方。对可可西里的动物了如指掌的多吉，马上就辨出是藏羚羊的叫声。果然在左前方四五百米的梁上站着一只藏羚羊。多吉判断，很可能就是这只小藏羚羊的妈妈来寻找它的孩子了。阿德很高兴地说：“没错，准是这孩子的妈妈！”她立即放下抱在怀里的藏靴，想让小家伙跑去找妈妈。没想到它出来望了望远处，又回到了它的房里。使他们更没有想到的是，前方梁上那只藏羚羊也撂开蹄子撒野了。可可西里至今仍然不间断地响着偷猎者的枪声，藏羚羊怕人，见了人就逃窜。说不定那只藏羚羊还以为今天遇到的这一对男女，故意带着它的孩子在引诱它，想捉拿它。可可西里的枪声哪年哪月才能永远消失，使这块多灾多难的土地变成和平宁静的乐园。这是包括藏羚羊在内的动物们的企盼。像阿德和多吉这样善良的人都在祈祷。

心被心事压着，沉甸甸地像挂了锁。风中的夕阳有点凉，他们与小藏羚羊又踏上了归途。近处、远处，有淡淡的炊烟在牧民的帐篷上飘，一直消散在天空之上。一路无语，只有小藏羚羊“吱吱”地叫着，藏靴在颤动。它确实饿了，一天没吃东西，伊利奶很让它开胃。

一只野狼披着夕阳从眼前慌张逃过。

一连几天，阿德和多吉都能听到藏羚羊妈妈那撕肝裂肺的叫声，有时在傍晚，有时在清晨，有时甚至在深夜。这悲凄的声音穿过了整个可可西里。他们越来越肯定这是妈妈呼唤孩子的声音，这声音里含着眼泪，含着焦虑，含着求饶。人都有父母，人都有孩子，人都有柔情。将心比，人和动物都是一个理。

这种折磨心灵的痛苦的嘶叫声，阿德和多吉再也不愿听了。热爱动物也是这世界的美的一部分，要让可可西里成为开遍野花无人采摘的净土，每个人都得从自己做起。这天夜里，他俩谁也不说话，当星星落净黎明悄悄降临在帐篷的天窗时，他们毅然做出一个决定：

放生！

我不换眼地望着阿德的身影越走越远。

远处的土坡上，杂草缀满了残雪。一只贪婪的野狼慢慢地从坡上走过，也许它已经嗅到了什么气味。

藏羚羊妈妈的嘶叫声仍在时长时短、时近时远地传来，我无法辨清它来自何方。只是在这个本来轻松的时刻，那悲伤的叫声将我的心叫得支离破碎。

我很担心地问多吉："阿德准备把小藏羚羊放回到哪里去？"

多吉说："在哪里遇到藏羚羊群就让它回到哪里去，整个可可西里都会是它的家。"

"那么，藏靴呢？小藏羚羊会离开它的这间温暖而美好的房子吗？"

"会的，妈妈的怀抱比任何房子都暖心。"

"我猜想，你做梦也盼着这双藏靴重新穿在阿德脚上。"

"不瞒你说，在阿德一只手把藏羚羊揽抱在怀里，另一只手掂着藏靴时，我觉得这时候她最漂亮，最动人！"

我不由得又把目光投向走向远方的阿德。

穿着彩绣藏袍的藏女，像高处的花，越远竟然越是鲜丽——那是阿德手中的藏靴。

放生的路也许很长，很长。

美景在远方。

这时，我巴不得将我脑海里所有记忆都取掉，只留下这双藏靴……

藏女哭坟

文/王宗仁

当青藏高原进入一天24小时中最宁静的午夜时，藏北是这宁静的中心。这时，所有的灯都熄灭，所有的路都入睡，所有的河都沉默。大地一片寂静。静得仿佛能听见月亮打盹的鼾声，静得连躺在它怀抱的念青唐古拉山都显得比白天缩小了许多。夜空浮游着几朵不肯回家的云，它时而遮掩了月亮，时而又把月亮裸露出来，给藏北的夜平添几分神秘。

这晚，我投宿藏北草原上八塔附近的谷露村。我选择在这里驻留当然出于对藏族人民心目中至高至圣的英雄格萨尔王的敬慕。相传当年格萨尔王曾率兵在这里驰骋征战，他旗下的一名大将夏巴战死于此。为表彰夏巴，格萨尔王修八塔安葬夏巴。我是来向英雄祭奠的，没想到在古代英雄的坟旁，竟长眠着一位当代英雄。

后半夜，一阵笛声带着浓浓的月色从藏式小楼的窗口飘进来，把我摇醒。那笛声很舒缓，音调是悲切的。有时断了，有时又续上。断时余音缭绕，续时仍有断掉的留痕；有时近了，有时又远。近时犹如在脚下，远时仿佛来自月宫。我的心被笛声牵动，便起床，站在窗口前，倾听这不知从何处传来的笛声。一时间笛声竟然填满了小窗，窗口似乎盛不下这笛声，飘出了窗外。突然我有一种感觉，这悲凉忧伤的笛声开出了苦花，又结出了苦果。笛声中风来了，雨来了，搅得我的心也跟着酸楚起来。

我猜测着这个吹笛人，是老者还是少年？是男性还是女性？为何半夜三更吹奏能把人肝肠苦断的伤感乐曲？我仿佛已经清清楚楚地看见那吹笛人，用一双灵动而又沉重的手指从笛孔弹压出这足以能表达其心愿的音符。

次日，当地牧民多吉老人给我讲了一个关于藏女哭坟的让人伤心流泪的故事，它启开了我心中的疑团。

十多年前，一场罕见的暴风雪防不胜防地袭击了藏北草原。它给这块瘠薄土地带来满目疮痍的灾祸，至今提起来让人胆战心惊。数不清的帐篷被暴风雪揭走了，成群成批的牛羊被零下四十度的奇寒冻死在牧场上。还有多少老人、儿童在这突如其来的风雪中奔走哭嚎。最后他们筋疲力尽倒在地上，有的再也没有起来。

扎西色珍实在弄不清楚她是在哪一刻失去了阿妈阿爸，她只隐隐记得在她家的帐篷被风雪连根拔起的那一瞬间，她就像长了翅膀一样开始在草原上流浪。也许飘流了一个白天，也许飘流了大半个夜晚，她什么也不知道。此刻，疲累、饥饿、奇寒把她撂倒在一个陌生的地方，奄奄一息……

发现扎西色珍的人是解放军某文艺演出队的一位演员，他在边防线上演出返回途中路经藏北，便参加到救灾的行列中。扎西色珍是她抢救的第三个冻倒在雪野的藏胞。这时他的体力消耗得连举步的力气几乎都没有了，他无法背动已经昏过去了的扎西色珍，只得将她抱在怀里一步一挪地往救灾点上走去。

后来，扎西色珍知道了一切。最使她难忘的是别人告诉她的这位解放军叔叔救她时的那个细节：他虽然已经失去知觉，双手仍然握着笛子。在他抱着扎西色珍昏倒在地无力走动时，正是用平生之力吹出的微弱的时断时续的笛声，唤来了战友，救出了她。他当时吹奏的曲调是《我是一个兵》。

扎西色珍的身体刚一恢复，就带着那支笛子，来到一个用终年不化的冰块雪团砌成的坟茔前。这里安葬着那位舍命救藏女的军人。他长眠在这个藏胞为他设造的特殊墓穴里，遗体就能在较长时间得到完好保存。扎西色珍在坟前肃立好久，眼里噙满泪花，却没有流出来。救她的恩人是个坚强的军人，她不愿在他面前表露出丝毫的稚弱。

失去亲人的扎西色珍虽然只有 16 岁，却顽强地生活着。在风雪里滚出来的藏家女有雪山一样的性格。她赶着政府分给她的羊群在广袤的藏北草原上游牧。今日住在小河旁，明日暂栖雪山下，食无定时，睡无定点。日子过得充实、自由。只是一看到挂在帐篷里的那支笛子，她就怀念救命恩人。她很快学会了吹奏笛子，是专程拜师一位藏族老艺人才学会的。她会吹十多支歌调,首先学会的当然是《我是一个兵》。不管吹奏什么歌曲,从笛孔里流出来的都是异常凄凉的情感。她是向那位离开人世的军人倾诉心声!

有人告诉扎西色珍,每天夜里五更天夏巴英雄的英魂在八塔下显灵,那里便聚集起一大队格萨尔王的英雄士兵。这本是藏区的传说,扎西色珍却相信了。她想,那位用生命救了藏胞的恩人也是英雄,这个英雄相聚的时刻他也会在其中。于是她便在五更天起床吹笛,让英雄们在天之灵知道她的思念、祝愿。

这个平平常常的藏北之夜,我的所有心思都被从远处传来的笛声牵去。我抬头望月,觉得那笛声缭绕着月亮;我低头看河,感到那笛声溢满小河。吹笛人,你很美。也许今夜你不快乐,但不必忧伤。因为你的笛声是一盏灯,会把藏北的暗夜全部照亮。

一把藏刀

文/王宗仁

2006 年 8 月的这个中午，好像注定我要走入另一种生命。当我在书房望柳庄忙忙碌碌地触摸媚丽的阳光时，茫茫尘世的另一端一位藏族老人的双眼刺穿我记忆深处的痛。

为了找到很久以前收藏的一张青藏公路地图，我翻箱倒柜，把书房几乎捣腾得底儿朝天。地图最终也没找着，倒是一本厚书里咣当一声滑落下一把小巧的藏刀。它像一个武士从队列里站出，要同我交谈。我有些措手不及，但很快就镇静下来。

我是收藏这把藏刀的主人，我仍然不厌其烦地把它打量，刀鞘上镶着松耳石，象牙柄上嵌着红玛瑙。自然有些陈旧了，多年的尘埃使它失去体面的色泽。但是烈性的锐气犹在，锋利的弯月，青铜的寒风，尖刃上仍然能行走迅猛的呼啸。

藏刀在时间上已经沉默 40 多年了，刃面上一层薄薄的锈迹记载着岁月的留痕。冰是火的化身，无声是有声的极致。我知道藏刀一直醒着。

看着藏刀，我很亲切又很陌生。

日子用最粗糙的砂纸，打磨掉我眼前早就板结了的雾障，强迫我想起生命中那些无法忘掉的往事。已经死去数十年的黑夜开始变亮，和窗外的阳光混在一起，拽我走进拉萨八廊街。

藏刀，我骨髓里的忧伤乃至悲愤是你造成的。你的主人们生存的艰辛，还有当时有气无力的阳光下西藏千疮百孔的面容，也许永远不为你所知。但是你要明白，拉萨的夜确实不平静，有人在行窃，有人在放火。

山比情葱茏。

水比意活泼。

藏刀，你把我从宁静的和平带入战乱的年代。当时西藏和平解放不久，还没进行民主改革，刚刚发生了一场叛乱。正是拉萨痛哭流涕的季节。我必须让自己的思绪慢下来，以便仔细地回忆和拾捡那些不该被遗弃的细节性东西。比如，我走过大昭寺唐柳下看到柳枝上挂着一只烧焦了的藏靴；在布达拉宫广场旁边的水坑里我看见正挣扎着一只奄奄一息的小羊羔；一个喇嘛在罗布林卡前和我打了个照面后，便慌慌张张地进了树林；我来到市中心，发现路边没有主人的地灶被冷风吹走了最后一点热气……蒙难中的拉萨，今天我对这些记忆犹新！

下来，我该讲到那位阿妈了。

那天午后，如果没有那场突如其来的降雪，我突发奇想地产生了想去看看八廊街雪景的想法；如果没有雪后那次辉煌的落日，把八廊街映照得凄美、苍凉，我也早就离开那条古老的老街了。一切都在意料之外。

八廊街（那时叫八角街）是拉萨城市的标志，是城市之中的一个闹市，城中城。它紧紧围绕着大昭寺，周围那整个一片的旧式的、有着浓郁藏族生活气息的建筑形成的一条环形街道。八廊街内僻巷幽幽，曲途自通，宫厦套着石屋，回楼依傍古寺。解放前，八廊街里既有噶厦政府、地方法庭、监狱等机构，又有商店摊贩、手工作坊。这里住着达赖世家等贵族、僧人、学者，也住着木匠、银匠、铁匠、画匠、裁缝及农奴佣人等社会地位低下的市民。人们在八廊街上那些难以计数的小货摊上、撑在街旁的各色小帐篷底下，或在一间挨一间的伸进街巷深处的幽暗的小店中，神秘地进行着各式各样丰富多彩的交易。这里是西藏生活的集散地，是西藏民俗乡情的本来面貌表现得最原汁原味的地方。即使现在到了二十一世纪，外地人走进八廊街仍然能够比较真实地追寻到感受到几百年前藏族人民的生命习惯和气息。

八廊街给我留下刻骨铭心的印象令我终身难忘的事情，是藏家人在这条街上神圣的朝觐和虔诚真心地祈求人生愿望。拉萨城里的转经路有三条。大转经路是围绕拉萨全城，从沿河路向西绕到布达拉宫后面，再朝东顺着建设路绕过邮电大楼，最后回到原地沿河路；第二条转经路是绕布达拉宫一周、绕药王山一周；小转经路也是藏人心中最重要的一条转经路，那就是围绕大昭寺一周的八廊街转经路了。我要说的是八廊街上男男女女老老少少手摇转经筒若浪如潮的朝觐人流。我每次来到拉萨，一个最突出的感觉便是这儿的变化太慢，仿佛正是八廊街上缓缓的、静立不动的脚步拖住了拉萨的发展。他们不动声色地一圈一圈地走着，这三里长的环形街何处是头！每天傍晚，是特定的转经时间，这时好像接到了一项无声的命令，四方的信男信女立即涌向大昭寺的正前方，一阵经微的有次序的骚动之后，便严格的以顺时针方向沿着八廊街走去。必须是顺时针，有些不守规矩的外地人总有反时针走八廊街，这时藏家人用鄙夷的眼光小视他们。傍晚的八廊街上，只听见无数的皮鞋、布鞋、毡靴在磨蹭地面的碰响声，人群中发出的轻微的祈祷声。鲜亮的耳环摇摇摆摆，一串串珠宝闪闪烁烁，一个个转经筒有旋律地晃动。这活脱脱、灰蒙蒙的队伍给人的印象又严肃又郁闷。傍晚的八廊街把人们带进了一个概念上美好、实际却是迷蒙的世界里。

我就是在这时候遇到那位藏族老阿妈的。

不紧不慢的雪花像小蝴蝶一样满天飞舞着，很快就给拉萨披上了耀眼的银装。雪中的八廊街自然别有情趣，那些高矮不齐的房舍一积起雪就变得齐刷刷的一个模样了。抵角旮旯也被雪填充得同样白净了。唯有街道上滴雪不留，摇着转经筒走街的人们用一双双沉重的藏靴踏飞了路上的雪。雪是天空凝固的泪水，它掉落下来的声音分明带着一种悲伤，所有人包括我们这几个串街观光的士兵，都在抬头望着灰蒙蒙的天空，倾听着雪的声音。走街人嘴里念念有词的祈祷声一声比一声白，苍白。1959年初冬拉萨的这场雪肯定是死亡的落霞，要不八廊街为何这样荒凉、凌乱？

我正毫无目的地在街上走着，大部分商店的门都死死地关闭了，只有少数的印度和尼泊尔商人乘机开门赚钱。其实许多人都像我一样只是出出进进地串商摊，只看不买。我是为了观光无心买东西。风吹着，风一直吹着，吹着随着雪花旋转的轻经筒。雪帮我保存下这些记忆。

老阿妈像是从天上掉下来似的出现在我的视线内。她走在我前面，顶多有5米的距离。她手摇转经筒，不知为什么那转经筒似乎很沉重，她摇得很吃力。老人穿一件脏兮兮的旧藏袍，袍沿拖着地，她走过的地面上蹭下了一行印痕，袍沿上凝冻着一串串雪球。在她回头望我时，我看到她脸上布满核桃皮似的皱纹，深藏于皱纹里的眼神仿佛集中了世界上所有的苦难和忧伤。她衣折里凝滞的霜尘及藏靴上龇开的破洞，告诉人们她是从远方来的朝觐者。藏北那曲？还是阿里山地或更远的亚东？不得而知。一只藏犬很忠诚地跟随老人身后，这时窜到一个角落抬起后腿撒一泡尿，本来洁白的雪面露出一片黑污。据说多年后，这些尿也能让主人找到返回的路，有藏犬人就不会迷路。

初冬的风已经很凉了，老阿妈走在落雪的风里，一颠一颤，随时都会倒下似的。这时她抬起疲惫的头用那双没有光神的眼睛看了看我，突然回转身急步走到我面前，乞求似的拦住了去路。不容我多想也不容我说话她就挡住了我。我不清楚她要做什么，不懂藏话又无法跟她交流，心中不免生出几分惊恐。我站定，尽量让自己受了惊的心平静下来。老阿妈便又是说话又是用手比划，这样，反复几次以后，我终于明白她是要我买下她的藏刀。

其实我早就注意到了，老阿妈没有摇转经筒的左手里攥着一束枯萎了的格桑花，花簇中间露着一把藏刀，就是我们常常看到佩带在藏家人腰间那种小巧玲珑的藏刀，护身和装饰兼而有之。老人不可能是经商的买卖人，这我能从她的着装及神态上推断出来，那么她为什么要卖藏刀？

我不得不再次打量起站在我面前的这位藏族老人。

几十年间，数十次的跑西藏，进拉萨，我深有体验。只要你一踏进这块地域，就必须丢掉脑子里一些固有的东西，重新理解别人，重新理解环境。因为一切都是你从来没有遇到过的新课题，需要你既要设身处地地又要置身度外地去揣摸、去判断。就说这些远道而来的走在拉萨街上的朝觐者吧，对于他们的虔诚他们的执著，你只有理解了才可能走近他们，否则你与他们必然会格格不入。我曾听人讲过，也做过一点调查，这些朝觐的牧民，不少人为了一次神圣的拉萨之行，往往要把家里多少年间积攒的东西一丝不留地卖掉，作为上路远行的盘缠。倾家荡产者实在不少。信仰贴身，无怨无悔。他们一步磕一个长头地前行，不管多么漫长的路，多么艰难的路，都是跪拜出来的。数月甚至成年都要虔诚地匍匐在路上，吃苦、受累、遭罪，全都为了心中朝思暮想的那个明丽的圣地。有些长者煎熬不过旅途的艰辛，就心甘情愿地长眠在朝觐的路上。眼下这位拦路的老阿妈朝觐到了拉萨，这是她梦寐以求的福分，是她的造化。她为什么要卖掉藏刀？我不得不作这样的推想：她已经灯干油尽，身无分文，无法返回故乡了。回程的路也不轻松，她仍然要磕头，烧香。那些虚无那些轮回，那些无法悲伤的眼泪还要在风雪里飞！

站在我面前的这位老阿妈，她是从家乡出发来到远方，现在又要从远方出发，返回家乡。不，她是走向更破败的远方！家还会等待她吗？门窗裂了，地灶灭了。她，衣衫褴褛，满脸忧郁，双手抖索。我同情她，怜悯她。但是我不能用夜色淹没夜色，也不能用眼泪对抗哭泣。我只能让她感受到人间还有温暖，哪怕是种植一粒星星的微光到她心田，对她来说那也是一次日出。这样才能中止她悠远的叹息。

黄昏中的阿妈，黄昏中的忧郁！我走上前靠近了她，低沉地说，阿妈你好吗，你会好的，你的家乡在哪里。我语言生涩，而且语无伦次。阿妈并不识别我混杂着西藏和陕腔的口音，恐惧地后退了一步。我背过脸去，该不是拭泪吧！我没有犹豫，不能犹豫。我掏出多于这把藏刀三倍的钱，买下了它。50元钱，这是我3个月的津贴呀。一个士兵！

老人恭恭敬敬地接过钱，又恭恭敬敬地递过来藏刀。使我记忆犹新的是那个细节：她特地拍了拍那束分明已经枯萎了的格桑花，与藏刀一起递了过来。

老阿妈走了，继续摇恍着转经筒走进八廊街上不算很多的人流中。世界博大，她却矮小。我望着老人的背影，摇摇恍恍地、仿佛随时都会倒下的背影。直到那背影消失了，我才把目光从远方拔出，落到了手中的藏刀上。我饱含莫名其妙的深情打量起这把藏刀。

它大约半尺长，刻在刀套和刀柄上的吉祥如意图案，在红绿相间的宝石映衬下栩栩如生，活物一般。有一桩事令我难解，藏刀为什么要裹在格桑花中？艳美的格桑花象征吉祥，象征美好，象征和谐。我心明如镜，和平年代用刀的时候少，用心的时候多。我喜爱藏刀是为了收藏。如果这格桑花的色彩还不够艳，香气还不够浓，那就再加上我丰富的生活吧！

西藏人说，冷的时候看太阳。此时是傍晚，天下着雪。雪中拉萨的晚霞很奇妙，却是阴冷的晚霞。本来到八廊街观景的我已经谈去了这份闲情。一颗怀揣美好梦幻的心，被老阿妈深重的藏靴踩埋在灰暗的深处。还有，就在我买阿妈藏刀的时候，我们的排长李黑子一直站在稍远处一家尼泊尔商店门前，用怪怪的眼神看着我。是监视吗？我很是琢磨不透。我想上前和他说几句话，他却好像没看见我这个人似的，头一扭走了。不过，我没大在意，排长是管我们的直接领导，也许在他看来像我这个老大不小的兵还花钱买藏刀玩，俗气！没关系，排长夜夜都和我们这些兵打通铺挨着睡觉，熄灯后我咬着耳朵说悄悄话，会给他说清楚的。

我再也无心逛八廊街了。我不能忘记那位老阿妈，把自己心爱的藏刀卖给我的老阿妈。这个世界上有的人已经走了，这个世界上有的人还要留下来。老阿妈急着回家，说不定一家人正等着她呢！现在藏刀虽然拿在我手里，但那是老阿妈的，我愿意在我再次见到她时，把藏刀还给老阿妈。我满怀信心等待着，因为我相信老人家会有好日子过，藏家人少了藏刀好日子也会过得单调。这藏刀就算由我暂时给老阿妈保管吧！

有了这希望的等待，我的脚步变得轻快。

夕阳低低地卧在西山上，早起的月亮冲着我笑。

我拿着藏刀回兵站，一路上心情十分复杂，一会儿沉重，一会儿轻松。想到也许我还有可能再见到老阿妈时，希望的苗儿就把胸腔暖得好清爽。想到身无钱粮的老阿妈艰难的回乡之路，心儿沉沉，脚步也沉。我不会忘记我在八廓街上看到的老阿妈那张憔悴的脸，那摇摇恍恍走不稳的背影，她猛然间给我扯出了人间的苦根。但我毕竟还做了一件善事，得到了些许的安慰。

我无论如何没有想到，排长一直悄悄地跟随在我身后。半路上他突然快走几步，追上我问道：

"你买的这把藏刀有故事，你知道吗？"

"不知道。"我一边回答一边疑惑万状地望着排长，他一脸的严肃。

"藏刀是我从一家藏民商店买来的，后来老阿妈要去了。"他说话的口气满是伤感，却很肯定。

我有点不知所措了，确切地说是紧张。会有这样的事吗，我买的是排长的藏刀？我怔怔地望着排长。

"老阿妈朝觐来到拉萨后，糌粑吃光了，手头又没有一分钱。她不得不在八廓街上乞讨度日。当时她乞求我送她藏刀，我没有理由拒绝她。虽然这把藏刀是我买来的心爱之物，但是我心甘情愿地用它去救人一命！"

我什么也没说，不知道说什么，只觉得手中的藏刀戳我心了！

"你留着吧！二十年三十年或者更长的时间后，你把发生在八廓街的这个故事讲给后来人听。这是贫困的西藏农奴挣扎在死亡线上的故事，也是他们摆脱苦难觉醒前的故事。那时我们都老了，也许很老了，年轻人如果不相信会有这样的故事，我出来作证。"

我收起了这把藏刀。最伤感的故事，最深沉的触动，最难忘的记忆。

一恍就过去了 40 多年。

如今，老阿妈那一代人早就走了，当年的八廓街也跟着那一代人走了。但是发生在那里诸如老阿妈乞讨藏刀又卖藏刀的旧故事，不会过时也不会老。只要我们的日子还往前赶，就要守住那些旧故事，守住那些曾经苦苦挣扎了一辈子的人。像庄稼守住土地，像花朵守住节气。

黑子排长已经作古。他在生命最后时刻，我和他有过通话。他仍然惦记着那把藏刀，我说该物归原主了。他还是那话，你留着吧。我不能作证了，藏刀就是见证。

拉萨通火车了，今年或明年我肯定还会走一趟西藏。火车与我无关。我仍然坐汽车进藏，这样才能一路走，一路停，一路看，一路问。不过，八廓街我是不想去了。那地方会让我勾起好些人，勾起来就伤感，如今他们都离开这个世界了，想起来，疼！我还是把那些名字都藏起来，藏在八廓街很深的深巷里，积蓄一生的同情、感恩与无悔吧！

藏羚羊和鸟有故事，兵也有故事

文/王宗仁

汽车驶出昆仑山，穿越400多公里连绵蜿蜒的广袤山野，就开始攀登唐古拉山了。两山之间夹的不是沟，而是面积约为8.3万平方公里的丘陵。这里最大的石头在最深的泥沙中半露半掩，这里最顽强的小草在山坡上很孤独地随风摇摆。这个地方叫可可西里。如果用一句很形象的话形容它的地形地貌，应该是：犹如大海在暴风里皱起的波涛，有坡有谷。变形的坡，扭曲的谷。坡上多为草，谷底时有湖。

可可西里系蒙古语，意为“青色的山梁”。

缓慢的车轮粘着雪水河的泥浆，停在了胳膊肘弯里的一排兵屋前，我又来到了可可西里。我接近了美，也接近了极度的荒凉。这是2004年7月。

可可西里的颜色极为单调。春没有鲜亮，夏没有繁华，秋没有灿烂。只有冬的苍茫。何为苍茫？雪峰，冰川，冷湖，酷寒。其实，这些都不要紧，因为比这更重要的还有藏羚羊。那些在远处地平线上像流星一样急窜的藏羚羊。它们确实是可可西里的特别，是名副其实的可可西里的主人。这样说绝对不是夸张：假如失去了被人称为“动物中的美人”藏羚羊，以及为了保护藏羚羊而慷慨献身的那位县委书记索南达杰，可可西里就很难有今天在国人的心目中这么高的知名度。

那些给世界增添色彩的生命，比岩石更坚强，比花朵更脆弱。我是说藏羚羊。

这个夏天，我在做了充分的准备后，在可可西里最艰苦的五道梁兵屋里住了三天。应该说友人们为我担心并不多余。因为直到现在仍然有人把五道梁叫作无人区。可是兵们却经年累月在那里生活。兵屋外面瘠薄砂砺中那些不穿衣裳的枯草，总算没有把我的眼睛染苦。这三天中我用不甘寂寞的心经历的那些事情，是事先没有预料到的，事后却回味无穷。我很知足。

那天中午，兵站站长陈二位安排我在一间小木屋住下后，带着我当时怎么猜想也难以琢磨透的口吻说，我考虑再三，最后还是觉得你住在这里很合适。你大可不必考虑安全问题，晚上完全可以放心地把心装在肚里睡觉，外面有流动哨，而且重点是为你流动。白天就不需要有人保护了，你能尽多尽情地在这里观赏到可可西里的风光。

二位讲这番话时，我隔窗望见远处有一群不知什么东西一闪而过，很快便消失在山坡那边。他说那是藏羚羊，还说以后我有的是机会看到。我没大在意他的话，只顾好奇地打量着将要陪伴我生活三天的小木屋。

陈二位为啥安排我住小木屋，还提到了我的安全问题？这就要从小木屋的地理位置以及当初建小木屋的初衷说起。

这间小木屋孤零零地建在一座缓缓的小坡顶端，它游离于兵站那一排房子之外，大约500米。离青藏公路就远了，少说也有五公里。远远看去小木屋很像缀在兵站后面的一只卵子，遇着五道梁见怪不怪的暴风刮起，你会不由自主地觉得它好像东摇西晃地在风里飘动着。小木屋是清一色的木料结构，木墙木顶木地板。春夏秋冬不论何时进屋都会有一股松杉的清香扑鼻迎你。小木屋的面积也就10平米多点，一床一桌各就各位地摆放着。区别于一般屋子的是它前后的两扇窗子，很大，几乎占去了墙面的二分之一。因为是双层玻璃，窗子显得很牢靠，也没有比例失调的感觉。打开木门，屋里豁亮，阳光随之流进；木门一关，温暖在里面，风雨在外面。草滩上的小路远了，远处的雪峰更远了。

不甚远的地方，有一个湖。湖并不大，水清清的，湖面如镜。湖中泡着蓝天，泡着雪山，泡着犹如花朵般的彩石。二位来到五道梁五年了，一直不知道这湖的名字，大家都叫它无名湖。

这时，当我把目光收回来后，意外地发现窗前不远处的坎上有一盆花，菊花、牡丹？不得而知。它蓬勃着花瓣，不甘示弱地站在石头一样的冰上，喷射着严肃的姿色。我问，怎么不把它搬进屋里？二位笑，说你当真了！那是点缀生活的假花。远瞧却像真的，近看就露馅了。他站在很高的地方，以哲学的深度诉说这假花。我真佩服。我再看那花时，它就失去了对我的诱惑。

我们的话题继续着小木屋。

这是个哨所吧？我问。

二位仍是笑，说是，也不是。稍停，他又说，如果你住三天还觉得不过瘾，就再延长几天。反正这屋里最近没人来住。我没回答，不好回答。直到现在，我还没大弄明白住在这个地方会给我的创作带来什么方便。此次来五道梁我是为了写一部藏羚羊的书。你陈二位是知道的。

他把话叉开了，说晚上你好好伸展腿睡一觉，解解乏，明天一早我就来陪你看风景。早晨的风景最好看。

他说的风景就是藏羚羊。他说清晨藏羚羊就开始往无名湖畔集中，很有看头。

这晚，可可西里的月色很亮。沾满月色的时间，像透明的白银，在似睡非睡的梦里闪烁，晃乎不定，走得很慢。熬人的慢。我等待那个时辰，怎么能睡得踏实！二位嘱咐我好好睡觉的话，实在不如不说。那样也许我会安然入睡，现在反倒被兴奋折腾得没了睡意。人大概就是这么贱，起码如我这一类人如此，心里一旦揣上了企盼，就魂不附体了，一心一意地盼着等待的那个时刻。黑夜盼天亮，泥泞想坦路，深山思平川，等等，哪能得个安宁！

后来，也就是二位讲的次日清晨，我如愿以偿地站在小木屋的窗前，看到了生龙活虎的藏羚羊为我演绎的那一幕壮阔的美景。真的，我心悦诚服地认为是少有的美景。

太阳还没出山，但她的光芒已经很不怜惜地抛洒到了东边的天庭上，且循序渐进地漫延到了可可西里。某些背离阳光的冷酷，已经羞于见人似的萎靡在阴暗的角落。洁白的雪山渐明渐近地呈现出五彩缤纷，草滩上的枯草也穿上了彩裙绸衫。那些山丘，那些小河，那些小草，只是在一瞬间忽然从什么地方明晰地冒了出来，光芒四射地出现在我眼前。我知道太阳在化妆可可西里。这一切都是太阳给予的，我就很想摸摸太阳的胡子。可是够不着，只是触到了她的光芒。

就在这时候，我听到什么在响，什么东西擦亮了金属一样的天空。随后，透明的、薄脆的夜幕，也许是晨雾，便迅速地由远而近地朝着小木屋退缩。退缩到窗前时，时间和空间突然变缓，我也变得异常平静了。这当儿，一声短促却清亮的鸟鸣，敲开了小木屋的前后窗，包括我心灵之窗。

这是个细节。我第一眼看到窗前一二百米的坡上，闪耀着先是一行后是一片的白点，日光、幻象？我难以判断。那白点越来越亮，更亮。一堆活物。

二位兴奋难耐地说，藏羚羊！

我也看清了，是藏羚羊。那白亮的点正是藏羚羊的尾巴。我一直没弄明白，浑身褐色的藏羚羊，怎么在尾骨上有巴掌大的一块白毛！一律的，没一只例外。它们如果成群结队地跑起来，风快，那些白点好像流萤一样划过草原，很是惹眼。

二位指点着，让我看坡上那一片少说也有三五百只的藏羚羊，活物，一片颤颤的肉体在移动。当然我是从那些闪烁着的白点感觉到的。二位说，藏羚羊的目的地是无名湖畔，这个夏天它们就在湖边度过，生崽，哪儿也不去了。他正说着，一群鸟从天而降，展开翅膀慢慢地落下。这些鸟有斑头雁、野鸭、棕头鸥、鱼鸥等。它们可能从西伯利亚来，也要在无名湖停留一个夏天。

他告诉我，鸟们要给藏羚羊做伴，在无名湖住下。

藏羚羊和鸟怎么一同生活？

二位告诉我，让你住在小木屋，就是要你知道世界上还有这么一件奇妙的事。你的创作多么需要它……

旅人们在青藏高原跋涉，并不是处处都会惬意。恶劣的自然环境对人兴致的扫兴实在难以避免。燥热的戈壁风或冷冽的冰川雪暴，以及打滑的雪路、陷阱似的泥沼，使你要么热得眼涩胸闷，要么心冷得浑身打颤。可是，人们只要一踏进可可西里的地界，迎面就会吹来湿润的风，很快使你置身于另外一种舒爽的环境中。这宜人的风来自可可西里各处大大小小30多个湖泊。我当然说的是7月这个季节了。

藏羚羊比人们更早地瞅准了可可西里的湖泊，它们把自己的“产房”选在了这里。每年夏天，藏羚羊从青藏高原各个角落跋涉数百里甚至上千里，来到可可西里的湖畔产仔。这些湖主要有鲸鱼湖、太阳湖、月亮湖和库赛湖。

原来，藏羚羊早于人类上百年甚至更久就发现了这块新大陆。当人们还在喋喋不息地念叨可可西里是不适于生物生活的禁地时，它们就先见之明地把产房建在了那里的湖畔。

这是有原因的。

每年7月前后，正是可可西里那些湖泊处于干燥的时期。大湖的边沿及四周的小湖干枯以后，细腻的胶泥表土逐渐干裂成一个个瓦片状的凹形碟盘。正是这碟盘天然地为藏羚羊和鸟们各有所用。雌藏羚羊产仔前后，奶水增多，乳房膨胀发痛，愈来愈胀。它们就经常卧在那些胶泥瓦块上，磨蹭乳房，将过多的奶水挤压流出，乳房便舒服了。积于胶泥瓦块上的奶水并不渗漏，犹如盛在小碗中一般。这只母羊挤一点奶，那只母羊又挤一点奶，瓦块中的奶水渐多起来。于是，馋了在湖中栖息的水鸟，它们争食这些母性藏羚羊的遗奶，同时随吃随拉，瓦块上又积下了许多鸟粪。母藏羚羊和刚出生的小崽子就舔食这些鸟粪，补养身体。

我问，鸟粪如何养得身体？二位说，这些鸟粪里含有丰富的氮、磷、钙等营养物资，藏羚羊壮身强体离不开。我明白了，其实这些营养物资还是来自母藏羚羊身内，是它们的奶水呀！

藏羚羊与鸟就是这样和睦相处在可可西里，互相依赖，共求生存。

多么有趣的生物链！

我说，你真幸福，住在这样一个地方，能看到在别的任何地方都很难看到的景观。谁能不羡慕你！

他说，我享受的幸福，现在你也正在享受。

我们站在小木屋的窗口，看藏羚羊，看鸟。头顶的天空那么静那么蓝，动物们美丽动人。遍地的鸟鸣犹如一地碎银，无人捡拾。

这时，从四方赶来的藏羚羊已经零零散散地布满了湖畔，有的卧着，有的静立，还有的缓缓走动，它们不管呈何种状态，皆很悠闲，是一种微闭双眼享受天籁的舒展。这，我是看得清楚的。此刻，在我的感觉里，岁月已粉成碎片，像唱累了的歌，歇脚在古老的路边。

可可西里因这成群的藏羚羊而一度宁静。使我从这深度宁静中走出的则是那些鸟。

二位说，看，鸟飞来了！

我看到，天空中仿佛飞扬着片片银光，那是鸟儿展开的翅膀。它们旋转了几圈，突然掉转方向，朝着一个地方降落。一只又一只鸟儿站在了湖畔。那些正沉浸在安闲享受中的藏羚羊，显然已经习惯了鸟们的飞翔与降落，不受任何惊扰。我看得最清楚的是离我最近的一只鹭鸶，它有美丽干净的羽毛，和一双仿佛可以折叠的修长的腿，半圆的红红的冠像帽子一样和在头端。它在起步走动之前，蓦然回首望了望我，是留恋的告别还是亲切的问候？我甚至这样想，它符合选美条件，可以竞选世界小姐。鸟儿们的叫声此起彼伏，好像打碎了的生铁，让可可西里充满金属的声音。而这一切，对藏羚羊没有丝毫的影响，它们还是那么悠闲自得地或卧或站或走。后来，有一只鸟竟然不知天高地厚地跳上了一只藏羚羊的背上。那藏羚羊还是静静不动。

二位：看见了吗？鸟儿正给那只怀孕的藏羚羊挠痒痒呢！

真的，那只鸟儿用长长的嘴在藏羚羊的脊背一上一下地啄着。我想，也许它觉得吃了藏羚羊的奶，就该这样回报。

我们看藏羚羊，我们观鸟。看不够，观不厌。

我突然想到了昨天刚到小木屋时，二位没有回答我的那个问题，他现在该告诉我答案了吧！我便再次问道：

“这小木屋是个哨所吧！”

这回二位很明确地说，是的，是哨所。不过，这哨所没有哨兵，小木屋就是哨兵。

我当然无法理解他这话了，小木屋怎么会是哨兵呢?

二位给我说起了小木屋的故事……

现在的人们要理解十多年前的事情，还真得费上一番周折。那时候，盗猎者的枪声几乎把可可西里的天空穿透；那时候，倒在荒滩上藏羚羊的尸体成捆成堆；那时候，可可西里只有一个人数很少很少的巡山队，队员们的脚步哪能赶得上盗猎者射出的子弹；那时候……

那一天，也许是可可西里历史上少有的一个很悲伤很灰暗的日子。一只出生大概还不到一年的小藏羚羊，拖着被杈子枪打断了的后腿，一拐一歪地挣扎到了这座土包上，后面那个杀气腾腾的猎人眼看就要追上来了。小藏羚羊已经精疲力竭，每走一步都要跌一跤。猎人的黑心再加上他的残忍，使他突然放弃了原先打算要捉一只活藏羚羊的想法。一声冷枪，他把小藏羚羊撂倒在地。不过，他没有得到这只藏羚羊。因为两个兵怒气冲冲地横到了他的面前。

猎人没有得到那只死去的小藏羚羊，他和两个兵吵了起来。

他说，藏羚羊是我打死的，它就该归我。

兵说，你枪杀野生动物，你犯了法，政府要惩罚你。

猎人说，我打了大半辈子猎，就靠打猎过日子，罚我？我怎么生活?!

猎人把两个兵告到了当地政府，就是为了得到这只死去的藏羚羊。

法律不会饶过这个猎人，这是他必然的所得。

这样愚昧的猎人，实在让人痛笑。但是，这样的猎人就生长在我们这块土地上。

后来，两个兵，还有兵站的战友们，把那只死去的小藏羚羊掩埋在了那座土包上。

兵和小藏羚羊告别了，也和那个猎人告别了。然而，盗猎和反盗猎的较量仍在可可西里继续着。

掩埋小藏羚羊的土丘是一个按钮，真的，它很像按钮。它摁住了那个死去藏羚羊的日子，企望它永远不会复苏；它摁住了可可西里的枪声，企望这块方州永久太平。

梨花年年变白。

桃花岁岁变红。

小藏羚羊，你还会回来的。春风吹到可可西里的时候，你就睡醒了！

再后来，兵们就在掩埋小藏羚羊的土丘旁，盖起了这间小木屋。小藏羚羊死了，这小木屋是兵们给它立的碑。从这里看到的不仅是那座掩埋小藏羚羊的土丘，还能看到无名湖，看到更多的栖息着藏羚羊的湖泊，看到那些猫着腰溜进可可西里的黑影。

那个打死小藏羚羊的猎人，给小木屋留下的是一个沉沉的夜晚，留下的是一个漫长的冬天。正是在那个夜晚，在那个冬天，兵们举起双手触摸着屋顶的天空，乌云散尽，春天就来到了可可西里。

我站在窗前远望莽原。

有一只藏羚羊在镜头里安然地低头吃草。

有一只狼在我拍不到的地方啃着骨头，不知是藏羚羊的骨头，还是鸟的骨头……

八个女兵和一座冰山

文/王宗仁

南八仙，在这飘着六月雪的日子，我又一次走进了你的怀抱。我心中的那盏灯又温暖又遥远，我耳畔的那声音又熟悉又有点陌生。

我已经记不得拜谒过你多少次了。我知道这里的每块石头都在等待发芽，每朵白云都凝满思念。季节拐弯处，阳光的话语和溪水的声音在交谈，讲述着一个虽然消失了却永远有生命的美丽故事。

南八仙是八个女兵的墓地。没有墓碑，也没有坟包，只见一片望不到边的荒滩连着山脊。四十多年了，野草岁岁枯荣，寂寞年年增厚。她们用自己不朽的生命养活着这块土地，丰富着人们的思想。南八仙睡着了，只有她们醒着。

我静立在这个曾经是坟地的荒野上，看见远处的雪峰慢慢地收拢着翅膀，看见头顶的苍鹰在天空画着悼符。我难以抑制自己的回忆和想象。那是一段历史的剧痛，那是一块锈蚀的日子。可亲可敬的八个战友呀，她们风风火火大步赶路的英姿还闪现在骆驼草掩映的小路上。人生的路其实很短，革命的路却是万里征程，她们永远就这么走着走着，奔向理想的明天。白云抚摸着她们困乏了的身体，寒风给她们擦拭着脸上的热汗。

雪花仍然不紧不慢地飘着。毕竟是六月天，雪的脚始终落不到地面上就化了。这时，一个牧童悄不声地走进了我的视野，他穿着翻毛羊皮袄，头上扎着羊肚手巾。他把一束捆扎得紧紧的红柳花轻轻放在地上，之后双手合十，双眼微闭静立不语。我能看出，这是个还不大懂事的孩子，但他做出了很懂事的事情。我想，他该是从父辈嘴里知道了发生在这里的一切吧！

昔日的那盏灯在我心中亮起。

死去的八个鲜嫩的生命又活过来了。我听见她们曾经梳妆时用过的小镜子说话了，她们穿过的军大衣说话了，就连骆驼草中间那条小路也回响起了她们的脚步……

故事发生在进藏路上。

八个女通信兵是随大部队长途行军，翻越祁连山来到这个叫马海的地方。她们要到西藏边防去执行战备任务，没想到在祁连山上因暴风雪拦路掉了队。马海只是个临时落脚点，她们歇歇气就即刻追赶队伍。当时马海还不通汽车，几乎与外界隔绝。女兵们哪里会想到，她们撑开行军帐篷的那晚不久，暴风骤雪也翻跨祁连山追了上来。那是一场不知蛰伏了多少年的黑色旋风，它从海拔4500米的山巅穷凶极恶地俯冲下来，席卷了马海。帐篷摇摇恍恍地飘上天空，女兵们不知所措地死死拽着不松手。那一刻她们根本无法顾及暴风雪最终会给自己带来什么后果，反正手中的帐篷不能松开。若干天后这顶飞飘了几十里远的帐篷，被风啃雪咬得千疮百孔，无力地蜷缩在一座冰山下。却没有人知道女兵们的下落。创造新生活的生命肯定比磐石更坚强，可是此刻为什么变得比花朵还脆弱？她们在暴风雪里过完了自己的一生，花朵还没有完全开放，就升华为灵魂。

暴风雪洗礼过的冰山，坚毅沉稳地屹立着。

八个女兵没有遗言，也没有留下遗体。但马海的大地上却一直震荡着她们在生命最后时刻的呐喊：我要归队！我要归队！

女兵的热血构成了黎明的一部分。她们把太阳交给了明天。

女兵们离去的那个早晨，红日从祁连山升起，给冰山涂上一片金辉。灾难洗劫过的马海显得格外壮观。死亡是最绚丽的花朵，喷涌出灿烂的霞光。那顶帐篷的遗址是马海风景的重要部分。冰山下有几堆沉默的雪堆，据说那里冻埋着女兵的尸体。她们睡着了，从此再没醒来。

雪孕育着美丽和勇敢，只有雪是诠释春天的经典。

一群从四方赶来的游牧藏胞，久聚不散地站在冰山下，齐声祈祷女兵一路走好。一个白天，一个夜晚。又一个白天，又一个夜晚。为女兵送行的人越集越多。这里汇集了天下悲欢离合的泪水，这里蕴藏着人间最深沉的挚爱。泪水滤成玉液琼浆，女兵的灵魂滋润着人们的生命，滋润着春天的每片翠叶。

从此，这个地方有了一个新的地名：南八仙。

岁月，掩了女兵坟，荒了戈壁滩。

亲爱的战友呀，你们在哪里行军？在哪里安身？

我踩着初冬的枯草，站在荒野的尘埃上，思绪沿着一条旧路寻找那失踪的足迹。悲凄也许能把一座冰山摧毁,却未毕能摧毁我热爱八个女兵的心。我如同爱自己的生命一样,爱着她们的故事。

远处的山峰多么严峻。蓝天的白云多么严厉。

女兵们那壮美的双臂像生机勃勃的森林高高举着,那丰盈的双腿仍走在高原行军的队伍中。她们永远笑在灿烂的终点。

我听到了一种声音,细润而不微弱,遥远却很清晰。那是她们的足音,那是她们的呼吸,那是她们的遗言。

冰山千年不化,昆仑万年不朽。

这时,有一座白亮的房子,恍惚间出现于我眼前的荒原上。那是八个女兵在天国里的兵屋。我敲开小屋的门,看到整整齐齐的被子叠得有棱有角。梳妆台上放着小镜子,洗漱用具。她们训练未归,屋里静悄悄的。我透过窗口看着远方,一股温柔的风吹了进来。

我百看不厌地望着远方的雪山。雪在更高的高处。

这雪,洁了戈壁滩,净了我的心。

去拉萨的长途汽车上

文/王宗仁

去西藏的人，几乎毫不例外地都把目的地选在拉萨。人们抵达拉萨的时间大都在阳光明媚的中午，这会儿这个城市最豁亮、最温柔，太阳仿佛是专门为了它才存在的。你站在城街的任何一个地方，都能看见金碧闪烁的布达拉宫，还有路边、树上、屋脊、墙头随风翻动着的五色经幡。拉萨，阳光下的圣殿！

可是，我们这一次去拉萨的愿望却半途而废，从起步到终点都在进藏的路上。我指的是那位军嫂的女儿小菊。她的爸爸——位边防军少尉副连长，约好在布达拉宫广场等她。这是小菊的主意。她多次在电视上看到过这座世界上著名的藏式宫殿，她要和爸爸在那里合影留念。可是，她却没有见到拉萨是什么样儿，就永远地躺在了雪山上。

一个心中贮满阳光，却在飞雪弥漫的阳光里倒下的女孩！真的，那一刻雪下得好大。青藏大地清瘦而冷寂。

六月飞雪寒……

三天前，我和女大校，还有那母女俩，临时凑在一辆车上，同赴拉萨。

本来，我从格尔木上路时青藏兵站部已经给我派好了三凌越野车，可女大校觉得没有必要动用这辆车，让我和她同车同行。我虽有些犹豫，最终还是依从了她。“作家同志，你是老高原了，有你坐在车上我会向你请教向你学习的。”女大校的瞳仁里透射着不惧怕高山反应的光泽，声音中带着风雪吹过山脊的那种柔美而刚健之韵。

风儿卷着零散的雪片,从方向盘左边的车窗吹进,拂动了坐在司机身旁女大校透着银丝的鬓发。她始终不受干扰地读着一本书。我从她和司机中间的缝隙,见她看的是一本《陈毅诗稿》。书的纸张粗糙,角儿卷起了不少,显然是本陈年旧书。她平白无故的在这时候怎么读起了陈毅的诗?

挡风玻璃外展现出了一段笔直的坦坦路面,司机加速行驶,两旁积雪的峰峦闪电般滑过。

昆仑峡谷。

车速慢了下来,我这时看清了女大校正读的一首诗是《昆仑山颂》。这使我立马想到,青藏公路通车后不久,陈毅元帅就沿这条世界屋脊上的公路走了一趟,写下了不少诗。40 多年后的今天,女大校走在元帅开拓的诗路上,身临其境地读那些高原诗,自然会别有情趣。我的身上也荡漾起一般诗意盎然的力量。

没有想到的事发生在不冻泉。不冻泉是电影《昆仑山上一棵墓》的主人公惠嫂住的地方,昔日的热闹已经荡然无存,只留下一片废墟。我们在路边小店吃午饭时,司机发现车子的一个关键部位的零件损坏,无法行驶了。这样我和女大校就坐上了一辆从西宁开往拉萨的长途汽车。我的旁边就是那位军嫂和她的女儿小菊。

军嫂来自淮河岸上,她是去西藏边防探望丈夫的。小菊已经 4 周岁,还不知道爸爸长的是什么模样。幼儿园的老师问她,小菊,怎么从来没有见过你爸爸接你送你?她回答:爸爸在西藏当兵,他今年就会回家看我和妈妈。一年过去了,老师又问起小菊爸爸的事时,她不说话了,只是伤心地哭……

这时,军嫂给小菊系好脖根处的纽扣,嘱咐她别打盹,要睁大眼睛看窗外正奔跑的藏羚羊。还吓唬她道:高原缺氧,千万别打瞌睡,一睡着就醒不来了!

然后,她转过身对我说,女儿天天嚷嚷着要我带她去西藏见爸爸。我说,西藏的路太远,山太高,你去会受苦的。她说,妈妈,你抱着我走远路,爬高山,我就不受苦了。

她说到这,用手绢擦了擦眼角的泪花,说,她爸爸总是忙得抽不开身,回不了家。我再不带她到边防走一趟,别人会说这丫头没有爸爸,是从石头缝里蹦出来的!

当兵的人从穿军装那天起,就把包括生命在内的一切交给了国家,身不由己呀!

女大校一直倾耳听着军嫂和我的谈话,不时地还插问一句半句的。能看得出,她感兴趣的是这个边防军的女儿,她放下了手中的书,开始和她聊天。

“小菊,告诉阿姨,在你的想象中,爸爸长的是什么样儿?”

“不用想象，我家里有好多爸爸的照片，妈妈经常拿出来看，她看着看着就掉眼泪了。我爸爸穿一身军装，头戴大檐帽，高高的个头，真威风，像你一样帅。”

“我帅吗？你爸爸像我一样帅？你爸爸是男的还是女的？”

“时代不同了，男女都一样。”

“好，说得好。接着说下去。”

“我爸爸肩膀上也有一排金色的五角星，像你一样。真的，他好威风！阿姨，你是个什么官？有我爸爸的官大吗？”

“回答这个问题嘛，我先要搞清楚你爸爸的官有多大！”

“我爸爸是副连长，全连的解放军叔叔都要听他的指挥。阿姨，你到底是什么官……”

这时，军嫂用手捂住了女儿的嘴：“淘气！这是军事秘密，不许打问。”小菊把头一仰，不服气地说：“这算什么军事秘密？江爷爷当了军委主席，电视上都播了。我爸爸是副连长还是你告诉我的呢！”

女大校笑了，她对女孩说：“好，就算不是军事秘密，那我就告诉你，阿姨的职务是主任。”

“主任？街道办事处主任还是服务社主任？一个军人阿姨当个主任，没羞，还不算官！”

“官本来就不大嘛，归你爸爸领导。”

“我看也是，我只听说过部队有军长、团队、连长，还有像我爸爸这样的副连长，从来没听说过有什么主任。”

军嫂又一次捂住了女儿的嘴，女大校示意她别这样，说：“让她讲下去，这是个很聪明的孩子。”

军嫂：“首长，孩子实在不懂事，你千万别见怪。”

女大校：“她确实很聪明。孩子们有孩子们眼里的世界，她说的那些话很有意思，我愿意听。”

“她毕竟年幼无知，只要你不见怪就好。”

“喂，小菊，我能不能考一考你？”

“回答这个问题嘛，我先要搞清楚你认识不认识我们幼儿园的苏老师？”

“我不认识苏老师，可是我认识其他幼儿园的不少老师，她们像苏老师一样，都是热爱孩子的好老师。”

“那好，你就考吧。只要你出苏老师教过的题目，就难不倒我。”

“现在开始，你知道陈毅是什么人吗？”

“他是个老头还是个老太太？”

“就算是个老头子吧！”

“不知道。不过，你犯规了，苏老师从来没有给我们讲过这个老头儿，你为什么要考我？”

“苏老师没有告诉你，那么我就告诉你吧。陈毅是个元帅，什么是元帅呢？就是解放军里最高的军衔。”

“最高军衔？那他为什么不当军委主席？”

“他已经去世了。他在生前，也就是1956年，曾来过青藏高原……”

“别急别急，我算算。1956年，我爸爸几岁了，我生下来了没有？”

“哈哈！小菊，那时还没有你爸爸呢，哪里来的你！陈毅爷爷来高原写了不少诗。”

“他到这来就是为了写诗吗？”

“诗人走到哪儿都不会忘了写诗。不过，这个陈毅爷爷不光会写诗，打仗也是个英雄。”

“我最佩服的就是能打胜仗的英雄。”

“陈毅爷爷那年来高原走的就是现在咱们正走着的这条路。你看，我们不是正过昆仑山吗？他也写了诗，题目叫《昆仑山颂》，我念给你听听。”

> 峰外多峰峰不存，岭外有岭岭难寻。
> 地大势高无险阻，到处川原一线平。
> 目极雪线连天际，望中牛马漫逡巡。
> 漠漠荒原人迹少，间有水草便客行。
> ……

“阿姨，别往下念了，我不听了，全都不懂！苏老师根本就没有给我们讲过这个元帅爷爷的诗。”

“是的，这些诗你现在还听不懂，苏老师也不可能让你去读它。不过，等你长大了，你会读懂的。那个时候，你回忆起这次青藏高原之行，会难以忘记的。我相信你长大后会千方百计地找到一本《陈毅诗稿》，不厌其烦地读，而且还到处对别人讲，陈爷爷诗中写的这个昆仑山我在四岁时就去过。”

“阿姨，你说说那时候我会干什么工作呢？我已经是个大人了，就像你这么大吗？”

“长江后浪推前浪，你一定会超过阿姨的！”

“阿姨，你能把这本陈爷爷的诗送给我吗？我长大了一定好好读它。”

“孩子，这本书是我从一位老高原手中得到的孤本，很不容易！它是几个老高原用老式打字机打印出来，装订成的文物！现在嘛，我还不能送给你。”

“什么叫孤本？”

“就是十分稀罕，世界上也许就剩下几本甚至这么一本了。”

“阿姨，等你读完这个孤本以后，能把它送给我吗？”

“能。现在我给你讲一个故事，这个故事就发生在陈毅爷爷写诗的地方。”

“讲故事？太好了！我最愿意听故事。不过，你这个故事讲的时间不要太长，我有点犯困，想睡觉了。”

接下来，女大校便讲了这样一个凄伤而悲壮的故事：当年跟随陈毅元帅上高原的一个女文工团员，带着严重的高山反应，为驻守在雪山的战士们唱了一首又一首歌，结果高山反应加重，她病倒在兵站上。那时兵站上缺医少药，大家爱莫能助。两天两夜中，同志们眼睁睁地看着她离开人世……

女大校故事还没有讲完，小菊就痛苦地说：“阿姨，你讲的太长了，我头疼不想听了！”

女大校中止讲故事。

军嫂腾出座位，让女儿躺下。

车上出现了暂时地寂静。

汽车在可可西里荒原上急驰着，藏羚羊与汽车赛跑。

一种可怕的死寂笼罩在车里。

车轮砸在路面上的声响很脆。乘客东倒西歪地半躺坐着，睡了。汽车悄然地在山水间行进。太阳光从车窗玻璃上透射到车内，投出片片光影。

那是在汽车过楚玛尔河大桥时，军嫂突然惊慌地呼唤起来：菊儿，菊儿，你怎么啦！快醒来！醒醒！！

她怀抱女儿，女儿脸色青紫，不住地咳嗽……

女大校仿佛已经预感到了什么不祥的兆头，她让司机停下车。

乘客围住了抱着女儿的军嫂。小菊的咳嗽一声比一声拖得长，一声比一声显得无力。大家束手无策。

这是高山反应。军嫂说，孩子昨天在格尔木时好像有点感冒，吃了药就没事了。没想到，唉！我听了心里一抽搐，想起了那个顺口溜：早上患感冒，晚上转肺炎。来日肺水肿，赶快写遗言。

可怕的高山反应！

车上没有医生，也没有人带可以治疗高山反应的药。

小菊的脸色继续发紫发青……

女大校果断地给司机又下了一道命令：开车！车速要快，越快越好！有人带手机吗？和西藏军区总医院联系……

接下来发生的事，是包括我这个“老高原”在内的所有人都没有想到的，或者说不愿意想到。

小菊的病情已经不允许汽车载着她往拉萨赶跑了。她不省人事，除了声嘶力竭地咳嗽，还发高烧，高烧。军嫂可着嗓门呼唤女儿，她也是声嘶力竭，可是女儿一声也不回应。

汽车停在了可可西里兵站。

兵站医疗卫生设备的简陋是可想而知的。只有一个卫生员值班，军医进山到执勤点巡诊去了。小菊急需输氧，可是兵站的氧气已经所剩无几……

躺在妈妈怀里的小菊，呼吸急迫，脸色铁青，嘴唇上也出现了斑块。

在万般无奈之际，女大校拉着我说，作家同志，现在只有我俩是孩子的救命菩萨了。走，咱们拦一辆车回头去格尔木或往拉萨赶，请医生来救救可怜的小菊。我知道这样做肯定是徒劳，但还是答应了女大校的请求。我们别无选择。

临走前，我再一次看了小菊一眼，她的身子已经开始抽搐了，满脸痛苦……

一辆前往拉萨的卡车被我们拦住了。汽车马上就要开动了，女大校好像又想起了什么事，她下了车，手里拿着那本《陈毅诗稿》，对送我们的兵站的一位年轻军官说：这本书给小菊，她说她长大了要读陈毅爷爷的诗，请你转给她。

军官接过书，嘴张了几张，想说什么，却没说出，止不住流下了热泪。

后来，我们赶到了拉萨。不过，女大校和可可西里电话联系时，对方说不必请医生了，小菊已经永远地闭上了双眼。

女大校拿话筒的手一颤抖，话筒掉在了地上。

一个从出生就没有见过爸爸，连做梦都盼着爸爸的女孩！一个在去拉萨的长途汽车上还绘声绘色地描绘着布达拉宫的壮美，一心一意想在布达拉宫广场与爸爸合影的女孩！一个眼下还读不懂陈毅元帅的诗，决心快快长大熟读元帅高原诗的女孩！怎么这样快就从这个世界上消失了呢？

女大校呆站了好久好久。她自言自语地说：我想起了40年前死去的那个女文工团员。40多年了，为什么在这个地方死个人是这么容易？我们这些活着的人难道就不应该做点什么事情，让不该死去的人多活几天……

再后来，我又和女大校同车沿青藏公路返回京城。路过可可西里时，我们在小菊的坟前肃立了整一个小时。同时祭坟的还有兵站的那位年轻军官，他带着那本《陈毅诗稿》。女大校没有哭，我也没有哭。年轻军官将“诗稿”放在坟头上，用一块戈壁石压着。

寒风吹得书页翻着，哗哗地响着。那是小菊在对我们说话吗？

女大校跪了下去，我也跟着跪下去……

墓柳

文/王宗仁

青藏高原上的许多地域被人称为无人区。其实这已经是一页揭过去的旧皇历了,早些年的无人区如今已经有了人。不说在那里落脚常驻的牧人和军人,仅每年进出西藏的旅游观光者就千千万万。科考队在九十年代初进入海拔5200米的长江源头格拉丹冬时,只能看到个别的牧户。到了2006年11月,科考队再次来到这里时,仅格拉丹冬东边的一条山谷里,就住着10多户牧民。但有一点是不争的事实:到目前为止,不少的无人区仍然没有树,一棵树也不生长。

青藏公路通车50多年了,世世代代的高原人怀里抱着春天和梦想,以柔情万种的爱心绿化戈壁,滋润雪原。即使在那些四季冰冷的石滩里,也会有绿色的生命尽情地穿行春天的阳光里,丰满动人。高原人的思想长成了树,他们的双手开出了花。荒滩绿了,他们的脸颜却老了。

在昆仑山下的格尔木,一个美丽的故事流传了几十年……

那一年,"青藏公路之父"慕生忠将军从日月山下湟源县买了100棵杨柳树,栽在了当时还没有一棵树的格尔木。两大片,杨柳分栽。第二年,这些小苗大都落地生根,一场春风吹过,枝头的嫩芽就探头探脑地拱了出来。戈壁滩变得翠翠的绿,好像画家涂抹出一幅生动的水彩画。风吹的原野,回声寂静。树苗一天一个样的狂长着,给它喝一盆水它窜一节个头,给它喂一把肥它也添一片幼叶。荒芜了千百年的土地一旦逮住苗儿就受活的巴不得让它一夜长成材!

望着这些可心的树苗，将军乐得咧着嘴爽笑，他当下就给两片树林分别命名为“望柳庄”和“成荫树”。

有人问：首长，这名字有啥讲究？

他开怀一笑：望柳成荫嘛！

嗬，好有雄心壮志，他要把整个戈壁滩都染绿！

将军的笑声揉进了杨柳的躯体里，树又窜高了一节。

小苗，北风迎面吹来，是一种痛苦；迎着北风走去，是一种幸福。

毕竟它们是正在成长中的柔弱苗，很难与高原恶劣的自然环境对峙。有时残雪睡在枝上，有时暴风睡在枝上。常年不息的飞沙把它们浸染得与沙地成为一色，人站在远处就难以瞅见其真面目。这样的事也难免不发生：它们索性就被那气势汹汹的飞沙盖住，淹没了。

好在，它们有一股不服输的倔劲，顶破沙土，又伸起了腰杆。

瀚海孤树，林中一木。

有几棵柳树只绿了短暂的生命，像走累了的人，卧在了戈壁滩。

它们死了，卷起的风叶还噙着太阳唇边的乌云。

这似乎是预料中的事。但是人们还是难以接受。它们走时没有来得及留下遗言。

有个不谙世事的小伙子从死去的枝上拧下柳笛，吹出了流行在军营里那首歌《真是乐死人》。慕生忠发现了，狠批那小子一顿：你他娘的乐什么呀乐。都死人了，你还高兴得屁眼都颠出来了。人要过分辉煌就会烧毁自己。不管你怎么乐，老子我是要哭的。

他说的死人，是指那些死去的树。在戈壁滩，人和树的生命同样宝贵。

之后，将军把三棵死去的柳树掂在手中，深情无限地看了好久，说：“它总是为咱们格尔木人绿了一回，让我们这些饥渴的眼睛和心得到了安慰。它是有功之臣，现在它死了，我们怎能不难受？不要把它随便扔在什么地方，应该埋在沙滩上，还要举行个葬礼。”

于是，沙滩上就出现了一个土丘，埋葬着三棵柳树。人们称之为柳树墓。

给柳树举行葬礼完全是大家的自由行为。有 10 多个人围着土丘默默站立，一个个低着脑袋，空气像凝固了一样严肃。将军没有来，据说他站在窗口悄然地望着外面……

戈壁滩上第一个醒来的人是寂寞的人；第一棵死去的树呢，高原人却没有遗忘它。

人们仿佛不觉得这三棵柳树已经离开高原到了另一个世界。它还活着，蓬勃生机地给格尔木新城增添着春色。有人不断地给那土丘上浇水。这些树也像人一样，躺在戈壁滩上会口干舌燥。浇点水，让它们滋润滋润。也有人把上好的肥料递给它们。水，温暖它受伤的心。肥，烤热它冻僵的脉搏。

谁是浇水施肥人？慕生忠。

谁也没有想到的事发生了。有心人唤醒了死去的柳树。这年夏天，土丘上冒出了一瓣嫩芽。那芽儿一天一个样，由小变大，由少变多，由低变高。

啊，柳树！

这是从埋葬着三棵树的坟墓上长出的柳，是一棵死而复生的柳，是将军用怜悯的心唤来的柳！

后来，大家就把这棵柳树称为墓柳。

经过了一次死亡的墓柳，活得更坚强也更潇洒了。铁青的叶子泛着刚气，粗糙的枝干储存着力量。大风刮来它不断腰，飞沙扑面它不后退，寒风烈烈它依然站立。死里逃生的战士最珍惜生命，也最显本色。它在用双倍的翠绿，减去荒原的痛苦。

墓柳也像个战士。

墓柳接受过无数路人投来的目光，这些目光多是赞许，也有不以为然的嘲讽。嘲讽什么？嘲它孤独？讽它清高？它对不以为然者亦不以为然。它继续着它的生命轨迹活着，藐视一切懦弱者地活着。

时间年年月月地消失着。格尔木的树种得越来越多，成行，成片，成林。它们和墓柳连在了一起，浑然一体。现在人们早已经分不清哪棵是墓柳了。但是，许多人都记得这里曾经有一个坟丘，坟丘上长着一棵柳树，柳树是一位将军用坚忍的爱心换来……

谢宗玉
作品

耻辱之心

伤疤情结

文/谢宗玉

初二时，班上有个同学，叫小江。小江的鼻子不知咋搞的，上有明显的斑痕，估计是小时候受过伤，或被狗咬过，或被猫抓过。因斑痕呈瓣状，有点像猫鼻。大家就给了他个诨号，叫猫鼻子。叫的人也不觉得是侮辱，应的人也不觉得是被侮辱。久而久之，他的真名好像被人忘了。

但有一天，我们和猫鼻子在江边散步。两名吃吃笑着的少女迎面而来，因为美丽，就不免有些傲气的样子。那时我还是混小子一个，看了她们一眼，又继续说自己的话，可身边四五个男孩像突然哑了，竟没有一个接腔。话题刚还像群闹鼠，这会儿因为两名少女的经过，都缩回嘴洞里了。我感到莫名其妙。特别是小江，他本来走在路中间，少女应该与他擦身而过，可他一下子就踱到路边了，还用手掩着鼻子，把脸扭到一边，装着吐口水的样子。我突然知道，原来他挺在乎自己有缺陷的长相。

我再叫他猫鼻子，他答应得挺勉强的。我是第一个感觉出来的，从此我就叫他真名了。但其他人仍叫他诨号，终于有一天他怒不可遏，大打出手，与一个叫他诨号的人干了起来。那人不单叫他猫鼻子，还明显带有奚落的成分。他就再也忍不住自己压抑好久的情绪了。

有了这一架后，当面再没有人叫他的诨号了。他似乎松了一口气。可那是十四五岁的年龄，动不动就会闹翻，而一闹翻，别人必会骂他猫鼻子。这时再听，自然就更刺耳了。每每这时，他必满脸紫红，眼睛里放出仇愤的光芒。他追着人打，一副恨不得要置人于死地的样子。但追不上，他就绝望地哭。换成一副恨不得自己死了算了的样子。让人心惊胆寒。

我正庆幸之际，突然发现自己身上也有伤疤，在耳朵根子后。

我记得是初二下学期要结束的时候，是毛桃初长成的夏季，有天夜里醒来，我突然发现裤衩里滑腻腻的湿了一片，我不知道是怎么回事，心里又羞又怕。第二天当班上一个女生投我一束漫不经心的目光时，我就像电击了般怔了半晌。我脸红耳赤，转身跑到寝室，偷偷拿着别人的小镜子，前前后后，左左右右，把自己的那张脸看了至少十几分钟。这时我就发现耳根后那条伤疤了。红红的有半条手指宽，半根手指长，不声不响地伏在耳根后。我的脑子当即嗡的一声，就呈糨糊状了。我马上怀疑那女生漫不经心的目光不是因为喜欢，而是因为厌恶。她在看我的伤疤？天啊，我怎么也会同小江一样啊？我叫小江猫鼻子，可人家背地里又叫我什么呢？想到这里，我的全身都寒得发颤……整整一个上午，我待在寝室都没出来。

下午我也没心思上课，早早收拾书本，将课桌一锁，回家去了。看到村庄的时候，我心里突然有股无名怒火在窜。找到母亲，我恶声恶气地对她说：我耳后的伤疤是怎么来的?！母亲从没见我这个样子，她待了一下，然后柔声问我：怎么了？我一副哭腔，喊道：我不去念书了！母亲有些生气了，说：问你怎么了啊？你以为是为我读书啊？我不言语了，两行泪从纯稚的眼睛里肆意滑落。母亲的声音又低下来了，她说：你看你这孩子……

然后我才知道伤疤原来是我四岁时，与堂姐打架，被堂姐拿火棍烧的。烂了好长一段时间，后来伤痛好了，我也就忘了疤。如果不是因为情窦初开，我也许永远发现不了那个伤疤。

而既是情窦初开的年岁，却让我突然发现这个伤疤，这又是多么的残忍啊。开始的那段日子，我真有说不出的忧伤和绝望。我恨我父母，恨他们没有保护好我。更恨我堂姐，我恨不得拿刀杀死她才好。如果按照这个思路，写个短篇小说，那一定引人入胜。

没人的时候，我就对着镜子，侧着头，死劲地搓那个伤疤，好像这样能把伤疤搓走似的。可伤疤哪能搓得走啊，搓久了，我把半边脖子都搓红了，这样一看，伤疤倒像更长更宽了。我气急败坏，把镜子都砸碎了。后来我就怕照镜子了。我把课桌跟人换到教室最右边，这样上课的时候就只有墙壁能看见我耳后的伤疤。再后来我也与小江一样，特怕碰见女生，怕与女生说话。但初三时，我莫名其妙居然不可救药地爱上了班上的一个女生。那女生笑得特甜，她在教室里说什么话时，老爱看着我，我就怀疑她对我有意思，然后我就爱得她一塌糊涂，可又不敢表示，只是人变得越发自卑和纤敏。

高中时学鲁迅的《阿Q正传》，当老师读到阿Q因为头上的瘌子而怕别人说亮说光时，别的同学哄堂大笑，只有我，霎时满脸通红。我觉得跟说我自己差不多。从那时开始，我就觉得鲁迅是个特刻薄的人。事实上也是如此，鲁迅的整个文风尖刻多于宽厚。他什么都看不惯，总一副俯视苍生万物的口吻。他这样的文风，别人伤是伤着了，痛是痛够了，可未见得能够疗治心病。我还算不错，背着这么一条“沉重的伤疤”，居然也能同别人一样考上了大学，而小江就没有我幸运。他的伤疤比我的明显得多，他大概被自己的伤疤“压垮”了。

大学时，谈恋爱，我老爱走在女朋友的右边。如果那一回，女朋友走在我的右边了，我耳根后的伤疤总痒痒的有种火燎的感觉。好像女友的目光是火，在烧它。后来结婚了，我似乎放了好大的心。有一回躺在床上，我终于忍不住自己提起这个伤疤来。我对妻子说：我的那个伤疤是不是好难看？妻子漫不经心，问：哪啊？我说：就是耳根下那个呀。妻子哦了一声，说：让我看看，我可从没注意呢。我听了真是哭笑不得，也许是我太在乎自己了。我哀哀地叹了一口气。然后把年少时伤疤带给我的痛苦全告诉了妻子。妻子没心没肺地呵呵笑过不停。笑到一半，她突然想起了什么，就停住了，然后凑到我的脸前，说：你发现没有？我的眉角也有一条伤疤，读中学时，我也自卑过好长一段时间呢。我爬起来，仔细看了看妻子光洁的额头。天，她所谓的伤疤几乎要戴显微镜才能找到。她居然也说为它在意了好长一段时间！

然后我就想，是不是每个人在成长的过程中，都要经历一段“伤疤情结”？而其本质的原因，是我们对异性开始有了最初的关注？噫，这也许是少年维特烦恼中的一种吧。

二十六岁后，我有个笔名叫玉疤子。这倒没有什么自虐的成分，不知为何，我感觉这名字挺温馨的。

岩窝一撮土

文/谢宗玉

外婆惜土如金。这话可能夸张了。生产队的时候她可没这么恋土。别人也不恋。每天出工，一村子人站在田里地里，都一副恹恹的提不起精神的模样。后来田地承包到户，一下子就像换了一群人，都一个个贼眼乌溜地满山满野去找土地。有点像圈地运动，只一天工夫，村前村后稍能开发的荒地乱野就被人用锄头标了记号。外婆家的孩子多，我妈生我的时候，外婆还在生孩子。孩子太多，有时外婆一天也不能走出家门。

等她第二天走出来，看见满山坡尽是开荒的身影，就知道自己失去了很多对土地拥有的机会。外婆提着锄头疯了般满山满野乱转，但附近已没有她下锄的地方了。

后来外婆就相中了那个岩窝的那一撮撮泥土。岩是红砂岩，红砂岩跟花岗岩不同，红砂岩风也可以腐蚀，雨也可以腐蚀；日也可以腐蚀，雪也可以腐蚀。红砂岩风化很快，风化了的红砂岩被雨水洗下来积在岩窝里，春天来了，上面长几株草，就有了泥土的模样。外婆说能长草的地方就能长庄稼，她真把岩窝开发了。看着土太薄，她干脆从外面担了些泥土进来。撒上一些芝麻绿豆种，地就真的成地了。

南方春天雨水多，外婆的芝麻绿豆同别的土地上的庄稼没有区别，芽一样芽，苗一样苗。但一到夏天就不同了。夏天雨水相对少些，阳光却厉害得不得了，岩窝就像铁窝了，而上面那一撮撮沙土，天晓得像什么？总之别人家的庄稼一天到晚都欣欣向荣的样子，而外婆家的庄稼到了中午就要瞌睡了似的，倦叶低头，作绵绵欲晕状。

外婆真怕哪一天她的庄稼就这样一睡不醒，于是动员家里大小劳力去给庄稼浇些醒水。但谁也没去。当初外婆开荒岩窝，一家人就都反对，说她是没事找事，那么贫瘠的地方能长出什么来呢？特别是外公，他捧着个酒瓶，每天乜着眼睛看外婆进进出出。外婆却认定能长草的地方就能长庄稼。何况自己不去开荒，就势必每年比别人要少收三五斗，同样是双手连肩顶着个头颅，凭什么呢？

外婆也许是对的，外婆瘦皮精骨，在她这么薄的地上，外公都能种出十把个子女来，谁又能断定岩窝窝那一撮泥土就会种而不果呢？

从溪里挑水上坡，是一件艰难的事。外婆在整个夏天都在做这件艰难的事。外婆开始做这事的时候，野地山坡还能看见一些劳作的身影，后来日头太大，整个村外就安安静静只剩外婆一人了。外婆不知道日光下的村庄有时会同月光下的村庄一样安静，外婆那时就有些茫然无措了。好在铁的任务在告诉外婆一定要把岩窝里的庄稼浇遍，好在还有一些细碎的声音在提醒恍惚的外婆她的存在，譬如外婆粗糙的喘气声，水花溅出桶沿的声音，外婆赤脚踏着热尘扑扑扑的响声，还有，庄稼喝水时咕咕嘟嘟的声音。

头顶同一轮太阳，外婆在给庄稼浇水的时候，却没有人跟外婆浇水。恍惚的外婆终于没能在烈日下支持住，她眼睛一黑，像一株被刈割的庄稼，温柔仆地。如果细看，外婆带着黑斑的皮肤其实裂得比土地更厉害。

看起来跟庄稼一样柔弱的外婆，其实却比庄稼坚强得多，在太阳底下倒下的庄稼是永远也起不来了，但外婆不，外婆一到太阳下山，夜露降临，就会醒来。

外婆在地里晕倒的次数实在多得连她自己都觉不好意思。开始，家人还当一回事，把她急忙忙背回去，又是灌水又是刮痧的。后来次数多了，外婆还要冒着烈日出去，家人就警告她，再要晕倒就没人管她了。

但外婆不听劝告，真的还出去，也就真的还晕倒。家人等到吃晚饭的时候还不见她回来，一狠心，就真的没管她了。

半夜，匍匐在野地的外婆徐徐舒展，一节一节地撑了起来。然后她踏着月光，挑着空桶，一晃一晃回到家。第二天一家人起来，就像忘了昨天的事，连外婆也像忘了。再以后，家人就真的习惯了她的发晕。

呀呀呀，三新子哎，你快去呀，你妈发晕了呢！

别管她，等太阳落山了她自己会醒。三新子刚从山上砍柴回来，这会儿正躺在大门口的竹椅上纳凉。他动都不动一下，只这么说。

秋天，别人家收芝麻绿豆的时候，外婆那块土地一样也有收获。然后每次煮芝麻绿豆粥的时候，外婆就一脸荣光，说：看看，不是我，你们能吃上这一顿吗？

一家人吸溜溜大口大口喝着烫粥，没有人接外婆的话茬。外婆就越发得意的样子。

十几年过去了，岩窝里的那块地，外婆还在种着，没有人拗得过外婆。子辈孙辈们当然都知道这样下去，结局会是什么。但他们有什么办法呢？他们能准备的，也许只有眼睛里的一窝泪吧，到时，就用这窝泪浇浇外婆。

来雨时走出家门

文/谢宗玉

有一个人总在来雨时走出家门，那是我父亲。

田是梯田，禾苗都是喝水长大的，但天雨常不遂人愿，所以在每一垅梯田的上坳总得有一口山塘。夏天热，禾苗需要同人一样拼命喝水，山塘没多一会就被喝得见底，村人就有些慌了。好在天再糊涂，也不会让村人处在恐慌中太久。恐慌太久，村人就不会老在一个地方待了。雨说来就来，一堆乱云一聚，几声炸雷一响，还不等村人都从田里地里跑回家，雨就下了。站在屋檐下，看雨中的庄稼欣欣向荣的样子，村人都一脸傻乐，乐得什么都忘记了。只有父亲还记得要往山塘补水，父亲是一个小小的村民组长，大伙都觉得就该他记得这事。

父亲先也是站在屋檐下，傻头傻脑地看雨，突然就记起了什么的样子叫一声，哦，要去拦水。说罢提把锄头就冲进雨幕。等母亲转身从灶背屋寻来蓑衣斗笠时，他已经不见人影了。为这，父亲回来没少挨骂。父亲并不在意，他湿淋淋地站在屋中央，垂着衣袖，笑着听母亲叨唠，仿佛挨骂是一件很快乐的事。母亲一边念叨一边把准备好的热水提到灶背屋。父亲洗澡时，母亲又从衣柜里把干净的衣服找出来。

父亲年轻时很结实的，他什么也不怕，再大的风雨他也敢往里钻。风雨越大，父亲就一副越快乐的样子。有时，父亲叫一声要去拦水，就被母亲眼明手快拉住了。但戴上母亲寻来的斗笠，一出门，风就将它刮跑了。父亲跟着风跑，终于跑在风前将斗笠拾起来，然后一甩手，斗笠旋转着从大门口飘进来，雨水像珠子一样从笠沿四射开来，溅了我们一身。待我们弹落身上的水珠，再看父亲时，父亲又消失在雨中不见了。父亲的身影在雨中像个迷，一闪一闪的。

在瓢一样的雨中，道道水流从山上下来，父亲全把它们往山塘里赶。山塘像个气球，一下子就给吹胀了。我小，我只能这么形容。我想一下子就水灵丰活的山塘，在父亲的眼里，肯定像一个个一夜逢春的妇人，而父亲就是她们的施惠者。父亲内心应该有一种满足。

当然那时我怀疑父亲主要是为了好玩，他在雨中那副兴奋得不得了的样子同小孩没什么区别。但小孩不能玩雨，小孩只能在大雨初来时，在稀稀朗朗的雨颗中，嚎着叫着钻来钻去，等雨大了，就得返回屋檐下。小孩玩雨得以不弄湿衣服为前提，要不然就会挨大人的巴掌。所以那时我特别羡慕父亲，他一个村民小组长卵大的官，却可以利用它在来雨时出门。

有一年夏天，天旱了很久，大伙以为这个夏季再没雨下了，就挖开山塘拼命往自己田里放水，父亲左劝右劝要节约，但没有人听他的。后来再下雨时，父亲硬撑了两个小时没出门，母亲就表扬了他一句。但母亲的话才落音，父亲终于没忍住又冲了出去。这使得我更加怀疑父亲是想淋雨玩。别人也说他是淋雨成瘾。只有母亲看着心疼，念叨就更勤了。现在我想，其实父亲可以在雨来之前将所有通向山塘的渠道挖通；就算一定要在雨中出去，他也应该把自己包扎严实。

母亲的念叨小时候以为纯属多余，现在才发现她是对的。年轻时父亲没把身体当回事，年老时身体也就没把他当回事，该怎么病就怎么病，该怎么痛就怎么痛，不打半点反扣。母亲给父亲煎药时，还在不停地念叨，现在的父亲再不能笑吟吟听她念叨了。他躺在床上，配合母亲的念叨，咝咝地从牙缝里抽着凉气，他疼呢。父亲正在为他年轻时候的轻狂支付代价。

英语老师

文/谢宗玉

早晨,阳光照进教室,照着一颗颗晃动的脑袋和一张张开合的嘴。我们在晨读,我们在大声晨读。别人读的是英语,我对英语不感兴趣,我在读语文。英语老师从后面走进教室,我没觉察。他冷不防从我手中把书抢了,反手就甩了我一个耳光。一教室沸扬的声音就这样被他突如其来的耳光给掀哑了,大家愣愣地看着我俩,早晨照进来的阳光这时也有些茫然无措的样子。

英语老师扭过头叫道:你们停下来干吗!然后一教室芽一般的声音又怯怯冒出来,顷刻间又是一片灿烂。英语老师拍了一下手,没事般地走了。

他没事一般,我可不行,我在众目睽睽之下,俯下身把语文课本拾起。然后伏在课桌上,一动也不动,我能遏止自己的哭声,但止不住的泪水却从我的指缝里快速渗出来。虽然我知道错了,一三五的早晨该读英语。但我的过错难道就该由这记毫无商量余地的耳光来惩罚吗?想到这里,我的眼泪又流快了。我从没有被人打过耳光,更没有在这样的广庭众厅下受辱,我满脸火辣辣的,不是因为疼痛,而是因为羞耻!我感觉我那个叫自尊心的东西,在这个早晨,就像被一把无形的快刀,给拦腰斩断了。

接下来的几天，我一直不声不响低着头进出教室。而在心中，仇恨的水草却疯了般昂扬生长。是的，我要报复，我要杀了他！我一定要杀了这个让我当众丢丑的家伙！我要用最直截的方法报复，我要痛快淋漓地拿刀捅了他！……我低着头，一声不响，就这样在自己的幻想中把内心捣鼓得壮怀激烈。那被拦腰斩断的自尊心在伤口处是乎又长出了细嫩的芽儿来。我最终还是失去了寻刀杀人的耐心，英语老师就这样在懵懵懂懂中逃过一劫。我后来的想法是，我一定要发奋读书，将来超过他，再来羞辱他！

但很快就有一事，让我很快进入了两难境地。那天英语老师闯进教室，对教室里的三个同学说：下午帮我去挖薯吧。你，你，还有你，来，把书收起，我们这就走。

三个同学其中一个就是我，英语老师仿佛早就忘了两个月以前发生的事。但现在他既然点到我了，我不能让他知道我心中的仇恨。我只能敛着头，和另两个同学一起去了他家。我记得一进家门，他就像个妇人样叨叨唠唠地骂着他的妻子：日日死人，怎么不见你死?！这样骂人的话是我第一次听到，所以一下子就记住了，而且根深蒂固。挖薯时，我时不时就把红薯给挖断了。我应该不是故意这样的。挖薯是一项技术活，也是一项体力活，在家里，这常常是我爸的事。我还太小，力气也小，一锄下去，挖得不深，红薯往往就被拦腰截断了。我看见英语老师不时地皱着眉头，后来他说：宗玉啊，你书也读得不好，事也做得不好，以后就等着进棺材吧。我一脸怍羞，我年纪轻轻，没想到他竟把我与棺材联系上了。心中的恨意一下子又增加了，可手中的活儿并不能停下……

我现在算有些明白他那时为什么脱口就是棺材就是死了。那时他除了当老师，晚上常常替人唱号歌，哪里死了人，来请他。他一般不拒绝，十里八里也要赶去。他的号歌唱得不错。小时他在茶陵住过，一口的茶陵腔，用茶陵腔唱号歌，他的号歌就别具一格。有时在教室上课，他的声音也拉得好长，像唱号歌。有时夜里唱号歌唱得太晚，白天上课，他把作业布置下去，就趴在讲桌上睡着了。

挖薯回来后不久，碰上学校组织学生入团。那时入团是件非常时髦的事，我们班当时只有三个名额，英语老师就把帮他挖过薯的三个同学都推荐上去了。全班同学知道这事后，都议论纷纷。因为如果凭成绩，我们三个没有一个能上。后来，另两个同学就在那次入了团。而我没有。因为我拒绝写入团申请书。我这样做，一是对英语老师的软性对抗。用老甘的话说，就是非暴力不合作吧。呵。二是在同学们的冷嘲热讽中，实在没什么脸面写入团申请书。

……好在与英语老师总算有分开的一天。初中毕业，我怀揣着仇恨悄悄离开学校。我没有忘记自己的“使命”,我对自己说:有朝一日,我终是要回来的。

可到高中毕业的时候,我就为自己幼稚的想法感到好笑了。我看金庸那些侠骨豪情的武打书,江湖上的似海深仇,都可以一笑泯之。而我与英语老师之间的破事,算得了什么呢?他自己也许根本就没把这事记在心上,几年过后,我这个人就可能从他头脑中淡出了。

大学里有天晚上,我与一个同学在法律楼的天台上闲扯,说到中学的事,他居然也有类似的经历。不同的是,他依然把仇恨带在心上。他说:总有一天,我要跑回去指着他的鼻子骂一顿。我听后,不禁讶然失笑。唉,也许他还没参悟透吧……

不过,回头想想,也许并不完全是少年人的心胸太过狭窄……我们怀揣多深的仇恨上路,说明我们当时的伤害就有多深。随着时间的淘洗,仇恨也许可以忘记。但伤害之痛在事隔多年想起来,仍可以使心灵颤抖……那时的心灵是多么柔弱呵,可仿佛没有几个大人(包括老师家长和其他成年人)注意,所以成长的心灵,注定会遍布刀斫之痕……

英语老师后来教不了英语,就调到邻校一个中学敲钟守门。参加工作后有一次回家,我还真的碰上他了。我远远见到他,心里猛地颤了一下,然后想也没想,就逃也似的溜了……

走远了,我突然有种想哭的感觉,英语老师他真的很老了……老得让我有说不出的怜悯。

什么是家

文/谢宗玉

初雪来临了，雪粒子从檐瓦间蹦跳进来，打得楼板沙沙作响。

来雪的晚上，母亲的叹息和儿子的兴奋也同时到来。雪停的早晨，母亲拿一个簸箕上楼扫雪，儿子就奔出去与村里其他孩子堆雪人，打雪仗，玩得忘乎所以。村前村后，快乐的童音喊成一片。母亲忧郁的脸上也就有了一丝欣慰的笑。

收了笑的母亲依然一脸忧郁。果不其然，雪融之后，寒风寻踪而至。寒风从去年熟悉的门缝里、窗缝里、墙缝里钻进来，一下子就把家里稀薄的温暖掠走了。寒风熟门熟路地把这个家当作了过路凉亭。儿子和女儿开始在夜里冷呀冷呀地哆嗦着叫唤。父亲和母亲就寻来所有的旧纸将来风的隙缝糊住，但寒冷似乎已侵占了这个家的心脏，温暖再也不肯返回。这个家急需一炉不灭的炭火，与寒风营构的寒冷对抗。

寒风终于也要喘息，天突然放晴，父亲决定利用这个机会，到十几里外的后山烧一窑木炭回来。母亲闻鸡起床烧饭。一大早，父亲就带着七岁的儿子上路了，留下母亲在家照看三岁的女儿。

把锋利的柴刀从腰间解下，父亲左劈右砍，杀出一条通向茂林修木的路。伐木声和父亲的吆喝声开始在静日的空山里清脆响起。锋利的柴刀去芜存精，一根根圆木就从父亲的手中递到儿子的稚肩，儿子的任务是将圆木运到窑边。

山鸟啼归时，父亲回到窑边，发现刚才空旷的窑坪这时已垒成了一堆“柴山”。

身强力壮的父亲惊讶的不是刀锋之利,而是儿子稚嫩之肩的负荷能力。父亲心疼地扒开儿子的衣领,虽然隔着几层布衣,儿子的稚肩还是磨得又红又肿。父亲把一口口水吐在儿子肩上,然后用手揉揉。

父亲赞许的眼神是对儿子劳动的最大赏赐,儿子一时豪情万丈:干脆把火烧起来。受了儿子豪情的引诱,父亲也仿佛回到了奔放的青春,答一句“行!”就将这个年纪应该考虑的事情全抛到了脑后。譬如饥饿来临,天色近晚;又譬如月初夜黑,归路崎岖。

在寒风中猥琐了十几天的男人终于在劳动中找回了自信。父亲扬刀断木的时候,儿子就将断木运到窑门边。父亲进窑装木的时候,儿子就在四处寻抱烧火的干柴。

夜幕降临时,父子俩将一切准备就绪。父亲让激动不已的儿子划亮了一根火柴,火柴点燃了熊熊巨火,火焰照亮半壁山岭,也映红了父子俩喜悦的脸庞。火焰在宽大的火洞里呼啸着舔进幽黑的窑口,就像舔进了父子俩寒冷已久的胸膛。再没有什么比在寒冷的冬天点燃一堆大火更让人忘情的了,再没有什么比在寒冷的冬夜保持一场大火更让人专注的了。火光之中,父子俩虔诚的脸庞是一副超然物外的表情,完全已忘记了家中的母亲有怎样一副盼归的心情。

日头依山岭时,母亲就背着女儿在村口望了又望。早晨母亲没有往父子俩的口袋里塞干粮,就盼他们饿了之后早早回家。母亲知道父亲干起活来就会忘记一切,父亲总要把一件事弄得妥妥帖帖才记得回家的路。母亲已习惯了父亲这副脾气。但今天不同,今天是七岁的儿子第一次承担男人的重活,父亲应该懂得早早地把他带回家。以防他第一次就丧失对劳动的信心和兴趣。但现在日头都落山了,还不见他们的踪影,母亲的心开始被一种说不出的情绪揪着悬吊起来。惶惶然的母亲对自己说,做饭吧,也许做好了饭他们就回来了。但母亲把晚饭做好后,父子俩依然没有回来,而黑夜却来到了村庄,伴随黑夜而来的还有轻微的寒风和凉凉的湿气。寒风在檐角边呜咽,像一支不祥的唢呐曲,母亲的腐心一跳一跳的在胸腔里舂米。这么黑的夜,这样陡峭的山路,让第一次出远门的儿子怎么回家呀?母亲再也没法在家待了,给熟睡的女儿掖好被角,母亲寻了一盏手电出门了。

母亲心慌意乱地匆匆上山。母亲的手电光在黑沉沉的夜色里萤烛般渺小。每一丛摇晃的灌木都让母亲的心惊惊咋咋,每一只窜飞的山禽都让母亲的魂纷纷扬扬。而母亲的希望总是在手电光照清路前黑影的一刹那间,一次次破灭。

山路多歧,母亲就选择父亲最熟稔的路走。母亲以为凭借自己的直觉就能找到父子俩。母亲就这样翻山越岭，像一只母兽寻着亲人的气味一路而来。

母亲循路前行时，山坳窑口火洞里的大火依然熊熊。只是烧火的只有父亲了，又倦又饿的儿子像只猫咪偎依在父亲脚下睡着了。火光映照着他甜甜的睡脸，温暖营造他甜美的梦乡。在梦中，儿子看见自己捧着一团巨大无比的火送到母亲手中，那时的母亲是一脸神采奕奕的笑。

不靠理性指引，无路可走成了母亲最后的归宿。站在林茂木深的山中，孤独、恐惧、担心、委屈一齐朝母亲袭来，母亲这才发现自己竟是一个人独处黑夜荒山之中。惊恐无比的母亲突然从喉咙里喊一句：根生——，根生哎——！

空山夜静，母亲的呼喊像林间响箭直射夜空，群山为之应鸣，“生——哎——！”声音如涛似潮，重重滚过群山，渐遥渐远渐无。母亲把自己吓呆了，她没想到空山回音声势会如此浩大！一声呼喊，几乎将整个山林惊醒。一林子夜鸟都扑愣愣飞起，盘空喋喋长啼。

母亲再不敢喊第二声了。根生是儿子的乳名，母亲很后悔将儿子的乳名喊出来，若是让山精野怪听去了，以后寻着儿子的名字前来索魂那可不得了。这一声呼喊，甚至像是已把儿子的魂魄抛向了夜空，被四周的山精迅速撕碎，你一点我一点地瓜分带走。

恢复理性之后的母亲发现自己犯了一个很大的错误，山路蜿蜒多歧，她怎么知道哪一条是他们父子回归的路呢。也许父子俩早从别的山路回家了。母亲只好跌跌撞撞往回奔。跌跌撞撞的母亲突然发现寒风已把石头上的湿气冻成了滑溜溜的薄冰，山路像打了磨一样。焦虑就再度笼罩了母亲的心，母亲怕父子俩万一还没回来，这样的山路又该如何走啊？

果然，父子俩真没回家。母亲推开门时，家中只有被寒气冻醒的女儿在撕心裂肺地啼哭，母亲急忙忙跑过去，连女儿连被子一把抱起揣在怀里，心疼得不得了地哄着她继续入睡。

而那时窑前的儿子却被父亲拍醒。窑中圆木已经烧燃了，原先幽黑的窑口现在已火红火红，再不需要在火洞里加柴引火了。是该回家的时候了。只要隔几天来打开窑门，就可取出一窑上好的木炭。整个冬季就不用犯愁了。

父子俩开始趁夜色回家。夜漆黑而深沉，路崎岖而漫长。儿子在前，父亲在后，两人左手各驻一根拐杖，右手同牵一段藤蔓，就这样一步一挨，互相应答着向家的方向慢慢靠近。好在再黑的夜晚，总会有些微天光，山路的薄冰既是回家的障碍，又是回家的指引。实黑的是灌木，虚黑的是夜空，那一条若有若无的微白则是通向回家的路。

时间在冬夜里停顿，精疲力竭的父子不知走了多久才看到村庄里母亲点亮的那一盏微灯。狗吠是寒夜最动听的音籁，从狗吠声中可以测出与母亲那盏微灯的距离，狗吠声声可以证明距村庄不再遥远。

微灯下的母亲支着下巴在等待那一场归来，灯花微微的爆响也会惊吓神思恍惚的母亲。母亲在等待中感到寒夜的时流也被冻结成冰，是那一声声狗吠和鸡鸣，才将神游的母亲从凝滞的时流中一次一次唤醒。

那等了千年万年的推门声终于“吱呀”响了。见到母亲的儿子，一扫全身的疲倦，兴冲冲叫道：妈，这个冬天我们再不用怕了！见到儿子的母亲没来得及答话，哭声就先侵占了她的喉咙。

放声大哭的母亲动作简直疯狂，她先是一把将儿子拉进怀中，被莫名其妙的儿子用力挣脱后，她又冲到父亲面前，拼命用手擂他的胸膛。

这个场景，二十年之前的儿子记住了却没法理解。二十年之前的儿子在那个冬季，只体会了辛勤的劳动可以换来在寒冷的冬天围着火炉，对遥远的春天进行美好的构思和幻想。

豌豆

文/谢宗玉

她的名字好像叫向阳,姓什么,不记得了。她就坐我前面,同小说里形容的一样面容娇美,身材发育得也好。她的笑容甜甜的,有时她回头一笑,我就会半天回不过神来。应该说,我对她产生那种朦胧的感情,比她对我产生感情要早。我在教室里坐了没几天,就开始望着她的背影发呆。因为她就坐我前面,所以她的一举一动一颦一笑都尽收我眼底。她太具有成熟女人的魅力了,我无法不去想她。但那时候的压力多大啊,我的确是抱着不成功便成仁的心情来复读的。所以每天晚上临睡时我都要把白天心头长出的那些幻想的芽儿给掐掉。按高考的成绩,我本来应该在班上排名第二,可第一次摸底考试,我就退到了十几名了。这结果对我的震动很大,当天我就把那根感情的藤蔓连根拔起了。可不知为何,对她我没来由就有些幽恨了。

她应该是从语文老师连续三次读我作文开始注意我的。再回头笑时,笑的对象就是我了。她巧巧的笑,怯怯的声音,问我借作文本。我满脸绯红,耷拉着眼皮,把作文本递过去。等她转回身子,我突然又恼得她不得了。

后来我总算习惯了她每周一次的借阅,有时两人也聊几句有关作文的事,她说作文是她的薄弱环节,高考她最怕写作文了。我要她平时多写点,再上考场就不会怵了。

然后是一个平常的中午,我一个人在教室里翻书,她吃完饭从家里回来,轻轻落座在我的前头(是的了,她走路一向很轻,碎步,像踏花而行),我看她一眼,继续埋头苦读。她突然回过头对我说一句:你吃豌豆吗?不等我应承,她飞快从口袋里掏出一把豌豆放在我的桌上，桌面微斜，一桌豌豆顿时四下奔走，我连忙用双臂一围，将一桌奔散的豌豆拢住。可这时我们同时发现豌豆里有一枚硬币，她一下子满脸通红，从我合围的手臂里迅速将硬币拾走，然后调转头去，一副羞愧难当的样子。这时好几个同学从外头走进教室，我忙将豌豆装进自己口袋。我的心在胸口一下子怦怦地跳得厉害。我记得那是四月的天气，外界温度比体表温度稍低，而豌豆却有些余温，说明浸有她的体温……

那事之后，她再也没有向我借过作文本了，也极少跟我说话。我想是因为我没让她觉察出我吃过她的豌豆，她八成以为我会在一个偏僻的地方，将豌豆丢掉。事实上，那把豌豆我每天吃一两颗，足足吃了两个月。豌豆是极硬之物，往往一吃就响，可我吃它，几乎把它当作冰糖葫芦来吃了，我把一颗一颗豌豆放进嘴里，用唾液将它浸泡，然后用牙齿轻轻地摩挲，将它悄悄含化，半点声音也不发出。所以尽管我每天都吃着曾经含有她体温的豌豆，可坐在前面的她，却丝毫也不知道。我这种吃豌豆的习惯到后来完全成了潜意识，一点也不影响我读书。相反，那段时间我读书的效果出奇的好。

渐渐地，说不清道不明的情爱没有了，莫名明妙的幽恨也没有了，好比是一湖混浊的泥水，慢慢趋于澄明。在我内心，对前面的她，竟充满了感恩。

然后我发觉，男女之间，在情爱的边缘，其实还遍布种种无法言说的感觉。它们是那样的细微，却是那样清晰可知。甚至在某个时候，对方的一声叹息，都会让自己的命运毫无逻辑地转弯。

一个夏天的死亡

文/谢宗玉

1992年那个夏天，瑶村一直持续高温，阳光浓郁而悲悯。整个夏天，村庄的生灵都一副病恹恹的样子，或漫不经心地生长，或没精打采地过日子。

那个夏天，我又一次参加了高考。考完后的感觉糟糕极了，与玩得好的同窗相比，估分要低三四十分。这就是说，若他们能考上重点本科，我只能上中专。若他们只能上中专，我就铁定得再次名落孙山。在县城车站，没赶上回乡的班车，只好和别的几个同学挑着行李徒步回家。半途歇息时，我一把火将所有课本全烧在那个无名的山坡上了。同学们笑我是胸有成竹。我内心凄苦，无言以对。如果按估分的情况来看，这一年我八成又与大学无缘。而我，再不想复读了。我想什么呢，我想死。千奇百怪的死法已在我脑中层层叠起，一朵朵怪诞的笑容已开始在我脸上开开败败……

但那年我上了大学，死亡终是与我擦肩而过……

可不是所有的人都有我这么幸运。那个夏天，我亲眼目睹了死亡一次又一次与瑶村脆弱的生命相拥抱。开始死的是莲香。莲香是一个妇女的名字。莲香的老公一年四季都在南方打工。莲香带着五个小女孩在家里清苦度日。莲香每天天不亮就下地里了，可一个人做七个人的农活，又怎么做得过来呢？七生是瑶村的一名光棍。七生一个人做一个人的农活。七生做完农活后就在瑶村的坡前坳后到处闲逛。后来七生就在无人的坳后帮莲香做农活。再后来他就在无人的坳后与莲香好上了。

这个夏天，莲香的老公突然出现在瑶村。也不知他是在南方听了什么风声赶回来的，还是他回到瑶村后听了什么风声？总之他回来没多久，就把家里闹得沸反盈天。有一天正午，我坐在自家大门口的凉阴下想心事，莲香像一个虚影，突然从外面白晃晃的阳光中闯了进来。她一脸的泪痕，问我母亲在不在家。我朝屋里呶了努嘴。她就推门进去了。

母亲是村里唯一的公办老师，在村人的眼里是个明事理的人。莲香来我家向我母亲倾诉，同时也想讨个主意。可母亲那时正为我的事愁眉不展。她一声一声的叹息，后来说：你这断身，既然做下了这等事，就忍忍吧，等他的气消了，也许就好了。

但莲香没有忍，从我家回去后的第三天，她就喝农药自杀了。夏天喝农药死的人，尸身极易发臭，莲香死后连个追悼会也没开，就草草抬上山埋了。莲香的死对我颇有触动，我想如果接下来我必须得死，就不要选择喝农药了。

莲香死后没十天，瑶村白屋组宗雄家一下子又死了两个人。开始宗雄也在南方打工。宗雄的女人禾花一个人在田里地里，起早贪黑地忙着。禾花有时把三岁的儿子长福带在身边，让他在田垄上捉捉蚱蜢什么的。有时就让他跟着村里其他稍大一点的孩子。可突然有一天，长福掉进村前的荷叶塘淹死了。长福的尸体是第二天才打捞上来的。禾花中午回来吃饭，找了一阵长福，没找到，就以为他跟别的孩子出去玩了，也就没在意。吃了饭，禾花又下地去了。等到晚上回来，还不见长福，禾花就急起来了，满村子去问。可没有小孩说见过长福。村里的人见丢了人，也跟着禾花急起来，于是村前村后到处去找去喊。大家以为长福是在某个草丛中独自睡着了，瑶村的孩子就经常出现这样的事情。可喊了一晚上，都不见长福的踪影。直到第二天，大家才在荷叶塘发现长福。荷叶塘的水是半透明的，长福小小的尸体就躺在离岸不远的水底，仔细看，一下子就能看清，可先天瑶村的人从岸上走来走去，居然没有一个人发现。

一个电报发到南方，宗雄星夜赶回，抱着已经发臭的长福哭一声“我的儿啊！”就晕了过去。等他醒来后，把家里所有的东西砸了个稀巴烂，还拽着禾花的头发拳打脚踢，一边哭着骂禾花，说自己在广州拼死拼活地做，不就是为了儿子长福?！又说临走时自己就再三叮嘱过禾花，要看好长福，其他的事能做就做，不能做就算了。可现在呢？现在呢?！

禾花咬着牙，一言不发，任由宗雄拽着头发在地上拖来拖去。后来是村里的人看不过去了，才把宗雄拉开，说这事怪不得禾花，谁愿意看着庄稼都到嘴边了，还让它烂在地里呢?

宗雄就坐在地上号啕大哭起来,一拳一拳擂着自己的胸口,骂自己财迷心窍。他本来早想回来搞双抢,可一想到回来搞双抢,扣除来去的车费,不划算,就没有回来了。如果早回来,就不会出这事。村里人又劝他,说这事也不怪他。

下午,村人在东坡挖了个小坑,掩埋了长福,就散开忙各自的农活去了。谁知到了半夜,宗雄又凄惨惨地喊起来,大家跑到他家一看,却见禾花死了。禾花就坐在宗雄隔壁的房间喝农药,宗雄居然没发现。等宗雄发现了,禾花已死去多时。禾花靠着墙壁,双手把土墙都抠出坑来了,可就是没喊一声。

草草埋了禾花,宗雄又去了南方。宗雄家的稻谷被禾花收了一半,另一半就全烂在田里了。据说宗雄至今都没回来过。宗雄家的田地就这么一年一年,任它荒芜。

禾花死后一周,双抢都快结束了,瑶村枫冲组的白毛老人又死了。白毛老人那年六十六,过了花甲的人,要说死也死得过了,只是那天她完全可以不死。白毛老人从十六岁开始生崽,一共生了十个。死了四个,长大成人的有六个。白毛老人三十五岁的时候头发就全白了,从那时起,村里的人就叫她白毛老人。大概是生育过多,原先直溜溜的身材,没到四十岁,就像把折尺了。身体单薄得就像秋风里的一根枯草。偏偏还特别好强,田里地里,水里泥里,没日没夜地撑着身子硬干,瑶村就数她最勤快。从四十岁开始,几乎每年夏天,白毛老人都要在正午的烈日下晕倒几次,大家都以为她没几年活的了,没想到她却活到了六十六。开始她发晕,弄得一村人都跟着她急,把她从地里急忙忙抬到阴凉处,又是刮痧灌水,又是擦汗扇风。

但她发晕的次数也实在太多了,到后来,连她的六个儿子都习以为常了。有时大家忙起来了,就由着她倒在地里,没人管。也真怪,白毛老人就像一棵被雨淋趴了的庄稼。雨淋趴了的庄稼,太阳一出,就又欣欣向荣起来。被晒晕的白毛老人,一到黄昏降夜露了,也会悠悠醒来。然后撑起身子,乘着月色回家。见着儿孙了,还挺不好意思呢。

要说她六个儿子还是算孝顺。但其中五个去了南方,就算想孝顺,也是鞭长莫及。那年夏天,只有小六子一人在家。当天有人告诉小六子,说他母亲又晕倒在地里了。小六子刚从田里回来,一身疲惫,那时正在树阴下乘凉,随口就说:由她去死吧,这么大的日头,要她别出去,她偏不听!

结果白毛老人这回还真没挺过去,到黄昏降夜露了,她都没醒过来。小六子去地里找她,发现她全身都沾满了黑蚂蚁。小六子吓得六神无主,连人带蚂蚁抱回家,但白毛老人再没醒过来了。

她的五个儿子闻讯从南方赶回。大家知道白毛老人执拗的性格，都没有责怪小六子。他们每人凑了一份钱，为白毛老人举成了一个盛大的葬礼。据老人们说，这样的葬礼在瑶村，至少五十年没见了。言语间，颇有钦羡之意。我想也许吧，白毛老人六个儿子，六个媳妇，再加上一大群孙子，送葬的队伍也是我见过最大的一回。

人，这么接二连三地死去，让我越发觉得那个夏天霉气很重。对接下来的高考消息我几乎不抱任何幻想了。夏夜多梦，几乎每个梦中我都梦见自己死了，然后自己为自己哭得一塌糊涂，哭着哭着就醒过来了。醒来后，止不住的泪水还在哗啦啦地流。我不是怕死，我只是觉得就这样死了，对不起生养了我二十年的父母。

但后来我居然不必去死了，因为我考起了大学，而且是重点本科。这在瑶村，也大概是五十年没有的事了。看榜的那天，是小妹帮我去县城的。黄昏时小妹回来了，不等到家，就在村前的山坡上对着正在门口张望的一家人挥手，大声喊道：哥哥考上啦！我听了这话，当时一屁股就软了下来。

我轻松了，踏实了，悬悬的一颗心落下来了。可我的同学小安却惨了。小安和我是小学同学，初中同学，高中同学。复读又同学。小安和我读书一直不分上下。那年估分时，小安比我多估了四十分，可结果却恰恰相反。那天小安是自己去县城看榜的，到了晚上他都没回家。他家人到我家打听，我来不及暗示小妹，小妹就把他没考上的消息告诉了他家人。他家人一下子着急了，连夜打着手电筒去县城的路上找他，但没找到。那晚，一种不祥的念头占住了我整个心灵，我以为小安八成是自杀了。可事实上小安并没有自杀。小安当晚就回村了，却没进家门，而是爬到后山的狼哭崖上，不吃不喝，坐了两天。后来是一个砍柴人发现的。小安的家人急忙把小安从狼哭崖上背回家。小安一言不发，吃饱喝足后，向自己父母磕了几个响头，当天就跟人去了南方。

……这么多年过去了，听说小安在南方混得并不好。瑶村人在南方，都是做苦力，无非是挑砖挑沙、砌墙挖屋基。小安的体力比不上别人，圆滑也不及别人。八十年代曾流行一句话：学好数理化，走遍天下都不怕。而小安肚子里的那些数理化，没过几年，就全忘光了。现在的小安比文盲没强多少。做文盲所做的事，却赚不到文盲那么多钱。去年春节回老家，我曾与小安狭路相逢过一次，我热情上前招呼，但满脸胡楂的小安表现很冷淡，说一句“回来啦？”没停脚就走了。我看着他离去的背影，惆怅了许久。我想，那年如果我的命运跟小安一样，或许我也不会自杀。那么小安现在的路，就是我要走的路。

……哦，是的了，小安比我大一岁，我儿子都可帮我打酱油了，但他现在都还没婚娶。

回头再说那个夏天吧。那个夏天我的喜讯并没有为瑶村带来什么转变。死亡的烈日仍笼罩着孤独的瑶村。禾苗返青的时候，瑶村蒲塘组的四凤又死了。四凤是一个四十七岁的妇女。四凤四十八岁的老公和二十二岁的儿子都在南方打工。四凤一个人守在家里已有好些年了。四凤曾经生了一个女儿，但长到两岁就死了。四凤后来又收养了一个女儿，但长到六岁也死了。四凤就死心了，说老天爷注定不让这个家有女儿。四凤一个人过日子，没灾没病的，田里地里的活都按时令做得妥妥帖帖。老公儿子隔不了多久就寄一次钱回家。村里人都说四凤的命好。可四凤居然莫名其妙也喝农药死了。

其实四凤在喝农药前有那么一点征兆，但没有引起别人的注意。是在前一天，有个妇人经过四凤家门前时，被四凤强拉进家里喝酒。四凤舀了一大碗上好的米酒出来。妇人喝了，直夸四凤的米酒酿得好。四凤就说：我酿了一大缸呢，你说酿得好，就常来喝吧，反正我家也没人喝。接着四凤就跟妇人聊天，聊着聊着就聊到宗雄家的事上了，四凤说：活着也没多大意思，若是像禾花那样死了，倒也没什么……

妇人就圆瞪双眼对四凤说：好好的，你胡说什么？你家老公和崽伢子不赌不嫖，只晓得攒劲赚钱，赚了的钱又都寄回家了，你还有什么不满意？！四凤望着她，叹了一声气。这时妇人的婆婆在外面喊妇人，妇人嘀咕一声"老不死的"就忙告辞出去了。没想到四凤第二天就喝农药死了。

村里人都说，是禾花的鬼魂迷住了四凤的心智，才让四凤稀里糊涂喝了农药。四凤的老公和儿子回来奔丧。住在原来的房子里，儿子倒不觉得有什么不对。但四凤的老公一晚上一个噩梦，梦见四凤就站在床头，按着他的腿，看着他笑。然后他就怀疑他家的屋基有问题，也许是建在荒坟上了。于是就请一个风水师来看，风水师焚香烧纸，左看右看，末了还真说他家的屋基不好，犯煞。四凤的老公听风水师这么说，就用在南方辛辛苦苦赚的钱又建了一幢房子。

我离村上大学的前一天晚上，父母本想大势操办一下，请十几桌客人，再放两场电影。都已经准备好了，可宗桃家又出事了。宗桃是我小时的同伴，但他小学毕业就去了广州。我读中学的时候，宗桃就可以在广州大把大把地赚钱了。宗桃家隔我家很近，宗桃的母亲常来我家夸耀她家的宗桃，惹得我母亲特别眼红，几乎没打算让我再读下去了。可就在那个夏天将结束时，宗桃在广州出事了。宗桃和一伙民工坐在一辆闯篷货车上去工地，车开得很快。宗桃突然莫名其妙就往车下跳。摔得个半死,民工们忙把他往医院里送。在医院里,别人问宗桃为什么跳车,宗桃艰难地说了一句:我看着我们的车子要与前面来的车子相撞了,我就……

话没说完,宗桃就死了。而事实上,前面的车子与他们的车子只是擦肩而过,根本就没有相撞,宗桃他看花眼了。宗桃的哥哥闻讯后,连夜朝广州赶。宗桃的父母就在家里呼天抢地地哭。在这种环境下,我家自然也不好意思办什么喜酒了。宗桃毕竟是我儿时的同伴,我本想留下来看看事情的结果,但已经开学了,我再不去报到,那么费了九牛二虎之力考起的大学又会泡汤。我想,宗桃也许是太紧张,他就像城市上空的一只惊鸟,到死都没有融入南方那座五光十色的城市。

然后,我就这么离开了故乡……

大学毕业后,我分进了大城市长沙,我理所当然成了长沙人,我的后辈理所当然成了土生土长的长沙伢子。那个叫瑶村的地方现在只是我的籍贯,那里的人和事,已与我没有大多关联了……

只是记忆里,总有一些东西挥之不去。去年我写了个小说,叫《近距离相吸》。写的就是我复读时那段艰苦的岁月。我把它贴在网上,一个叫焚岚的网友看了,极为不屑。他在后面留言说:像我这样心理不健康的家伙,他读大学时同寝室就有一个,那时他们互相把对方当作噩梦。我点击他的个人信息,发现他来自大都市上海。我想,这个上海奶油小生,若与我相见了,当然也会视彼此为噩梦。我不知他那时有没有对着他的那个同学趾高气扬过?若有,我是那同学,一定会用一双来自农村的粗手掀他娘的大耳光。但在网上相见,我只能文雅地引用前哲的一句话回复他:未曾哭过长夜的人,不足以语人生!真是的,在那样偏僻的山村,除了拼死考大学,我想不出还有第二条光明的路可走!他凭什么把我们视为噩梦?!

……

前天,我一边喝着茶,一边读着报,后来我读了报上的一组统计数据,那上面统计了上个世纪九十年代以来,农村民工非正常死亡的数据和农村妇女非正常死亡的数据。面对那组庞大的数据,我突然泪如雨下……因为我想起了1992年瑶村的那个夏天。放了报纸,我一气呵成了上面这篇文章。哎,就让它作为那个夏天瑶村所有亡灵的祭文吧。

喊魂

文/谢宗玉

四猛的魂丢了。四猛骑在他家大牯牛的背上一副很威风的样子,没想到牛一蹶蹄子就把四猛给掀下来了,被掀下来的四猛也没缺胳膊伤腿的,可就是头脑有点蒙,再没以前的鲜活劲了,该吃的时候还晓得吃,该睡的时候还晓得睡,可就是懵懵懂懂的,脸上也不怎么笑,眼珠子也不像梭子鱼那样动来动去了。他母亲就说他丢了魂,得把魂喊回来。

喊魂一般是在黄昏。魂与我们的作息时间恰恰相反,白天我们在田间劳作,魂就偷偷寻了身体的某个角落睡下,晚上我们进入梦乡,魂就东游西逛,弄得我们一脑子是非。黄昏是魂与身体交接班的时候,就像从墙缝里飞出的檐鼠,满天空飘来窜去。一到天亮,它们又飞回原来的墙缝,一点也不会出错。四猛那次大概是把正在晕睡的魂从身体的某个地方颠出来了,由于是白天,迷迷糊糊的魂就再也找不到进入四猛身体的入口了。还如檐鼠,白天若把它们从墙缝里揪出来,它们就再也无法返回了。

白天四猛的魂稀里糊涂找了一个地方寄宿了一下,一到黄昏就窜到村庄上空,满村庄满田野寻找四猛。这时只要四猛的母亲一开口,魂听到了,就一头扎进四猛怀中,四猛的身子稍稍一颤,眸子一下子就跟原来一样,贼亮贼亮的。四猛的母亲看着四猛,就知道她儿子没事了。

四猛的魂也叫四猛,四猛的母亲就扯开喉咙,一声一声地喊:四猛哎——,回来哟！四猛的奶奶跟在媳妇后面就一声一声地应：回来了。那时候四猛就夹在母亲和奶奶的中间。他们从家里出发，对着池塘喊一阵，对着树梢喊一阵，又对着旷野喊一阵。他们不晓得四猛的魂究竟悬于何方。

四猛母亲的嗓子又尖又亮，凄厉地划破夜空，在旷野中回荡。四猛母亲招魂的时候，整个村庄都笼罩在一种冥冥不安的氛围中，很多母亲就把自己的小孩叫回家了。我怀疑她们是怕这声音惊了自家小孩，说不定那小魂儿会吓得茫然无措，慌乱之中就钻到四猛身上了。那时候就有理也说不清了，因为我们毕竟看不见魂，也不知魂与魂是否长得一个样。总不能再向四猛去要吧。

我的怀疑是有道理的。因为四猛的母亲每喊一声，我和小妹就会轻轻地颤一下，我感觉身体的某个部分像檐鼠一样在向外飞，我想那就是灵魂了。四猛母亲喊魂的时候，我母亲远赴他乡求学去了，而我的爷爷奶奶早死了，没有人把我和小妹叫回家，我和小妹就只能待在西墙边，手拉着手，等待上山砍柴迟归的父亲。

四猛一家人把魂喊进了屋，我和小妹却像丢了魂似的，两人木愣愣地你看着我，我看着你，两只拉着的手是一手心子冷汗。那时整个大地都神秘兮兮的，包括天空飞舞的檐鼠、肃穆的树影和野猫的一声声叫唤……

父亲担着柴从黑暗中走出来，我和小妹急巴巴迎上去，怯怯地叫一声：爸。

父亲没有答应，他放下柴火，叹一声气，说：屋里有鬼啦?!怎么总不敢进屋?!父亲知道我们怕黄昏，怕黑暗，怕摸黑进屋，他本不想生气，但他太辛劳了，一说话就气鼓鼓的。我和小妹噙着眼泪，跟着父亲进屋，那时就更加想念在远方的母亲了。母亲若在家里，一切都不是这样。

一晚梦中尽是失魂找魂之事，有时魂找到了我就在梦中笑，有时魂找不到我就在梦中哭。好在一早起来，没有人说我像丢了魂似的，我就知道自己没事。妹妹也没人说，所以妹妹也没事。

喊魂本来是村庄里平常的事情，我之所以对四猛家喊魂的事记忆犹深，是因为那次我母亲不在家。母亲不在家，别人家一喊魂就把我们吓着了。

耻辱之心

文/谢宗玉

那时我常把饭夹成一小团一小团往上抛，趁它下落的时候，嘴突然向前一咬，就咬住了。咬住了就吃，咬不住就掉地下了。也不是成心糟蹋五谷。而是这饭实在没法下咽。

饭难下咽的原因是菜不好。菜里没油，又特单一，夏天冬瓜南瓜红薯粉，冬天白菜萝卜红薯粉，天天水煮。那种清寡气味，闻一下就不想吃了。

教工的菜与学生的不同。教工的菜香，有油，几乎每天都有荤菜。我们经过食堂的时候，瞟一眼就忍不住唧叭唧叭吞口水。吃不到，恨不得让眼珠子掉进去沾点油也好。胆大的学生于是付诸行动了，趁工友不注意，用碗在教工的菜盆里一舀，然后拔腿跑开。戴眼镜的老先生远远看见了，摇摇头，说一句：有辱斯文。可偷菜的学生才不管什么斯文呢，早与几个玩得好的小子，躲在一旁大快朵颐去了。

我没有偷过，但别人的成功却一直在暗处怂恿着我。有一天我经过食堂的时候，食堂没有一个人，我终于按捺不住，将碗刷的一声扣进菜盆，再一抖手腕，将碗翻过来，一碗满满的菜就属于我了。我正狂喜，却没料身后猛听得一声喝：偷菜！可耻！！我一下子吓得魂飞魄散，抬起腿，飞也似的夺门而逃。我跑了好远好远，才发现后面并没有人追出来。再看碗里，已颠得什么也不剩了。我站在那里喘着粗气。我想运气还不算太坏，刚才进来的是个女工友，若进来的是个男工友，我很可能被擒。擒住了往班主任那里一送，再由班主任拧到教室，当着大家的面骂一顿，那我就全完了，如果到了那种地步，我还不如去死。

那个女工友是谁呢？回想起当时那猛地一声喝，我的心又凉了半截。她是语文老师的妻子，很可能认识我。我语文学得好，是语文课代表，平时收完作业常往语文老师家送。语文老师还有个女儿在我班上读书。叫虹，她长相一般，却文静得有些动人。她成绩好，常在教室里轻轻哼邓丽君的“在哪里，在哪里见过你……”声音很甜美，很抒情。她平时喜欢借我的作文看。她本来可以在她爸爸那里看我的作文，但她不，一定要等到作文发下来后才从我手中借。我以前没感觉，她看了就看了，但近段她看我作文的时候我就非常紧张，我恨不得篇篇作文都拿班上最高分……

现在我想，那个女工友，也就是师母，回去后一定会告诉语文老师的，语文老师也许会告诉班主任，也许不会。但他一定不会再要我当课代表了。还有，虹知道这事后，一定会非常鄙视我，再不会借我作文本了。她以后看我时，眼神一定会冷冷的、幽幽的、怨怨的……

待惊魂甫定时，“可耻”两字开始在我心中空空落落地回响，像盖邮戳似的，反反复复在我心头烙着。我感到好难受，胸口好痛。我不停地问自己：我是一个可耻的人吗？我是一个可耻的人吗？然后眼泪就哗哗地流了下来……

感谢命运，总算让我逃过一劫。十几天后，我的紧张不安终于有些舒缓。因为语文老师也没撤销我的课代表，他女儿虹还一样笑吟吟对我。我就知道师母也许并没有看清是我……

现在回想起来，我的手心子仍然有些冒虚汗。也就是从那件事后，我发现我长大了，有了羞耻之心，懂得克制欲望，遵循礼仪。

只是我有些奇怪，我怎么会如此在意此事呢？仿佛有种猛回头的感觉。事实上在童年，这种小偷小摸我们简直就习以为常了。整个瑶村没有哪家瓜地无我们的足迹，没有哪家果园无我们的踪影。也常常被人抓住，臭骂一顿，敛着脑袋领受着，等放了又去偷。那时也并不是没有接受规则和道德的教育，而是我们做这些事的时候，根本没管它道德和制度是个什么东西。

然而这一次我却是如此的在乎，这究竟是为什么呢？现在想来，我最怕的或许还是虹知道此事后那双失望的眼睛。也许我们的廉耻之心，也是从对异性的最初关注而开始的？谁知道呢？

真的是谢天谢地呢，在我懂得廉耻之心后，宽厚的上苍包庇了我所做的第一件错事。如果那事被揭发了，从此我的命运之旅该不知会如何改写呢？最大的两种可能是，一是我会自杀；二是我会自暴自弃，从此默认自己是个可耻的人。青春期的小人儿，脆弱如花，是经不起一场稍大的风雨的。

蒋光宇
作品

不要拿别人的错误惩罚自己

爱的力量

文/蒋光宇

巴鲁卡是英国考文垂市的一位房地产商。1979年,他的妻子玛莎生了个男孩,取名霍金斯。

2000年3月6日,21岁的霍金斯在驾车去田野写生时不幸遭遇了车祸。临去世之前,心地善良,乐于助人的霍金斯已说不出话来,但在父亲递给自己的纸条上写下了这样的遗言:“爸爸妈妈,我爱你们!请帮我捐献眼角膜,让我的眼睛能再次看到这个世界的阳光!”遵照儿子的遗愿,巴鲁卡和玛莎夫妇将霍金斯的眼角膜捐献给了一家器官移植机构。

2000年12月17日的深夜,一个蒙面歹徒闯进了考文垂市郊的一座加油站,不仅用匕首刺伤了两个工作人员,而且残忍地用枪重伤了一个巡逻至此的警察,同时还抢走了许多现金。警方破案有方,很快就将年仅20岁的凶手齐瓦特逮捕归案。

让人很难想到,善良人捐献的眼角膜竟然用到了罪犯的眼睛上。凶手齐瓦特于2000年3月做了眼角膜移植手术,而那眼角膜恰恰是霍金斯捐献的。

对此,霍金斯的父亲感到非常愤怒,立即给报社写信,强烈谴责那家器官移植机构。而器官移植机构的负责人则十分委屈地辩解说,医院没有义务去调查接受器官移植患者的个人品德,只能是按着患者的登记先后顺序来决定谁来接受移植。

蹲在临时羁押所里的齐瓦特,从看守递给他的报纸上得知,捐献眼角膜的霍金斯是一个非常优秀的青年。他被霍金斯的出众才华和热心帮助别人的种种事迹所感动。尽管他受到了良心的强烈谴责,但国法无情,2001年4月11日,齐瓦特被判终身监禁。

有一天,巴鲁卡夫妇来到监狱探望齐瓦特。玛莎太太哽咽着说:“我们是来看儿子的!因为,你的生命中有我儿子的一部分。如果你能够洗心革面,重新做人,我们可以原谅你。”巴鲁卡先生将霍金斯临死前写的那张纸条递给齐瓦特看。当齐瓦特读到“让我的眼睛能再次看到这个世界的阳光”时,他泪如泉涌,并立下誓言:“如果我死了,我愿意无偿捐献自己身上一切有用的器官,给那些需要它们的人,以此来偿还我欠下的血债。”但是,人们很难相信齐瓦特的誓言。

2001 年 8 月 5 日,警方用一辆警车将齐瓦特和几名重犯转移到另一所监狱,途中意外地发生了车祸。当齐瓦特爬出车厢时,看到 3 个重犯已控制了两名受重伤的警察,并用抢来的钥匙解开了手脚上的镣铐。齐瓦特知道,自己无力强行制止他们继续犯罪的行为。于是,他急中生智,假意附和他们,用钥匙解开镣铐,然后出其不意地将警察掉在地上的自动步枪抢到手中,突然用枪口逼迫企图逃跑的重犯放弃罪恶的企图。在与 3 个重犯的拼死搏斗中,他击毙了其中的 1 个,却被另外两个刺伤了腹部。由于巡警的意外出现,才制伏了罪犯,将受重伤的警察和齐瓦特送进医院抢救。

事后,许多媒体记者都要采访齐瓦特,但都被医院和警方拒绝了,因为他还没有脱离危险。记者几乎都想知道这样一个问题:“齐瓦特为何不顾生命安危而与 3 个重犯进行拼死的搏斗?”

医院和警方决定将这个问题写在纸上,由护士转告齐瓦特。他看完之后,吃力地写下了下面的话:“我在车祸现场见到了遍地的鲜血,不由自主地想到了将眼角膜捐献给我的霍金斯。我不能让霍金斯失望,不能让他看到的只是罪恶和黑暗。”

巴鲁卡夫妇从新闻中得知了齐瓦特的情况后,急匆匆地赶到医院探望。但是他们没有想到,齐瓦特已经永远地离开了他们。警方向他们详细地介绍了齐瓦特牺牲前后的表现,并转交了齐瓦特留给他们的信。那信中写道:

“我是一个孤儿,在这个世界上没有任何亲人。是爱的力量,是霍金斯的爱,是你们的爱,挽救了我这个罪犯的灵魂,改变了我这个罪犯的生命。我向你们提出一个请求:如果我死了,帮助我把自己身上的一切有用器官,无偿地献给那些需要它们的人……”

放弃美国总统奖的中国女孩

文/蒋光宇

每年一度的“总统奖”,全称是“美国总统学者奖”,颁发的对象为表现最优秀的美国高中学生。

获奖者是这样产生的:首先从每个州里挑选20个男生和20个女生,都是学习最优秀的,高考分数最高的,然后再看谁的领导能力、社区服务和人际关系更优秀,最后从中确定一个男生和一个女生为获奖者。在每年200多万高中毕业生中,只有一百多位学生能获得此项殊荣。谁能获此殊荣,谁就能受益终身。

在美国联邦教育部长芮里公布的1999年“美国总统奖”的144名获奖者名单中,18岁的中国女孩王渊是其中的佼佼者之一。

1980年11月,王渊出生在长沙,后因父母去美国留学而到上海姨母家生活。她从小就是个自立上进、是非分明的好孩子。9岁那年,王渊赴美国与父母团聚。在纽约机场,她见到了分别两年的父母,第一句话却是:“学好了英文,我就回国。”

她在作文中几次描绘了离开祖国时依依惜别之情:“飞机载着一个泪流满面的9岁中国小姑娘,将要离开这个文明古国。她透过飞机的舷窗,依恋地俯瞰这片她所熟悉的热土。她对自己说,我还会回来的……”

初抵美国,刚进学校,她连26个英文字母都认不全。但开学不到半年的时间,她便后来居上,像波士顿地区华人圈子里的一颗新星,冉冉升空了。

1995年,王渊以美国东部第一名的成绩考入著名的菲利浦高中,顿时成为剑桥市电视台的新闻人物。

菲利浦高中有222年的历史，是美国名列前茅的私立高中，很多名人都毕业于此，包括美国前总统布什、1997年诺贝尔奖得主维克里等。在剑桥市的历史上，尚无一人考入此校。王渊为剑桥市实现了零的突破，为此，剑桥市长授予她“市长奖”。给一位初中毕业颁发“市长奖”，这是绝无仅有的一次。

王渊在菲利浦高中三年，因品学兼优，每年都获得26000美元的全额奖学金。她曾被选拔到国会山庄暑期实习，跟国会议员一起工作；也曾被录取到耶鲁大学暑期领袖班培训；还坚持在多家慈善机构担任义工。她高中毕业后，以优异的成绩被世界名校哈佛大学录取。

王渊不仅品学兼优，还培养了广泛的兴趣和爱好。小学时她学过国画，作业被挂在教学大楼入口处作为纪念。初中时她是校队的黑管手，所写的剧本获1992年波士顿剧作节特别奖。高中时她是校报《菲利浦人》执行总编、校文学杂志评论编辑，与同学创办了菲利浦高中“青年政治家俱乐部”，并任第一届主席，还是菲利浦女子曲棍球队队长。

然而，王渊却出人意料地放弃了申领“总统奖”，这是为什么呢？

她收到了那份发自白宫总统学者奖委员会的书面通知，上面写道，她因品学兼优和杰出的领袖才华，被评为1999年总统学者奖候选人，希望她按时填好申请表格，及时寄回白宫。

接到这非同寻常的喜讯，王渊激动万分。但当她仔细读完申请表后，发现获奖人必须是美国公民的规定，当即决定放弃申请。她的抉择，立即在学校和家里掀起了不小的波澜。

菲利浦高中的升学辅导员鲁宾孙女士，不仅十分熟悉王渊的情况，而且还是总统奖评选委员会的委员之一。鲁宾孙认为，她的条件很好，被评上的可能性很大。她已经持有绿卡，只要及时提出入籍申请，完全可以获得参选资格。因此，鲁宾孙女士竭力劝说她抓紧入籍，然后提出申请。与此同时，父母焦急万分，也希望女儿赶快申请入籍。

谁也没有想到，王渊就是不肯从命。日子一天天滑过，离最后期限只剩一天了。父亲将电话打到女儿的宿舍，向她下了最后通牒，但是倔强的女儿还是不肯。

父亲生气地说：“中国像你这样的人才有千千万万，又不少你一个！”

王渊答道：“爸爸，您平时一直教育我要爱国，要做一个真正的中国人。你和妈妈早在1993年就获得了绿卡，但你们不是至今都没加入美国国籍吗？你们不是一直都在准备回去报效祖国吗?我知道,中国有千千万万个像我这样的人,但是,我王渊只有一个中国啊!”说完,她就挂断了电话。

当时母亲在另外一个分机上听父女俩争论,当听到女儿坚决的回答时,不知是该为女儿生气,还是该感到自豪,竟然泪流满面,泣不成声。

就这样,她毅然放弃了申请“总统奖”的机会……

美国的《侨报》对王渊“不拿国籍换大奖”的经过报道之后,多家报刊对此争相报道。王渊在美国取得的成绩,特别是对祖国的忠诚,使很多人深受感动。也许有人对她放弃申请“总统奖”的做法有所保留,但是没有人不敬重这位小留学生的中国心。1999年,北美华人将此事评为年度的十大新闻之一。

喝醋与喝洗手水

文/蒋光宇

据《旧唐书·良史传》记载：

有一次，军中举行宴会，斟酒的军士错把醋倒进了酒杯。机敏的任迪简明知道弄错了，但考虑到李景略为人严厉，担心他为此而治进酒者的罪，就不动声色地将杯中的醋一饮而尽。他不仅掩盖了进酒者的失误，而且以酒淡为借口，请李景略换上另一种酒。

任迪简为了掩盖下人的失误，免其受到处罚，甘愿自己承受苦楚，充分体现了对手下的关怀与宽容。因此，军中的人们都很感激、喜欢任迪简。

历史上流传下来的不少精彩故事，尽管发生在不同的国度、不同的年代，但有很多是类似的。

在滑铁卢战役大败拿破仑之后，英军总司令威灵顿公爵返回了伦敦，举办了一个相当隆重而盛大的庆祝晚宴，参加晚宴的不仅有很多参战立功的官兵，而且还有许多各界名流和绅士、女士到场。

晚宴的菜肴非常丰盛。吃点心前，仆人在每一个人面前都摆了一碗清水。其中一名农家出身的士兵，竟大大方方地端起来喝了。这个时候，在场的不少贵宾都窃笑不已，原来这碗水是在吃点心前洗手用的。这个士兵是因为不懂这种礼节才造成了这个笑话，当时羞得他不知所措。

就在这个尴尬的时刻，威灵顿公爵端起自己面前的那碗洗手水，站起来说：“各位女士、先生们，让我们共同举杯为这位英勇的战士干一杯吧！”一阵热烈的掌声之后，大家举杯同饮。

晚宴的气氛因此而变得更加热烈与和谐，不但那位士兵，在场的每一个人都被威灵顿公爵的友善、机智而大为感动。

宽容并不是姑息和软弱，而是理解和坚强。宽容产生的道德震撼，要比刻薄强烈得多。在生活中，不能一味地宽容，但更不能不懂得宽容。一个一味宽容的人将有损于自己的尊严，一个不懂得宽容的人将有损于别人的尊严。宽容者让别人愉快，自己也快乐；刻薄者让别人痛苦，自己也难受。宽容者收获宽容，令人亲近；刻薄者收获刻薄，令人疏远。与其多些刻薄，不如多些宽容。

硬拼不如巧计

文/蒋光宇

兵书上说:“用兵斗智不斗多,攻人以谋不以力。”其实在日常工作生活中,特别是身处被动地位时,也是多硬拼不如巧用计。

那已是午夜时分,乔治驾着汽车在德克萨斯州西部行驶着,又累又乏。所以,当他一看见路边有块写着“加油/用餐”的牌子时,便立刻停了车,走进了餐厅。

随后,又有一辆汽车也停了下来,两个人下车也走进了餐厅。其中一个高个子对侍者说:“来两杯咖啡。有地图让我们查一查吗?”

“我想是有的。”侍者一面答应,一面端上咖啡,然后在电话机旁的一叠纸里找了起来。过了一会儿,他找到了,递了过去:“这地图也许有些旧了。”

他们摊开了地图。高个子指着奥格兰德河,摇着头对他的伙伴说:“没有桥也没有渡口,没路能通往墨西哥。”

那侍者听见了,马上说道:“我也许可以帮你们的忙。”

“怎么走呢?”

“奥格兰德河旁的哈克凯特镇半年前造了一座桥。过了桥,往下走就是墨西哥了。”那侍者又在电话机旁寻了一会儿。

“应该有最新的地图,可惜这里找不到。那上面标着这座哈克凯特桥。”

“没关系了,有桥就行。”高个子喝完咖啡,与同伴一起走到门口。

他们小声嘀咕几句后,突然转过身,从口袋里拿出枪,厉声威胁道:“蹲下,不准乱动。”

乔治和侍者只得照办。他们打开抽屉,拿走了所有的钱,又拔了电话线,将电话扔到地上，然后冲进车子，飞也似的消失在夜幕中。

乔治和侍者，很快从紧张中冷静下来，立即把电话修理好。5分钟后，他们拨通了警方电话，说明了这里所发生的一切。“对，对，歹徒将去哈克凯特”。

乔治摇了摇头：“我简直被他们给愚弄了。我还以为他们是生意人呢！”

“起先我真被他们骗了，但当他们在研究地图时，我看见了高个子西装口袋里的手枪皮套。”侍者说。

乔治顿时有些气愤：“你既然已看出他们不是好人，为什么还要帮他们……你后来实在不该告诉他们哈克凯特有桥。现在警察抓住他们的机会太小了……”

“没有……”侍者想解释。

乔治不等他解释便气急败坏地说：“没有机会了！他们的车跑得太快了。”

那侍者笑了笑：“我不是说没有机会了，因为哈克凯特根本没有那座桥。等待他们的只有一条无路可逃的大河！警察很快就可以抓到他们。”

乔治恍然大悟，那侍者是如此的智慧，竟然不动声色、不费吹灰之力就能将歹徒制伏，避免了以硬碰硬的方式可能导致的两败俱伤。

丘吉尔说得好：“勇敢很有理由被当作人类德性之首，因为这种德性保住了所有其余的德性。”俗话也说得好：“鸟靠翅膀兽靠腿，人靠智慧鱼靠尾。”用智慧来配合勇敢，就可以举重若轻，就可以四两拨千斤。、

赞美日记

文/蒋光宇

去年秋天，金老师在讲授道德品质课的时候，请学生们讲讲关于父母或家庭的故事。可是，课堂上的气氛很沉闷，大多数学生都不愿意谈论自己的父母和家人，有的甚至愁眉不展。

为了打破这一僵局，金老师搞了一次关于学生们的家庭状况问卷调查。调查的结果令他感到震惊：

在40名学生中，因为家庭不和而不能同家人一起生活的学生有6人，占15%；对父母不满的学生有22名，占55%；认为家庭不和睦的学生有32名，占80%。导致家庭的不和睦的原因，主要是父母之间的性格差异、对金钱的不同态度，以及指导为孩子学习而产生的分歧。

怎样才能使学生们生活在一个和睦的家庭里呢？这成了金老师面前的一个现实而重要课题。

金老师问学生们："你们最想从父母那里听到哪些话？"

学生们的回答大同小异，绝大部分都是渴望听到父母的赞美：或者是"你很棒"，或是"我们相信你"，等等。

金老师说："既然你们都很渴望听到父母的赞美，那父母又何尝不想听到你们的赞美呢？我给你们留一个写赞美日记的作业，就是每天真诚地赞美一次父母，然后把当时的情形和父母的反应以日记的形式记录下来。

“赞美日记”起到了潜移默化的作用，学生们的家庭变了，变得和睦而融洽；学生们也变了，变得关心别人，变得心存感激。李玉芬同学写的赞美日记，就是反映这种变化的一个典型。

李玉芬同学是一个漂亮的女生，学习成绩不是很突出，没有特长，在班里并不引人注目，但有毅力，能坚持，赞美日记写得很真实，很感人。

第一天赞美日记的简要内容是：

她对正在准备晚饭的妈妈赞美道：“妈妈，今天的饭闻起来特别香。”

父母的反应是：“你吃错药了吧！”

第二天赞美日记的简要内容是：

她对早下班的妈妈说：“妈妈早回家真好！”

妈妈却反问道：“为了让你更开心，我每天应该几点回家啊？”

第三天赞美日记的简要内容是：

她感谢妈妈每天为自己准备盒饭，说：“妈妈辛苦了，谢谢妈妈！”

母亲的回应是：“你觉得妈妈只是个会准备盒饭的人吗？”

第四天赞美日记的简要内容是：

她看到父母因为小事吵架时，为了缓解气氛，让父母消消气，便说：“爸妈偶尔斗斗嘴还挺有意思。”

结果母亲却斥责道：“我们怎么做才能让你觉得更有意思？”

第五天赞美日记的简要内容是：

她看到爸爸和妈妈和好了，就说：“你们不生气了，我也高兴了。”

母亲却说：“你还是先管好自己吧。”

……

这样的赞美日记使李玉芬同学感到很伤心，总是想：“快别再说这些没用的废话了，还是抓紧时间学习吧。”尽管如此，她还是按老师的要求坚持把赞美日记写了下去。

当写到了第二个月的时候，父母的反应发生了明显的变化：他们开始对女儿的赞美报以微笑，还经常夸奖自己的女儿。加班晚归的父亲，会从女儿的赞美中感到温馨和满足。全家人一起晚餐的时候，也有了气氛祥和的对话。

有一天，李玉芬看着妈妈强忍病痛却总是对自己微笑，就说：“妈妈，太疼的时候就哭出来吧，您已经为我们付出了很多很多。”妈妈听后，眼睛里闪着泪花，但还是笑了。

两个月之后，妈妈还给女儿写了这样一封信："亲爱的女儿，我们家毛毛躁躁的玉芬原来已经长大了。听到你的赞美，妈妈反而觉得自己变成了孩子。这段时间每天听着你的赞美，我们感到女儿是这么的善良，这么的坚强，这么的努力向上。心爱的女儿，我们为你而感到欣慰和骄傲。"

李玉芬读着从妈妈那里收到的生平第一封信，热泪盈眶，嘴角浮起了微笑，是那么的幸福与美丽。她在给妈妈的回信中说："写赞美日记之后，家里逐渐充满了欢笑。即使被父母责骂了，委屈了，我也不会恼火了。因为我感到你们很辛苦，也看到了自己的不足。爸爸妈妈，我永远爱你们！"

金老师在总结写赞美日记的收获时对学生们说：赞美是表达对人欣赏的有效途径，渴望得到赞美是人性的深刻需要。一次真诚的赞美，能使人终生不忘；一句鼓励的赞美，能使人勇往直前；就连一声诚挚的致谢，也能使人如沐春风……不要吝惜赞美，一定把赞美坚持下去。要相信，真诚的赞美之花一定会结出丰硕的和谐之果。

最神奇的奇迹

文/蒋光宇

老虎在山林中漫步，看到在山坡梯田上的农夫正挥着手中的鞭子，自如地指挥着水牛耕田。它越看心里越是想不通："水牛身高体大，强壮无比，又有两个坚硬的牛角，怎么就心甘情愿、俯首帖耳地让那个又瘦又干的老头子鞭打与驱赶呢？人到底有多大的本事呢？"

当农夫休息的时候，老虎乘机跑出山林，向水牛提出了自己的疑问。

水牛回答说："虽然人的个子小，力气小，但智慧非凡，本事极大，我只能听他们的使唤。"

听完牛的介绍，老虎很想看看人的"智慧"究竟是什么东西，究竟是什么样子。于是，老虎走近了农夫，试探地说："我是赫赫有名的老虎，是百兽之王。当然，您不用怕我，我虽凶猛，但听说您有智慧，您比我的本事大，怕啥？不过，您得把'智慧'拿出来给我看看。如果您拿不出来，就是水牛与您都在欺骗我，我将把你们统统吃掉。"

农夫听罢，不慌不忙地说："老虎兄弟，真对不起！我将'智慧'放在家里了，没有随身带来，改日再给你看吧。"

"那您现在就回家拿来给我看看。"老虎刻不容缓地说。

农夫担心地说："当我把'智慧'取回来的时候，你很可能会被吓跑的。"

"那您先把我捆绑起来，等回来后再帮我解开。"老虎以此来表达自己的急迫与诚意。

“恭敬不如从命，那我就不客气啦！”农夫一边说一边手脚利落地捆绑老虎。捆绑得结结实实之后，又栓在了一棵大树上。

农夫看着老虎，点着了一袋烟，风趣地说：“愚蠢的家伙，你竖起耳朵听着，这个过程就是你想看到的‘智慧’。”

已经被擒住的老虎依然莫名其妙，还在东张西望地到处寻找“智慧”呢。

这时，水牛一步一步慢慢悠悠地走近老虎说：“从体能上看，人并不是最强大的动物。可人为什么能轻而易举地降伏你这个称王称霸的老虎？为什么会成为万物之灵长、宇宙之精华？现在你应该明白了吧？”

中了计的老虎恍然大悟，深有感触地说：“不错，因为人有思想，因为人有智慧。这正是人优越于我们老虎，优越于其他一切动物的本质特征。”

人的肉体，并没有什么神奇之处。现代自然科学告诉我们，人体是由几十种不同的化学元素构成的。如果将这些元素提取出来，制成日用品，一个普通人的脂肪可制成10来块肥皂，磷可制成2200左右根火柴，铁可制成一根1寸左右长的铁钉，除此而外，还可制成20磅焦炭，1英两金属，1小匙硫磺，以及粉刷一个小房间的石灰。从这种自然科学的角度看，一个重约70公斤的人体，其价值也就是150美元左右。

人与动物的差别，人与人的差别，本质不在体能方面，而在思想和智慧方面。如果人失去了思想和智慧，即使有像老虎一样的体魄，也只会束手被擒。

世界上有许多奇迹，只有人的思想和智慧，才能创造出最神奇的奇迹。

不拿别人的错误惩罚自己

文/蒋光宇

佛祖释迦牟尼面对辱骂的故事,很是耐人寻味。

有那么一段时间,释迦牟尼经常遭到一个人的嫉妒和谩骂。对此,他心平气和,沉默不语,不动声色,我行我素,专心致志地做好自己的事情。

一天,当那个人骂累了以后,释迦牟尼微笑着问:"我的朋友,当一个人送东西给别人,别人不接受,那么,这个东西是属于谁的呢?"

那个人不假思索地回答:"当然是属于送东西人自己的了。"

释迦牟尼说:"那就对了。到今天为止,你一直在骂我。如果我不接受你的谩骂,那么谩骂又属于谁呢?"

听了释迦牟尼充满智慧和实力的妙问,那个人为之一怔,哑口无言。从此,他再也不敢谩骂释迦牟尼了。

明朝郑瑄在《昨非庵日纂》中,记载着一个富弼面对辱骂的故事。

宋朝的富弼,年轻时就很有度量。有人骂他,他充耳不闻,全神贯注地做好自己的事情,好像什么也没听见。旁边的人告诉说:"那个人正骂你呢!"

富弼说:"恐怕骂的是别人。"

旁边的人又说:"喊你的姓名,难道会骂别人!"

富弼说:"恐怕是同名同姓的人。"

骂人的那个人听完富弼那不屑一顾的轻蔑回答后,感到非常羞愧。

富弼常教育孩子们说:"'忍'字,是解决很多事情的法门。如果具备了清廉、简朴、善良等品德之外，再加上一个‘忍’字，还有什么事情不能办呢？”

精通哲学、文学和历史的胡适（1891—1962）先生，在《胡适来往书信选》致杨杏佛的信中写道：“我受了十余年的骂，从来不怨恨骂我的人。有时他们骂的不中肯，我反替他们着急。有时他们骂得太过火，反损骂者自己的人格，我更替他们不安。如果骂我而使骂者有益，便是我间接于他有恩了，我自然很情愿挨骂。”

二十世纪三四十年代，巴金先生也曾受过无聊小报、社会小人的谣言攻击。一贯敏于行、讷于言的巴金先生，对此有一句深思熟虑、斩钉截铁的话：“我唯一的态度，就是不理！”

在实际生活中，骂人的不高，被骂的不低。但恶意的辱骂、恐吓、诽谤、嫉妒或指责等，又是难以完全避免的。相互辱骂，恨出恨返，怨往怨来，恶性循环，那绝不是真正的战斗。也许我们还达不到圣人、名人的境界，做不到圣人、名人的平静、幽默与宽容，但至少应该珍惜自己，不让辱骂来影响自己的情绪和健康，不拿别人的错误惩罚自己。一方面不卑不亢，不予理睬；一方面竭尽全力强大自己，努力做好自己的事情。这大概是面对辱骂等无理纠缠的上策。

最值得投放精力的事情

文/蒋光宇

王湛是晋朝人，平时读书非常刻苦，少言寡语，宽厚随和。对别人的失理之处，他常一笑了之，很少计较。因此，有些人以为他软弱可欺，就连他的侄儿王济也认为他窝囊，有些瞧不起他。

有一天，王济偶然到叔叔房里，看到王湛床头有一本《周易》。这是一本很难读懂的书，在王济眼里，这位“傻”叔叔怎么能读懂这样的书呢？便好奇地问：“叔叔把这本书放在床头做什么？”

王湛回答说：“睡不着的时候随便翻翻。”

王济不相信叔叔能读懂《周易》，以为是装模作样罢了，就故意请王湛说说书中的一些内容。王湛将其中深奥的道理，讲的通俗易懂，深入浅出，精练有趣。王济从未听到过如此精彩的见解，不禁佩服得五体投地。

王济有一匹马，性子很烈，很难驾驭，就问王湛：“叔叔爱好骑马吗？”

王湛轻描淡写地说：“还行。”

在王济的请求下，王湛骑上烈马，姿态悠闲轻松，速度快慢自如，就连最善骑马的人也望尘莫及。王湛下马后说：“你这匹马虽然跑得快，但是受不得累，干不得重活。最近我看到督邮有一匹马，是一匹能吃苦的好马，只是现在还有点小。”

说者无意，听者有心。王济将那匹马买到家里，精心喂养。等到它长大了，便与自己骑的马进行比试。

王湛建议道:“只有在负重和难行的路上,才能看清这匹马的体力。不然,就不能充分显示出它的优势。”

于是,王济就让两匹马负重且在有山坡的场地上比赛。果然,跑着跑着,王济的马体力不支,摔倒了;而督邮的马却稳稳当当,很有后劲。

经过类似的一些事情,王济彻底改变了对叔叔的认识,从内心深处佩服叔叔的学识和才能。他惭愧地感叹到:“我真是有眼不识泰山,家有这样一位学识渊博的人,可我活了30年竟还不知道!”

晋武帝司马炎平素也认为王湛是个呆子。有一天,他见到王济,又像过去那样开玩笑地说:“你家里的傻叔叔死了没有?”

要是在过去,王济会则无话可说,但这一次,他理直气壮地大声回答:“我叔叔根本不傻!”接着,就把王湛的才能与学识一五一十地讲了出来。晋武帝大吃一惊,后来任命王湛做了汝南内史。

王湛的做人之道发人深思:生命中最值得投放精力的领域是什么?生命中最不值投放精力的领域又是什么?

发展是硬道理。一个国家强大了,敌国就不敢轻举妄动;一个民族强大了,就可以自立于世界民族之林;一个军队强大了,就可以不战而胜;一个男人强大了,就会有好女人找上门来。从总体上看,有才能就有可能,有实力就有机遇。这是亘古以来的一个真理。生命中最值得投放精力的事情是超越自我,生命中最不值得投放精力的事情是争名夺利。

余继聪
作品

怀念斗笠

怀念斗笠

文/余继聪

进城十多年了，心中总挂着点什么，有时挂得我的心还很痛。我清清楚楚地感觉到，它跟我走出来的、城外的村庄有关，却一直想不明白它究竟是什么。

多年来，总是忙忙碌碌，从一个城市到另一个城市，又从另一个城市回到这个城市，总在城市里与城市间兜圈子。偶尔在经过村庄时，心里挂着的东西好像动了动，然后在田边地头晃了晃，慢慢地，渐行渐远，最后，走进村庄看不见了。想得头有些痛，还是不明白她究竟是什么，却清清楚楚地记得它是村庄里的一件寻常物，过去我曾经非常熟悉的。唉，没办法，我毕竟已远离村庄十多年了！

前几天，儿子要我陪他到下院坝去找东西，才明白，这么多年一直挂在我心里的，原来是一顶斗笠。下院坝的东南角，是岳父家的厕所。从那里起，一直到上院坝的正房，建了一厢偏房，最靠近厕所的一间，是储藏室。儿子的大多数玩具，在过年前被岳父母当作杂物收入了其中。

那一天，我走入储藏室帮儿子找玩具，一抬头，就邂逅了那一顶斗笠。一下子，我的眼睛就湿润了。我很激动，很感动。这么多年，一直挂在我心上的，就是这样一顶斗笠啊！

这一顶斗笠，是挂在墙上的，而在我心里，它却是戴在人头上的。

这一顶让我牵肠挂肚的斗笠啊，一下子让我冷冰冰的心苏醒了过来，飞出了狭小逼窄拥挤冷酷的城市，飞回了阳光明媚的、温暖广大的、自由幸福的村庄。我知道，我心中总挂着一顶斗笠，主要就是因为我心中挂着村庄。

记忆中，我的祖父、父亲、外祖父，不是在编织斗笠，就是戴着斗笠忙碌在庄稼地里，或者是戴着斗笠在山上放牧牛羊；我的祖母、母亲、外祖母，不论是插秧、割稻、锄麦、耘苗还是忙家务，不论是遮阳还是挡雨，都总是戴着自己的男人编织的斗笠。

记忆中，我的祖父、父亲，总是坐在老四合院里编织斗笠。他们都是我们余氏家族中编织斗笠的高手。有时是祖父，有时是父亲，有时是两人都在编织。有时是坐在前廊下，有时是坐在后厦下，有时是坐在院坝里。有时是坐在老“火把梨”树下，有时是坐在老柿子树下。细滑柔长的篾条子，一边白，一边绿，如一条条细龙，在他们手里翻来滚去，那么流畅，那么娴熟，那么优美。总觉得，嘴里总叼着烟斗，抽着旱烟，一生常在庄稼地里忙活，身上总冒着庄稼泥土味儿这些亲人，简直如耍龙一般，是在编织一件件精美绝伦的艺术品，那么专注，那么认真，动作、声音、色彩，都十分优美。还有那一缕缕竹篾的清淡鲜香，随着刀划开竹篾的“啵——啵”声，就如给我们打开了一坛清醇的米酒，又如超凡脱俗的山女子的肌肤，那么让人迷醉。

祖父曾告诉我，斗笠，是给天公、给神仙看的东西，所以得认真、仔细编织。我不知道，在阳光明媚的日子，或者阴雨绵绵的天日，天公神仙们，有没有认真欣赏过、花儿一般。

漂动在村庄内外田间地头的斗笠；神仙们明不明白，那并不是花儿，而是我祖父、父亲、外祖父和很多与他们一样聪明手巧的农夫，花了很多心血、一丝一片编织出的斗笠；他们在编织的过程中，是怀着对给他们和他们的庄稼阳光雨露的众神们多么虔诚的敬意和多少感激，是怀着对生活的多少美好向往和陶醉啊！从这个角度讲，斗笠未尝不可以看成是农夫们送给天神送给自己欣赏的竹花、工艺品和礼物呢？

农夫们编织斗笠，是很用情的。每一片篾条里，都倾注了他们极大的感情。不然，怎么编织起那么划手的篾条就如耍龙那么愉快呢？我曾在长辈们编织斗笠时，去动过刀弄过篾，不用几下，我的手指就被划破冒了血。祖父告诉过我，编篾活，不但要讲究技法，还要用情。因为编过几十年的篾活，编织过无数斗笠，很划手的篾片在祖父手里就如耍龙了。

我总以为，是那一句“宁可食无肉，不可居无竹”的君子名言，叫我对用竹篾编制成的斗笠牵肠挂肚；我总认为，是竹的高风亮节，叫我对斗笠一直耿耿于怀；我总以为，是因斗笠和竹简纸张都用了竹做原料的缘故，才叫我对它心存万分感激和难忘。原来，只不过是因为，它是我祖父、父亲和外祖父这样的农夫用了情编织而成；只不过是因为，我的祖父父亲外祖父祖母母亲外祖母，和童年的我，都曾经经常戴着它。

这样一顶斗笠，是由编法不同的四部分组成，有大筛子那么大。光是划削篾片，我想就得两三天吧，在编织出来，又得五六天吧！篾片划得很细，刮削得很圆滑，编织得很细密。在这一个阳光明媚的初春的早上，我欣赏着这样一顶编织精美绝伦的斗笠，心情十分的好，不由得打开窗子，让一缕明媚的阳光照在斗笠上。阳光，应该就是天公神仙的目光了。不知道神仙们会不会为这一个不知名的农夫给世间创造了这么一顶精美的斗笠而感动，为他的用情给自己给别人编织精美生活而感动。

翻过斗笠来，我发觉斗笠是编织了双层的。里面的一层也编织得很精美、细腻、流畅，篾片同样划得很细，划出了很多花样，刮削得很光滑。夹层里夹了一层塑料布，而不是夹油纸或竹叶，看起来十分不和谐。从艺术角度看，这简直就是一大败笔，画蛇添足，然而，从实用的角度看，斗笠的实用性却大大提高了。可以看出，这是一位很聪明细心的农夫。因为如果不夹入这层塑料布，不论编织得多细密，都容易漏雨水进去。我不知道，在还没有塑料布的古代，用不起油纸，聪明的农夫们是如何处理这个问题的，是不是像村妇们比如我外祖母缝千层底布鞋一样，在夹层里织入一摞摞厚厚的笋壳或碎布。

我想这些农夫在夹入塑料布的时候，一定很为他的改革、为他的运用了现代科技产品而觉得自己聪明，感到高兴，但他肯定也同时感到了这一片塑料布影响斗笠的精美，为此伤心。冒着竹的清香的这么一顶斗笠，多年以后的此时此刻，我还闻到了一缕竹子的清香从阳光里悠悠地浮起来，却也有一丝塑料布的气味儿。

就是这样忍痛改革编织成的斗笠，也难逃被扔进墙角、衰落的命运。

我再次翻过这顶斗笠的正面来看。可以看出，为了美观，原先是抹过香油的，是香油黄色。却尘封已久，现在看来已只见厚厚的灰尘、浓黑的沧桑。这样翻了几下，灰尘就喷散开来，弥漫了整间小屋。

它的地位，已经基本由洋伞取代了。城里的新一代人是根本没有戴斗笠的了，村庄里的新一代人也大多是打洋伞了。

斗笠虽精美，可作为艺术品欣赏，但它实用性不如洋伞大，无法折叠，不易收藏和携带。而且，编织斗笠不易，费工费时。要编织一顶精美的斗笠，手巧的篾匠也需几天。而如果不是把它当作一件艺术品来收购收藏，只买来做普普通通的遮阳挡雨工具，一顶斗笠最多也就五六元钱。而一把洋伞，不仅使用时可以打开很大，能遮风挡雨，收藏时可以折叠到很小，携带方便，而且色彩各异，鲜艳美观，远远胜过永远素面朝天、不能变大、不能变小、无法折叠的竹斗笠，买一把也只需几元到几十元钱。由于竹篾比布硬，所以斗笠容易磨破，特别是斗笠的锥形尖顶总是先破。珍惜物件的农家，总是会在那儿补缀上一块布，继续使用。

在打洋伞的过程中，我发现洋伞也存在一个缺点，就是总得用去一只手打伞，因此，打伞时就无法干重活，无法用双手干活，比如城里人家搬扛重物，农夫们割庄稼锄地。而戴斗笠披蓑衣就根本不存在这些问题。在城里下大雨时，我去提开水，不由得想到，要是有顶斗笠就好了。回村庄后，下大雨时，父亲要我扛上一把锄头，去把山水收进稻田里。我扛起锄头，找不到一顶斗笠，只有洋伞，不由得发愁，怎么办呢，这么大的雨，打着洋伞，我怎么挖土堵沟口呢。

纵然如此，斗笠在村庄里也已经少见了。农户们的田地已经不多，下大雨就在家里躲着，等雨停后在到田地里去；太阳太大，就在家里凉着，等天凉了再到庄稼地里去。

进了城的村庄人，像我的岳父，纵然还在墙角里留着一顶斗笠，因为总有些不能忘记戴着斗笠走进城来的日子，总有些不能忘记戴着斗笠、如一朵花儿在庄稼地里、在村庄里村庄外、在阳光的目光下、在风雨的亲吻中走来走去的日子，但是，随着时间的流逝，也渐渐淡忘了它，让它在心灵深处的一角积满灰尘；像我这样的新一代，读完书，就进了城，虽然怀念戴着斗笠去上学的童年，怀念戴着斗笠去放牧牛羊的乐趣，也发现了斗笠远比洋伞精美，远比洋伞有艺术价值，但也只好看着它退出城市，退出村庄，最后退出历史。

我的祖父父亲和外祖父那一代老农夫，一生究竟编织过多少精美的斗笠呢？

偶尔，父亲还会像我们童年时一样自豪地对我们讲，三十多年前，整个楚雄城里卖的斗笠，最精美的就是他编织的；而且，他编织的斗笠，色彩金黄美丽，在那个贫穷的年代，他是楚雄最舍得抹香油的篾匠，抹一遍后，等几天后都吸进去了，在抹一遍，总共要抹十多遍。当时他编织的斗笠，只要一拿到楚雄城里，马上就会有很多人围上来看，不多一会儿就会被抢购一空。讲的时候，父亲苍老的脸，如一顶斗笠，花儿一般开在花花绿绿各式各样的洋伞飘动的村庄里。二十多年后，我费尽无数心血、九牛二虎之力，以当时尚不多见的重点大学本科毕业生的身份走进楚雄城，一直又到今天，都没在楚雄城里引起过这种轰动。我根本无法设想父亲当时进城卖斗笠的风光情景。

我的祖母、母亲和外祖母那一代的村妇，一生究竟戴过多少顶精美的斗笠呢？

在阳光明媚的一个午后，已经满头花发的母亲，曾经有几分羞涩又有几分自豪地告诉我，父亲所说的话一点不假，但他一生编织出的斗笠，最精美的要算三十多年前他送给母亲的那一顶。正是这一顶精美无比的斗笠，让一贫如洗的父亲赢得了母亲的芳心，十八岁的母亲才不顾外祖父的千般阻挠、外祖母的万种担心，跟着十八岁的父亲，从楚雄城边一马平川的鱼米之乡远嫁到这几乎可以说是地无三尺平天无三尺宽的山村来。

母亲说："那一顶斗笠，我初次戴出门，一下子吸引了远近各村的姑娘们呢！"不难设想，当日母亲戴着她的斗笠，在阳光下含羞走出家门，心里是何等幸福，何等陶醉，就是城里的小姐们也是羡慕母亲的吧！父亲告诉我：那一顶斗笠，从选竹子，划篾，刮篾，晾篾，编织，到抹香油、晾晒，足足用了半年还多呢，种一季小春或大春也只有那么长呢，有时睡到半夜，我还要起来给斗笠抹一遍香油，前后抹了三十几遍香油呢。

我曾问过母亲，跟着父亲远嫁到这山村来，后不后悔。母亲抬起头，目光好像跨过了三十多年，好像扫过了她娘家原来所在的村庄、如今已是摩天大楼林立车水马龙万头攒动的太阳历大街，然后她告诉我：后悔什么呢？都在一起过了几十年了……我知道，叫母亲不后悔的，一定是父亲送她的那一顶斗笠，她要常常戴着它，和村里的姑娘们一起下地干活呢，还有父亲那一腔为她遮风挡雨的爱情。

若干年后，我欣赏到戴望舒的诗歌《雨巷》和MTV，总是感叹它的美和浪漫，却常常遗憾，为什么不写成"戴着竹斗笠的姑娘"呢？为什么不是"竹斗笠"呢？戴着竹斗笠，多美，多清纯，多浪漫，多有诗意啊！

那么广大的乡下，那么多的村庄，那么几千年的历史，曾经产生过多少善于编织精美斗笠的农夫呢，曾经发生过多少与斗笠有关的浪漫故事呢？又曾经产生过多少普通的篾匠编织过多少普通的斗笠，发生过多少与斗笠有关，虽不一定浪漫，却也实实在在的爱情故事呢？

我看着这一顶残存的斗笠，尚难以想象。等斗笠彻底退出了城市，也退出了村庄，以后的人，就根本无法设想了。比如，我的儿子，大概就只能通过读"孤舟蓑笠翁，独钓寒江雪"这样的诗文去想象了。

妈妈的味道

文/余继聪

儿子穿上衣服,说"衣服上有一种妈妈的味道",我惊异于儿子对生活细心和敏感。开初难以理解,后来也就明白了。儿子的衣服经常是他妈妈洗,而且每天起床,又经常是他妈妈给他找衣服,扣纽扣,家里又只有他妈妈用化妆品,可能是在他妈妈收晒干的衣服和找衣服给他穿的时候,沾上了点点脂粉,有了脂粉味道。

其实,谁的妈妈没有自己独特的味道呢?我也熟悉我妈妈的味道,只不过像儿子这么大的时候,我还是一个胆小、无知的乡村孩子,不会像儿子这样善于表达罢了。

如果说儿子他妈妈的味道很可能就是脂粉的味道,那么,我妈妈的味道就是汗水活着泥土、活着庄稼味道的混合味道,或者就说主要是泥土味道。

我妈妈是个地地道道的农妇,大半生都一直生活在我老家村庄里,整天早出晚归,盘庄稼,磨家务,妈妈的脸上经常挂满汗珠,头发间经常夹杂着土屑、草叶和菜花,身上经常沾附着泥土灰尘,还有花粉和庄稼抹上的色彩,经常散发着汗水活着泥土、活着花香、活着庄稼味道的混合味道。很多时候,还一身的炊烟灶台味道,一身的牲畜粪草味道。

看满头花发、汗水淋漓的妈妈光着脚站在肮脏恶臭的猪圈牛圈里,跟猪或者牛说着话,一锄锄往外挖锄粪草,我真心疼妈妈。她也曾经年轻美丽过,也曾经像我们一样爱干净过,讨厌过肮脏,讨厌过泥土灰尘和屎尿。可是,如今的妈妈,看不出对这些东西的讨厌,相反倒有几分很喜欢的感觉。我知道,泥土、灰尘、庄稼、牲畜和屎尿,在妈妈心里已经很亲切。她知道,没有这些东西,她和我们整家人、整村人、其他村的人就无法生存,就不会有我这么样一个很有出息的村庄和农民的儿子。所以妈妈不像我们那么样讨厌难闻的乡村味道。

很多时候,妈妈太忙碌,来不及洗干净手脚上的泥土或者粪草味道。很多时候,妈妈的手上还有黄绿的草色、庄稼色、泥土色,指甲缝隙间还有泥土、草屑甚至粪草屑,她就用这样的手洗锅,淘米,煮饭,做菜给我们吃。和着花草香,和着庄稼味道,和着泥土味道,和着妈妈的汗水味道,我们吃得照样很香甜,照样闻习惯、吃习惯了这种妈妈的味道。

妈妈炒的鸡蛋,焦黄香脆,味道很好。离开妈妈寓居在城市的这些年,我总是眷恋妈妈炒鸡蛋的味道。很想吃这种有我妈妈味道的炒鸡蛋,可是,学校的食堂吃不到,大大小小的饭店里也吃不到。开初,我以为是由于食堂和饭店没有土鸡蛋,炒的是洋鸡蛋的缘故。后来又以为是食堂和饭店烧煤炭、液化气,而不像我们乡村里、不像我妈妈烧柴的缘故。可是,妈妈给我捎进城来的土鸡蛋,我亲自炒出来,还是没有妈妈炒的焦黄香脆。又拿到食堂的煤炭火上炒,也没有妈妈炒的味道好。

为什么没有妈妈的味道?后来,妈妈进城来了。我跟妈妈说出了我长期的疑惑。妈妈亲自给我炒了她从老家带来的土鸡蛋。好像有点妈妈的味道了,又好像没有。我很有点高兴,也很有点遗憾。可能我铭刻在记忆中的妈妈的味道,就是要活着妈妈的汗水味道的,可能我铭刻在记忆中的妈妈的味道还得和着花草香,和着庄稼味道,和着泥土味道,甚至还要和着牲畜粪草味道的。

我爱吃腊肉,觉得腊肉有乡村的味道、泥土的味道、庄稼的味道,我也把它们归纳入妈妈的味道。到任何人家做客,到任何饭店吃饭,我最青睐腊肉。妈妈知道我爱吃腊肉,进城来总给我捎一两挂腊肉。我回乡下,知道妈妈爱吃新鲜肉,我总给她带回一大块。

冬天妈妈干脆让爸爸专门为我们家住在城里的三口杀了一头猪,喂红薯藤、菜叶、苞谷的猪,给我们腌制、风干成腊肉。这种带着红薯和包谷香的腊肉,小时候经常是妈妈炒给我们吃,如今又是妈妈专门让爸爸为我们准备,然后她亲自用竹箩筐担,或者用篾花篮背进城里来给我们,我就把这种香浓的腊肉味道也看做了妈妈的味道。我媳妇和儿子也爱吃妈妈味道浓郁的、香香的腊肉。

妈妈做的腌菜咸菜,也一律带着妈妈的味道。妈妈做腌菜咸菜很讲究,做之前,先得准备料酒,料酒得自己亲自酿,不用买来的烤烧酒。用泉水泡开糯米后,放到甑子里蒸熟，然后拌上酒曲，装进陶罐土坛子里，放进扦回的青松毛(松针)堆里焐着，四五天以后，就发酵了，一坛子米酒吸纳了松香味道，氿溢着酒香。煮熟的蚕豆瓣、黄豆都是放进扦回的青松毛(松针)堆里焐着，焐到微微发霉，泛出香味，然后刨出来略微晒干水气，拌上滤出的酿米酒汁，和辣椒、茴香籽、八角粉、花椒，食盐等佐料。

这种和着米酒香的咸菜腌菜味道，我也叫它——妈妈的味道。

妈妈做其他咸菜腌菜，比如大头菜、萝卜丝、韭菜等，也是要用自己酿制的糯米酒，味道总是很好。我媳妇和儿子都爱吃。妻子也是农家女，也爱泥土的味道、我们乡村的味道，跟我开玩笑说“你妈妈的味道很好”，儿子也开玩笑说“奶奶的味道很好”。

吃惯了妈妈味道的咸菜和腌菜，我到饭店和别人家总是吃不饱饭，无论人家做得怎样，我总是觉得饭菜不爽口。

每年秋收后，妈妈就开始腌制红辣椒，冬腊月里就腌制豆豉、豆瓣酱、青菜腌菜等。满头花发的妈妈亲自背上个大篾花篮，上山去扦松毛(松针)。酿制出糯米酒后，妈妈还要叫二弟或者村里人给我捎进城来一小罐，因为她知道我爱吃她用青松毛焐酿出的糯米酒。等到做好了各种腌菜咸菜后，放上一段时间，味道酿得很浓很香了，妈妈就瞅个空暇的、天气晴好的日子，拿起扁担，担起竹篾箩筐给我们送进城里来。

有了妈妈味道的、大大小小的几坛罐腌菜咸菜放在家里，我感到离家乡离妈妈还不太遥远。在洋溢着妈妈味道的咸菜腌菜味道的家里，看书、写文章，都觉得好像就在老家的村庄里，依偎着妈妈，靠近着庄稼、瓦房、炊烟、青山和田坝，很幸福，睡觉睡得香甜，吃饭也吃得香甜。

早年想逃离生活艰苦单调的乡村，厌恶泥土、庄稼和牲畜，现在我早已经不讨厌，甚至觉得它们很亲切，很喜爱它们，因为它们有我妈妈的味道，我妈妈也有它们的味道。

李雪峰
作品

生命的灯

借给别人的妈妈

文/李雪峰

记得是上中一的时候。

那天，她们班的家长会结束得特别早，打着蝴蝶结的她拉着妈妈，蹦蹦跳跳地走在校园的花坛里，她很高兴，因为老师今天又在家长会上表扬了她，妈妈也很高兴，因为自己的小女儿今天又被老师表彰了。

走到花坛拐角的时候，她们看到一个男孩躲在一丛海棠下轻轻地抽泣。那是一个十一二岁的小男孩，身上穿的湖蓝色的校服很脏了，头发也乱乱的，衣服上的纽扣只剩下两颗了。她和妈妈停下来，她看了看那个伤心的小男孩，然后又看了看妈妈，妈妈静静地对她微笑着。她朝那个小男孩走过去，然后蹲下去问那个小男孩说："小哥哥，你为什么躲在这里哭泣呢？"

小男孩先是什么也不肯说，后来才抽抽搭搭地告诉她说："因为没有家长来参加我的家长会，老师很生气，让我出来了。"

"你的妈妈呢？"她问。

小男孩告诉她说，他的妈妈因为生病去世了，而他的爸爸是个酒鬼，什么也不干，只是打牌和抽烟。她问小男孩说："难道你爸爸不能来参加你的家长会吗？"

小男孩说："除了喝酒，我爸爸什么都不参加。"她望着哭泣的小男孩想了想忽然对小那个小男孩说："如果我把我妈妈借给你，让她现在去开你的家长会，你愿意吗？"小男孩愣了，小男孩望了一望她，又望了望一望她的妈妈，妈妈显然是听到她刚才说的话，但妈妈也显然是同意的，因为她在静静望着那个小男孩微笑。她看出那个小男孩还有些犹豫，她调皮地伸出小拇指，对那个小男孩说："我和妈妈不会说出这个秘密的，来，咱们拉钩！"

小男孩感激地笑了，他擦了一把小脸上的泪珠说："谢谢小妹妹，谢谢阿姨！"妈妈要同小男孩一同到小男孩的教室里去，妈妈伸出她柔柔的手微笑着对小男孩说："难道不想拉住妈妈的手吗？"小男孩犹豫了片刻，很快将自己的小手在自己的衣服上揩了揩，然后兴奋又有些害羞地跑上前去牵住了妈妈的手，拉着妈妈朝他的教室跑去了。

妈妈夜晚回家后对她和爸爸说，那是妈妈参加的一个最尴尬的家长会。老师几乎对她有些冷嘲热讽，说她看上去是个有知识、有修养的妈妈，怎么能整天只顾自己而不顾孩子呢？但妈妈什么都没有辩解，只是一次一次微笑着对老师说对不起。老师责怪妈妈的时候，妈妈看见站在自己身边的小男孩哭了，妈妈什么也不说，只是把小男孩搂在自己的怀里，用手帕轻轻替小男孩揩去不断涌出眼眶的泪水。

家长会结束时，小男孩和其他所有的孩子一样拉着妈妈的手离开了教室，他们走到花坛旁，她正在那里等妈妈。小男孩很兴奋，他对她和妈妈说："我的'妈妈'今天是最漂亮的，阿姨，有妈妈真好！"

她望着小男孩笑了，她对那个小男孩说："下次开家长会，如果你爸爸不参加，我还会把妈妈借给你的，你乐意吗？"小男孩没有说话，只是立刻高兴地点了点头。

又过了半学期，学校又要开家长会了，家长会的前一天，小男孩找到了她说："明天，能让阿姨再当一次我的妈妈吗？你告诉阿姨，我会先去理发，还会穿上最干净的衣服的。"看着和以前已经大不相同的小男孩，她笑着答应了，她说："妈妈一定会乐意的！"

这次家长会妈妈特别地高兴，妈妈告诉她和爸爸说："他是班里今天最聪明、最英俊的小男孩，表现得棒极了，不仅老师表扬了他，他还上台朗诵了一首诗呢，那诗朗诵得真好。"妈妈叹了口气说："多懂事的孩子呀，衣服是他自己洗的，连扣子都是他自己钉的呢。"妈妈吩咐她说："如果你在校园见到他，你转告他，妈妈对他很满意，只要他努力学习，下次家长会，妈妈还会乐意去参加的！"

小男孩真的开始转变了，他的衣服总是穿得干净而整洁，他的头发总是理得黑亮而蓬松，脸上总是绽满了明媚的笑意，他成了校园里最阳光、最活跃的一个小男生。

小男孩初中毕业了，他以全校第一的成绩考进了市里的重点高中。拿到录取通知书，他找到她，对她说："感谢妈妈，告诉她，如果高中有家长会，我还期望妈妈能去参加，因为她是我永远的妈妈！"

高中时,妈妈去参加了他全部的六次家长会。也有些时候,他会打电话挂到她们的家中来,他已经不再喊她妈妈阿姨了,像她一样那么爽朗地叫妈妈。她和妈妈也十分牵挂他,不时去学校看他,给他送衣服、送水果,她叫她哥哥,她做梦也没想到,因为把妈妈借给了别人,自己却意外地得到了一个帅气又朝气蓬勃的哥哥。

大学毕业后,他很快就在上海工作了,他工作得极出色,从一个部门主任,很快成了部门经理,然后是副总经理和总经理。而她在临近大学毕业时,因为遭遇猝不及防的一次不幸车祸,只能永远躺在家中了。他闻讯后,匆匆赶回来看她,陪她,安慰她,她知道自己这个样子,是根本配不上他的,他那么帅气,那么有才华,追逐他的女孩肯定是不会少的,不过他也挺欣慰,虽然不能和他相濡以沫过一生,但自己能拥有这么一个好哥哥也不错啊!

春天来了,院子里的花又开始一朵一朵地开了。一天,她突然接到他的电话说,他回来了,现在就在本市的白羽机场,让她告诉妈妈和爸爸,然后约上所有的亲朋和好友,傍晚时他要回家来看他们。她不知道他要约那么多的人干什么,但他回来,她很高兴,她于是按照他的吩咐约了爸爸、妈妈,还有所有的亲朋和好友。

傍晚时门铃响了,爸爸拉开门,见门外站的果然是他,他手中捧着一个巨大的花束,花束洋溢的芳香瞬间就弥漫了她家的整个房间,他把花束捧到她的面前,含情脉脉地对他说:“这是玫瑰,整整九百九十九朵。”

她愣了,满屋的人都愣了。她拒绝说:“我这个样子,是不能接受你的玫瑰的,我只能接受你是我的哥哥。”他笑笑摇了摇头说:“妈妈是不能借给别人的,可你已经把妈妈借给我这么多年了,我和你一起分享母爱,分享妈妈带给我的温暖,我已经早离不开妈妈了,我不会再借别人的妈妈了,就让妈妈成为我们永远共同的妈妈吧!”

她真的没想到,把妈妈借给别人,自己竟能得到这么多、这么香的红玫瑰来,而且这些玫瑰的香,将会浸透她的生命和一生。

爱难以规划,但爱总是可以预料的,只要你付出了春光,总有一天,有一枝玫瑰会为你而灼灼地绽开的。

母亲的贺卡

文/李雪峰

那是许多年前的事了，当时他刚刚20岁，跑到南方一个海滨城市做生意，没想到生意彻底赔了，血本无归不说，还债台高筑，连回家的路费也没有了。

就要到春节了，他想了又想，给母亲写了最后的一封信说，如果他春节不回家，可能将永远不会回家了，请老人珍重，忘掉他这个不争气的儿子吧。他那远在北方偏僻农村的母亲收到他这封沮丧又绝望的信，悲伤地哭了很久，这个世界上，她最牵挂的，就是这唯一的儿子，他是她的魂啊。

母亲找来邻居家的一个孩子，又从抽屉里找到一张已经有些泛黄的贺卡，让那孩子代笔，在贺卡上歪歪扭扭写上了一行留言：孩子，你不回家，妈也不想再活了。

母亲拄着拐杖赶到几十里外的镇上，把那张贺卡丢进镇上小邮电所外那个绿漆斑驳的邮筒里。那天的雪真大啊，风也刮得呼呼作响，从村里到镇上，母亲摔了几次跤，纷纷扬扬的大雪，几乎把母亲裹成一个笨笨的雪人了。

天刚擦黑的时候，小邮电所的分发室里，几个人正点着几盏油灯在分拣信件，一个年轻的女营业员首先看到了那张贺卡，她说："咦，这张贺卡怎么不贴邮票呢？"的确，那是一张需要贴邮票的老式贺卡，已经有些发黄了。这样的贺卡早就没用了。女营业员看了贺卡上的留言，将已举到废纸篓旁的手缩回来了，对老所长说："你看，这张没贴邮票的贺卡。"头发灰白的老所长眯着眼睛仔细看了看那泛黄的贺卡，一双本来就有些哆嗦的手更哆嗦了，他说："这张贺卡就是没贴邮票也不能退回原址，更不能扔，我们要马上把它投出去，"老所长一脸凝重的神色。

第二天早上四点多，老所长就骑着他那辆和他看上去一样老的自行车上路了。

本来，按照往常的习惯，这么大的雪，天气又这样冷，所里是可以不去县城送或者取邮件的，七八十里的山路，白雪皑皑的，路上的积雪太厚，又很少有行人，这样的行程太危险。但老所长看着没贴邮票的贺卡，仿佛就看见了两条站在悬崖边上的生命啊！绝望的孩子，还有抱着仅仅一丝希望的一位老母亲……老所长的眼眶湿了，他顾不上自己那天一冷就隐隐作痛的老寒腿，把那张没贴邮票的贺卡掖在贴胸的口袋里，骑上车就趔趔趄趄地冒着纷纷扬扬的大雪上路了。

天黑的时候，棉袄和眉毛上落满白雪的老所长终于赶到县城。他匆忙停好车子就一溜风似的跑进邮局的信件分发室。分发室的人很惊讶说："这么大的雪你还跑什么，不想要你那半拉子老命了？"老所长笑了笑，顾不上喝一口热茶暖暖身子，就从贴身的口袋掏出那张贺卡说："这贺卡忘贴邮票了，但它拴着两条人命呢；说什么我们要把它投出去！"分发室的人一一接过那张还有着老所长体温的贺卡传着看了看说："寄，马上就寄，这张贺卡一点儿都不能耽误！"他们"啪"地在贺卡上砸上了黑亮的邮戳，想想又在那张贺卡的空白边缘上郑重地写下了一行黑体小字儿；这是一张很重要的贺卡，望能迅速投递！落款是：礼城县邮局全体同仁，在落款上，他们又盖上了一枚黑亮的邮戳。

雪还在纷纷扬扬地下着，但夜里10点多，邮车却上路了。这是邮车第一次走夜路，何况还飘着那么大的雪。局长让胖胖的司机看了看那张贺卡问"什么时间往市邮局送？"

胖司机笑笑说："您别将我的军，我还能不知道什么时候送？这张贺卡，今夜不投递到市局里去，我的觉就甭想睡得着了！"局长拍拍胖司机的肩膀，招呼了两个年轻人随车一起去，再三叮嘱他们说："今晚一定要送到市局去！"

炽亮的车灯照在地上的积雪上，比白天的阳光还耀眼，邮车摇摇晃晃地冒着大雪上路了。

黎明时分，邮车终于停在了市邮局大门口，胖司机亲手提着那件装着这张贺卡的邮包走到分发室，市邮局的人很诧异，什么十万火急的邮件啊，竟冒着大雪和危险连夜赶来？胖司机取出那张没贴邮票的贺卡说："赶不上你们今早的分发，今年的春节我也甭想过得踏实。"市局的人看了贺卡，迅速分拣好，拍拍胖司机的肩膀说："8点准时让它上火车，耽误了它，我们和你老兄一样心里很难踏实！"

8点的时候，那张贺卡和一些邮件被准时送到了远去的火车上，开始了它的新一程传递……

他是在四天之后的深夜收到母亲的这张贺卡的。那时，他已蜷缩在一个偏僻小旅馆里的通铺上睡熟了，睡眼惺忪的旅店老板叫醒了他说：“有你一个邮件，我让邮递员给我转交给你就行，但邮递员非要亲手交给你。”

跑得汗津津的邮递员说：“本来这张贺卡是明天早上送的，但既然今天晚上就分到我的邮包里，今天晚上不送到你手上，我这心里就不踏实。”说着，就把那张辗转了万里的贺卡递给了他。

“怎么，没贴邮票？”他看了看手中的那张贺卡愣了。“是没贴邮票，可它就这么一程一程地投递过来了。”邮递员微笑着望着他说。他看看贺卡上母亲的留言和边缘空白处那行陌生人留下的小字，哇的一声哭了。旅店里的其他旅客听到他的号啕大哭都纷纷披衣围了过来，大家默默地传递着看了那张泛黄的、没有邮票的贺卡，默默地掏出钱放到他的面前说：“回家去吧，你妈在家等着你呢？”那一堆钱有10块、5块的，有1块的，还有角票和许多硬币，他知道，住到这地方的人，都是些经济不太宽裕的人。

怀揣着那张贺卡，他终于踏上了北归的列车。如今，年过四十的他，已是北方一个大公司的总经理了，他和善，乐于助人，似乎他开公司不是要赚钱的，只是为了一种雪中送炭的施舍。他的办公桌上，总放着那张泛黄的用玻璃镶起来的贺卡。

只有他知道，爱是一个人一个人一程程一程程传递过来的，就像是一种生命的接力。当初，那么多陌生人将爱传到了他手上，把爱传下去，那是他一生唯一的任务，那张贺卡没贴邮票，但曾被许多陌生的爱心传递给他了，爱，是通行于生命的唯一邮票。如果把爱的心灵一颗一颗地串起来，那世界将是多么璀璨的一串水晶啊！

没事的时候，他常常默默凝视着那张母亲的贺卡，那张没有邮票的贺卡，他的眼里常常会涌满泪水。为母亲，更为那些直到现在他仍不知道名字的人们，也许，是为了生命之间那些闪烁着爱的光芒的心灵吧！

爱，是不会忘记的。

给真情鞠躬

文/李雪峰

那是我师范刚毕业时的事情。

那时我刚毕业，被分在一个叫黄花墁的山村中当老师。如果说风景，黄花墁真是一个好地方，春天满眼青翠百花烂漫，夏天绿荫启遍野小溪潺潺，但最美的还是秋天，黄花开遍了一座又一座山岗，似乎飘过这里的每一片云朵都被山冈和沟壑静静地徘徊。

但黄花墁太穷了，学校的学费虽然很低，但还是有许多孩子因没钱而辍学，尤其是女孩子，许多刚上两年小学便被家长退学在家，放牛，给猪打草，上山挖草药，稍稍年龄大一点的便外出打工，或到城市去帮别人看孩子当保姆。老校长把我领到初二班时，连连叹息着指着破烂教室里的二十来个孩子对我说："这些孩子能读到现在很不容易啊，你一是要千方百计教好学，二是要想方设法让这些孩子们不失学。"望着那二十来个衣服破旧但个个殷殷期待着盯着我的孩子们，我郑重地对老校长说："老校长你放心，我一定会尽心尽力的！"

孩子们学习个个都很努力，尤其是一个叫玲玲的，虽然每次考试成绩都在中下游，但她觉得很勤奋，玲玲是个十分乖巧又十分懂事的女孩子，每天都是天不亮第一个到学校，下午放学时总是最后一个走，每次作业都做得一丝不苟，尽管学习成绩不太好，但学校的老师和同学们都十分喜欢她。有一天，玲玲突然缺课没来上学，我问其他的同学玲玲为什么没有来，同学们说："可能是她父亲又在逼着她退学了。”退学？我吃了一惊，想起老校长嘱托的话，下午放学后我便走了七八里山路到了玲玲家，玲玲家很穷，穷得有些令人伤心，几间破烂的旧瓦房，两张木床和几把木椅，除此以外几乎什么也没有。玲玲的爷爷在家，我问他为什么玲玲今天没去上课，衣衫褴褛的老人摇着头叹息说：“家里太穷，她父亲死活不让她再念书了。”

我坐在玲玲家的院子里等玲玲，一直等到天马上要彻底暗下来的时候，玲玲和她的父亲才从山上回来了。玲玲背着一个大药篓，手上拎着一把小砍锄，满身的汗被向晚的凉风一吹，冷得一个劲儿咯咯噔噔地打哆嗦。衣着单薄的玲玲看到我，惊喜地喊一声老师，便扑在我的怀里嘤嘤哭起来。我轻轻地拉起玲玲的小手，感觉到她的小手黏糊糊的，拉到灯下低头一看，忍不住惊叫说：“血，手被磨出血了！”我对一旁的玲玲父亲说：“孩子太小了，看手上打了这么多血泡，还流了这么多的血，还不到干活的年龄，还是让她回学校继续读书吧。”玲玲的父亲，那个虽然刚刚三十多岁，但头发蓬乱、腰身低驼，却似乎成了一个小老头儿的玲玲父亲无奈地蹲在地上说：“俺知道孩子身子骨还单薄，可俺家太穷了，俺实在没有一点点办法啊！”

玲玲也嘤嘤哭泣着恳求她的父亲说：“爹，俺想上学的呀，你就让俺再念几年书吧！”玲玲的父亲说：“孩子，爹怎么不想让你念书呢？可爹实在是没有一点办法啊，你娘要吃药，你弟弟也要念书，还有你爷爷，拄着拐杖也都立不稳身子了，俺实在是顾不过来啊！”

见爹还是不答应，玲玲扑通一声给爹跪下了，一双小手撑着地哭着央求她父亲说：“爹，俺给磕头了，你就让俺再念两年书吧！”边说边一个劲地给他父亲叩头。见父亲还是不答应，玲玲说：“只要让俺念书，学费今后我自己上山挖草药攒，每天只让俺吃一顿饭行不行？”

玲玲的父亲又叹了口气说：“不是爹俺不想让你念，爹实在是没一点的办法啊，再说了，你也不是块念书的料，成绩也不好，再念也难念出个什么好歹，不如就算了。”玲玲哭着给父亲说：“爹，今后俺一定好好念，只要你让我继续上学，俺一定给你考个第一名！”玲玲爹用袖口抹了一把泪看了一眼跪在地上的玲玲说：“只要你下次能考第一名，爹就是砸锅卖铁也要让你继续念，不能考第一名，那就什么也别说了！”见爹终于答应了，玲玲高兴地从地上爬起来，擦了一把眼泪对我说：“老师，我一定好好听您的课，下次考个第一名！”我拉着玲玲打满血泡的小手也高兴地对玲玲父亲说：“我一定会尽心尽力地教，让玲玲下次考个第一名！”

第二天天不亮，玲玲果然又回到了学校来。

对于玲玲的重返校园，我一点都没有感到过轻松。玲玲尽管学习向来都很努力，但她并不是一个聪颖而能触类旁通的孩子呀，离这个学期期末不远了，像玲玲这样一个学习成绩一直处在中下游的孩子，能一下子考取班里第一名，简直是比登天还难的事情啊！但想起老校长把这班孩子交给我时说的话，想起老校长那殷殷的目光，想起玲玲那双打满紫亮血泡的小手，想起玲玲跪在地上对她父亲的艰难恳求，我知道再难也不容逃避，必须尽自己的一切力量去帮她，因为不这样，不久玲玲仍有失学的危险。

就是从这一天开始，上课里我只提问玲玲这一个学生，以期紧紧揽住她听课的注意力，课余时间，我按照自己悄悄拟订的补习计划，争分夺秒地给玲玲补课，放学时我总是送玲玲一步一步地回家，利用路上的时间给玲玲讲习题，教玲玲用公式学技巧，同学们也都知道了玲玲的事情，他们十分支持地跟我说："老师，你就多帮帮玲玲吧，不用操心我们，我们都会努力的！"看着这群懂事的山里的孩子们，我又焦虑又欣慰，是啊，这是一群多么懂事又多么可爱的孩子啊！

通过给玲玲的一番"恶补"，玲玲成绩果然比以前好多了，但因为她以前的底子薄，尽管成绩提高不少，但距离班级第一名，还是差得很远的，我去找老校长，老校长也没有什么办法，只是你尽心了，一切都只有看玲玲和造化了！"

天气一天一天地冷起来了，大山远处山峦上的那层乳白一天比一天低地逼向了村庄，开始落霜了，枯黄的树叶一夜间像落满了地的黄色蝴蝶，台阶上、窗棂上、操场上、校园的小路上，到处都落满了，不久就会下雪、下大雪，期末马上就到了。我焦虑，玲玲也焦虑，将近一个月，她的一双原本澄亮、天真的小眼睛都是通红的，我知道那是熬的，那是夜里在油灯下读书累的。

连续半年学期，我也没组织过一场考试，我怕玲玲考不上第一她就会失学，她的小手上会被迫重新打满让人心痛的紫亮血泡，她会永远失去读书的机会……

期末将至，下了一场大雪，天气忽然变得喊奇袭人了，玲玲的心也开始变得有些绝望了起来，她哭着对我说："老师，我真怕考试呀，我怕我考不了第一……"我能说什么呢？我只能陪着她叹气，然后悄悄地为这个可怜的孩子流两行眼泪。

担心期末考试，但县里组织的中学期末考试还是来了，临开考前，我只能无助地鼓励玲玲说："玲玲，什么都不用想，一心一意好好考试吧，即使考不了第一，老师也会有其他办法的。"玲玲满怀忧虑地参加考试了，我看着她瘦小、单薄的背影哭了，我想这或许会是这个孩子在校的最后一次考试了，那么小那么小的孩子，她身上和心灵上背负的东西却多么的沉重啊！

考试结束了，玲玲果然很沮丧，她哭了，她说："下学期我肯定不能再上学了，可是老师，我真的想再上学啊！”我和老校长看着哭泣的玲玲除了深深地叹气，我们能说什么呢？

但成绩公布出来后，我和老校长都惊讶不已，因为玲玲是第一名，玲玲竟考了全班第一名啊！我怀疑是不是试卷改错了，或是乡上统计的分数计错了，于是我就在一个下午踏雪去了几十里外的镇一。在镇教育办公室，我看到了孩子们的卷子，除了玲玲以外，其他孩子试卷上最后几道得分大题都像是约定好了似的一个也没有做。我想不透，这些题平时都是我讲过的呀，孩子们平时解这些题都是不在话下的事情，怎么上了考场都不会做了呢？回到学校后，我立刻悄悄找来两个孩子，疑惑地问他们说：“后边的题为什么不做？这不都是我平常讲过的吗，为什么上了考场却不会做了？”我批评得声色俱厉两个孩子低着头什么也不说。我狠狠地逼问了他们一次又一次，我不知道这些孩子们是怎么考的，这样的成绩，对于我这个师范大学毕业的任教老师来说，让我今后还怎么出去见人？还有什么颜面？

面对我的一次次的恶狠狠的逼问，一个孩子终于招架不住了，他怯怯地说：“不做那些题是大家约好的，如果大家做了，玲玲就考不成第一了……

我一下子愣了，转瞬，又羞赧了，这是一群多么可爱的孩子啊，他们纯真，他们善良，他们那么善解人意，他们让我们羞赧，又让我们终身难忘！

面对喜极而泣的玲玲，和同样兴高采烈的同学们，我哽咽着说：“孩子们，这是一次最好的考试，成绩也是让我最满意的，在此，我向大家鞠躬了！”然后，郑重地向孩子们鞠了个躬，我想自己鞠躬的含意玲玲现在不会懂的。

向爱鞠躬，向真情鞠躬，在爱和友情面前，什么样的脊梁不会真诚地弯下腰拜呢？

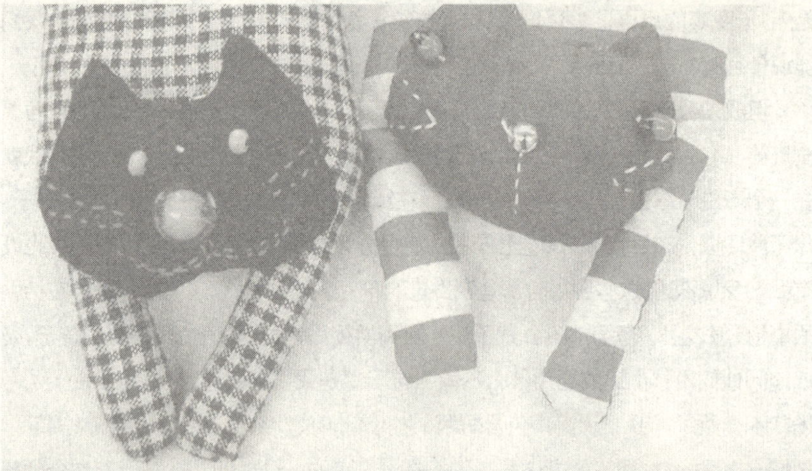

爱的力学

文/李雪峰

他是一个研究力学的专家，在学术界里成绩斐然。他曾经再三提醒自己的学生们："在力学里，物体是没有大小之分的，主要看它飞行的距离和速度。一个玻璃跳棋弹子，如果从十万米的高空中自由落体掉下来，也足以把一块厚一米的钢板砸穿一个小孔；如果是一只乌鸦和一架正高速飞行的飞机相撞，那么乌鸦的肉体一定会把钢铁的飞机一瞬间穿出一个孔来。"

他说："这种事前苏联已经屡次发生过。所以我提醒大家注意，千万别抱任何把高空里掉落的东西稳稳接住的幻想，即使是一粒微不足道的沙子！"

那一天，他正在试验室里做力学试验。忽然，门被"咕咚"一声推开了，他的妻子惊恐万分地告诉他，他们唯一的女儿——那先天有些痴呆的女儿爬上了四层楼顶，正站在楼顶边缘要练习飞翔。

他的心刷地吊到嗓子眼，一把推开椅子，连鞋都没来得及换就跑出去了，他赶到那座楼下的时候，许多人都已经惊慌失措地站在那里了。他的女儿穿着一条天蓝色的小裙子，正站在高高的楼顶边上，两只小胳膊一伸一伸的，模仿着小鸟飞行的动作想要飞起来，看见爸爸来了，妈妈也跑来了，他的小女儿欢快地叫一声就从楼顶上起跳了，很多人吓得“啊”一声连忙捂住自己的眼睛，看到那小鸟般的女儿正飞速地垂直下落，平时手无缚鸡之力的他突然推开紧拉着他的学生们，一个箭步朝那团垂落的蓝云迎了上去。

“危险！”

“啊！”

随着一声惊叫，那团蓝云已重重砸在他高高伸出的胳膊和身上，他感到自己像被一巨锤猛地狠狠砸下，腿像树枝一样“咔嚓”一声，整个人就眼前一黑什么也不知道了。

他醒来的时候，已经是躺在医院的抢救室里第六天了，脑子还算好，可是下肢已彻底没有了感觉。泪水涟涟的妻子和他的学生们埋怨说：“你是搞力学的，怎么能不知道那样做太危险？”

他笑笑，看看床边自己那安然无恙的小女儿，说：“我知道危险。搞了半辈子力学，我怎么能不懂这个呢？只是在爱里边，除了爱，没有力学。”

爱没有力学。一只母鸟虽然害怕一粒小小的子弹对自己翅膀的打击，但在一只比子弹大得多也重得多的雏鸟从巢口坠落时，它会闪电一样毫不迟疑地迎上去。一只母牛带着牛犊遭遇野狼袭击，它会用自己的肉体和鲜血去护卫自己那幼小而孱弱的牛犊……

在爱里，除了一种比钻石更硬的爱的合力之外，再没有其他任何力学。爱是灵魂里唯一的一种力。

玻璃上的阳光

文/李雪峰

从遥远的乡下初次来到城里工作的时候，我租住在城西的一片居民区里。那是个很老、很嘈杂的居民小区，一些房屋刚刚被拆迁掉盖成了十几层高的大楼，一些低矮、破烂、潮湿房子还住着许多的老居民。

那些在大楼上住着的人说，夜晚灯火阑珊的时候，站在大楼上往下看，就像在天堂看人间似的。而这样的时候，如果从我租住的矮房里仰头往上看，那大楼里明灭的灯火就像是天上人家。我租住的那一间是低矮、阴暗的旧瓦房，它处在几幢新建的大楼中间，这是一家城里老市民的房子，老市民一家已经搬走了，他们这些老房子都租给了像我这样初来城市工作的，和那些来城市打工和淘金的乡下人。这样的房屋很便宜，但光线却十分差，从天上直射的金黄阳光远没有落下来便被周围的那一幢幢大楼给切割了，每天的光照时间不过是正午的那不到两个小时的短暂时光。

我是个舞文弄墨的人，每天到我工作的报社去领到一摞样稿便回家伏案校正，报社里人满为患，又十分嘈杂，连放个办公桌的地方都很难挤出来，因此，许多像我这样初来乍到的年轻人都只得回到各自家里来办公。但我回到家里来办公的情况也很糟，如果坐到光线稍好一点的门口去，和我隔壁租房的那对老夫妇就在院子里做豆腐，整天叮叮当当地让你安不下心来，坐到临后墙的窗口去，清静是清静了许多，但光线却差极了，就是在大白天也非得开灯才能看得见。

但为了这份来之不易的工作，每天清晨，我就必须拧开台灯伏案校样，常常一坐就是半天或一天，桌上的那盏台灯呢，当然一亮就是半天或一天了。

一天上午，当我在桌前坐下刚刚啪地拧开桌上的台灯时，我感觉到一下子明亮了许多，那亮，绝不仅仅是平常台灯拧开时的那种亮，那光线热烈而充满激情，我的台灯从来没有这么明亮过。为什么会突然如此豁亮呢？我抬起头，发现那团亮光是从对面那幢楼上直直照射下来的，那一大束阳光，穿过我的窗棂，刚好泻到我的书桌上。那是真正的阳光啊，似一片柔柔的水，在我的桌上和样稿上轻轻漾动着，那么的柔和，那么的纯净。我高兴地抬起头来顺着那团光束望上去，啊，原来是对面的那幢大楼六楼上的一面玻璃窗打开了，金子一样的阳光直射在那面窗门的玻璃上，然后又折射到了我的窗子和临窗而放的书桌上。我拧灭台灯，但我的书桌上却依旧灿烂而明亮，我高兴地伏在桌上校对起稿来，这是我住到这间房屋里来第一次享受的这么美、这么自然的阳光啊，我的心里充满了从未有过的温馨和快乐。我暗自思忖，这可能是六楼那户人家的一次偶然之举吧，不可能会常常让我拥有这样的阳光的，这偶尔的一团阳光，是多么的珍贵和多么值得我去珍惜呀。

但我错了。当第二天我又刚刚拧亮自己窗前的台灯时，那团阳光又很快从六楼的那扇窗棂上折射过来了。我又一次沐浴在了那团窗玻璃折射过来的金黄阳光中。

第三天早晨，当我拧亮桌上的台灯，那团阳光便一下子又折射进来了。我有些疑惑了，为什么会有这样的巧合呢，当我需要光的时候，为什么六楼的那户人家就恰恰开窗呢？

第四天的上午，我到报社参加了一上午的例会。中午回到家的时候，屋子里黑漆漆的，我隔窗遥望了一下对面六楼的那扇窗子，那窗子静静地没有开启，只有阳光映在那面窗子上，照得那面窗子色彩缤纷而辉煌，就像是一幅泼出来的油彩画。

我睡了一个午觉。午觉起床后，我擦了把脸，慵懒地坐在桌前又拧开了桌上的台灯，但台灯刚亮不久，我觉得自己面前的书页又猛地一亮，一抬头，看见那团光束又折射进来了，那扇窗子不知什么时候又被启开了。而且启开的角度是那么的恰到好处，刚好把光团折射到我面前的书桌上。我抬起头，久久地凝望着六楼那扇启开的窗子，想不明白为什么当我需要阳光的时候，而那团光就会恰好这么暖暖地照射过来了？凝望着那扇窗子，我忽然灵机一动，我要窥破这个秘密，看看是谁那么善良那么仔细地赠给我那团暖暖的阳光的。

第四天上午，我悄悄站在窗户的一旁，然后伸手拧亮了我桌上那盏橘黄色的台灯。我眼睛一眨也不眨地盯着六楼那面关着的玻璃窗子，生怕错过了哪怕一丝的细节。过了一会儿，我看见那窗户的玻璃内隐隐有一个人影一闪，然后那扇窗子就被轻轻推开了，但那团光并没有一下子就准确投在我的窗棂上，我看见有一只手从窗子里伸出来，一点一点调整那扇窗子的角度，直到那束光完整准确地终于投在我的窗棂上，那双手才慢慢地缩回了窗子内。

我愣了。我知道这束阳光是有人专门送我的，当我白天把台灯拧亮时，那人就知道我需要阳光了，就会把阳光给我送过来。盯着那扇窗子，我的心一下子充满了温馨，是啊，这是多么美又多么珍贵的一份礼物啊，美得简直就像是童话，而世界上又有多少人能有幸收到这种美丽而高贵的礼物呢?

冬天在不知不觉间来临了。北方的冬天，是寒风怒号、滴水成冰的季节呀。当有一天那冬天的阳光又暖暖地送到我窗口的时候，我突然想起不该让六楼那家人再开窗户了，因为天气太冷了，六楼又那么的高，无遮无拦的高处寒风吹进去，那家的居室里不就成了一片寒窖了吗？我决定自己白天决不再拧亮台灯了，因为自己的台灯一亮，六楼就会把阳光送过来，如果不开台灯，他们或许以为我不在家，就不用开启那扇窗子了。我接连两天没开台灯，六楼的窗子果然也没把阳光送过来。但第三天，他们似有察觉似的，又启开了窗子，把那团阳光又暖暖送到我的书桌上。从那天开始，每天早晨七点左右，他们就把窗子打开了，把阳光送到我的书桌上，一直到夜幕降临时才关闭。

我再也坐不下去了。我决定到六楼那家去拜访一次，请他们冬天不用开窗子，不要因为要送我阳光，就宁肯他们自己家里被灌进一屋的寒风。

我轻轻地叩开了那家的门，开门的是一位瘦弱的中年妇女。我不安地向她致谢说:“阿姨，这天太冷了，您今后就不要开启那扇窗子了，我每天拧开台灯就是了。”她们家真的很冷，冷风呼啸着从那扇窗子里灌进来，把墙上的挂历吹得哗啦啦地响，站在她们家一会儿，我就被冻得有些禁不住开始打颤了。中年妇女静静地盯着我看了一会儿说:“您就住在楼下那间房子里？”我感激地笑笑说:“是的，那间房子太矮太暗了，真的感谢您们送给了我那么多的阳光!”我打了一个寒战继续说:“可现在天太冷了，你们家的楼层又这么的高，不要再开启窗子送我阳光了。”

瘦弱的中年阿姨轻轻笑了说:“可那是我女儿让开的呀，她说楼下的那间屋子里的人太需要阳光了，要不怎么大白天还开灯呢？”阿姨停了停又说:“以前都是她开的，后来，后来也是她吩咐让我们开的。”我感激地说:“那我真得感谢小妹妹了，她现在在哪里？我能亲自跟她说一声谢谢吗？”

阿姨神色悲伤地说:“她在那里。她已经走了几个月了。” 我顺着阿姨手看过去，只见墙上挂着一个小女孩的黑色照片，那照片被一条黑纱巾轻轻地圈着。

我一下子愣了，转瞬，眼泪就大颗大颗地涌了出来。阿姨告诉我说，小女孩叫真真，今年刚刚十二岁，她是被病魔夺去生命的。阿姨说："在最后去医院时候，她还特别叮嘱我们，要记得每天开启那扇窗子，就是冬天也要开，因为楼下的那个小屋太需要阳光了，而那扇窗户，正好可以给那个小屋折射去阳光。"

后来，坐在我的那间小屋里，我常常默默地抬头仰望那扇窗子，仰望那一团团跳跃在那扇窗子玻璃上的阳光，那阳光真美、真纯、真亮，就像一团团的彩线，从高高天空的太阳上飞舞到那个窗子的玻璃上，然后又从玻璃上折射到了我的窗子上、书桌上和我的心灵上，它那么的温暖，常常会暖得我不知不觉流下一串串热泪来。

沙漠之路

文/李雪峰

在一片茫茫沙漠的两边，有两个村庄。要到达对面村庄，如果绕过沙漠走，至少需要马不停蹄地走上二十多天；如果横穿沙漠，那么只需要三天就能抵达。但横穿沙漠实在太危险了，许多人试图横穿却无一生还。

有一天，一位智者经过这里，让村里人找来了几万株胡杨树苗，每半里一棵，从这个村庄，一直栽到沙漠那边的那个村庄。智者告诉大家说："如果这些胡杨有幸成活了，你们可以沿着胡杨树来来往往；如果没有成活，那么每一个行者经过这，都将枯树苗拔一拔，插一插，以免被流沙给湮没了。"

结果，这些胡杨树苗栽进沙漠后，全都被烈日给烤死了，成了路标。

沿着"路标"，这条路大家平平安安地走了几十年。

一年夏天，村里来了一个僧人，他坚持要一个人到对面的村庄化缘去。大家告诉他说："你经过沙漠之路的时候，遇到要倒的路标一定要向下再插深些，遇到就要被湮没的树标，一定要将它向上拔一拔。"

僧人点头答应了，然后就带了一皮袋的水和一些干粮上路了，他走啊走呀，走得两腿酸困浑身乏力，一双芒鞋很快就被磨穿了，但眼前依旧是茫茫黄沙。遇到一些就要被沙尘彻底湮没的路标，这个僧人想："反正我就走这一次，湮没就湮没吧。"

他没有伸出手去将这些路标向上拔一拔。遇到一些被风暴卷得摇摇欲倒的路标，这个僧人也没有伸出手去将这些路标向下插一插。

但就在僧人走到沙漠深处时，静谧的沙漠蓦然飞沙走石，许多路标被湮没在厚厚的流沙里，许多路标被风暴卷走了，没有了影踪。僧人像没头的苍蝇似的东奔西走，再也走不出这大沙漠了。在气息奄奄的那一刻，僧人十分懊悔：如果自己能按照大家吩咐的那样做，那么即使没有了进路，还可以拥有一条平平安安的退路啊！

是的，给别人留路，其实就是给我们自己留路。

生命的灯

文/李雪峰

一个漆黑的夜晚，一个远行寻佛的苦行僧走到一个荒僻的村落中。漆黑的街道上，络绎的村民们在默默地你来我往。

苦行僧转过一条巷道，他看见有一团晕黄的灯光正从巷道的深处静静地亮过来，身旁的一位村民说："孙瞎子过来了。""瞎子？"苦行僧愣了，他问身旁的一位村民说："那挑着灯笼的真是一位盲人吗？"

他真是一位盲人。那人肯定地告诉他。

苦行僧百思不得其解，一个双目失明的盲人，他没有白天和黑夜的一丝概念，他看不到鸟语花香，看不到高山流水，看不到柳绿桃红的世界万物，他甚至不知道灯光是什么样子的，他挑一盏灯笼岂不令人迷惘和可笑？

那灯笼渐渐近了，晕黄的灯光渐渐从深巷移游到了僧人的芒鞋上。百思不得其解的僧人问："敢问施主真的是一位盲者吗？"那挑灯笼的盲人告诉他："是的，从踏进这个世界，我就一直双眼混沌。"

僧人问："既然你什么也看不见，那你为何挑一盏灯笼呢？"盲者说："现在是黑夜吧？我听说在黑夜里没有灯光的映照，那么满世界的人都和我一样是盲人，所以我就点燃了一盏灯笼。"

僧人若有所悟地说："原来您是为别人照明了？"但那盲人却说："不，我是为自己！"

为你自己？僧人又愣了。

盲者缓缓问僧人说："你是否因为夜色漆黑而被其他行人碰撞过。"僧人说："是的，就在刚才，还被两个人不留心碰撞过。"盲人听了，就得意地说："但我就没有，虽说我是盲人，我什么也看不见，但我挑了这盏灯笼，既为别人照亮了，也更让别人看到了我自己，这样，他们就不会因为看不见而碰撞住我了。"

苦行僧听了，顿有所悟，他仰天长叹说，我天涯海角奔波着找佛，没有想到佛就在我的身边哦，人的佛性就像一盏灯，只要我点燃亮了，即使我看不见佛，但佛却会看到我自己的。

是的，点亮属于自己的那一盏生命之灯，既照亮了别人，更照亮了你自己，只有先照亮别人，才能够照亮我们自己。为别人点燃我们自己的灯吧，这样，在生活的夜色里，我们才能寻找到自己的平安和灿烂！

只有为别人点燃一盏灯，才能照亮我们自己。

有缺陷的种子

文/李雪峰

十五岁的那年深秋，父亲让我乘车到县城去购麦种。下了车后，按照父亲指点的，我很快就找到了种子交易市场。

在市场街口，我进了几家种子门市，门市里的地上和货柜上，摆满了塑料盆盛着的麦种样品，我边和店主说话，边蹲下身子一一观察一盆一盆的麦种样品。那些麦种看起来真的很好，一粒粒饱满、肥大，捧到手里，沉甸甸的亮闪闪的，就像一粒一粒的珍珠，几次在店主巧舌如簧的游说下，我差不多就要掏钱购种了，但我想起父亲的叮嘱，我还是最终把捧在手里的麦种依依不舍地又放进了样品盆中。

父亲说种子公司的国营门店里有上好的麦种，有省城来的农业教授亲自在那里出售麦种，他再三叮嘱我一定要到种子公司的门店去，一定要买那个农业教授培育出来的小麦一代杂交新品种。我一路打听着终于找到种子公司的门店，见到了那个戴着深度近视镜的教授和他培育出来的一代杂交新麦种，不过我失望极了。我的失望不是对教授，而是对教授培育出来的新麦种。那些麦种个头大小不一，显得十分参差，并且那些麦种也不饱满，一粒一粒瘪瘪的瘦瘦的，像一把一把细细的小小的麻雀舌苔，还一个一个灰土灰脸的，几乎没什么光泽，远不如前面那些个体种店出售的麦种，甚至同我家里收回来的麦粒也不能同日而语。我抓了一把捧在手掌里细细看了足足有三分钟，才怀疑地问站在一旁的教授说："这真的是您培育出来的一代杂交新品种？"教授笑着说点点头说："是的是的。"

我怀疑地问他说："怎么成色这么差呢？"

教授解释说："一代杂交的新品种都这样，种几茬成色就会越来越好了。"我一点也不相信他的解释，母种都这样，还能结出什么样的好麦子来？我断定教授一定是骗人的，只不过是张着教授的幌子想靠出售麦种捞上一笔钱而已，这样的麦粒只配喂鸡，哪里配得上做麦种呢？

于是，我果断地离开了种子公司的门店，到街上的个体种子店里买了几十斤颗粒饱满、个个通体金亮的麦种。

麦种带回家后，我向父亲讲了我的推测，父亲也没说什么，很快就把种子播进地里去了。直到第二年收麦时我和父亲才惊讶地发现，我们家那些颗粒饱满的麦种长出的麦子并不好，麦粒又细又烂不说，产量也很低，而村里几家买教授麦种的人，他们的麦子穗长、粒实，颗粒饱满、金亮，产量高出我家好几倍。

后来我请教一位搞农业育种的专家，专家一听就笑了，他说，那些一代杂交的种子确实看上去不起眼，嘈杂、瘪小、亮色也差，可它们毕竟是一代杂交的呀，它们种一年就变得饱满些，再种一年，就更加饱满了，它们在一年年克服着缺陷，在拼命趋向饱满和完美。而那些看上去饱满、金亮、完美无缺的种子，它已经完美到尽头了，没路再向上走了，所以只有一年年退化，只有一年年向缺陷发展，最后被彻底淘汰掉，永远退出土地和田园。

原来，在有些时候，完美也是一种缺陷啊，一幅画得太满的没有留白的画，不能给人以想象的空间；一片蓝得没有一丝白云的天空，不能给人以云舒云卷的心灵悠然；一张洁白得没有一个墨迹的纸笺，不能给人以诗情画意的美蕴；一尊完美无缺的菩萨，不能给人以生活五味的率真……

完美是一种无法弥补的缺陷，过于完美的人生，恰恰是有缺陷的人生。

江飞作品

梦见母亲骑着鱼

梦见母亲骑着鱼

文/江飞

十二月的一天，母亲在电话里突然激动地跟我说，煤涨价了，一个煤球要两毛多，液化气涨得更厉害，一罐要九十多，明天准备上山扒柴去！照例我赶紧劝阻，而她照例说做就做。于是，母亲在卖完所有的鱼之后，拿着竹耙背着竹筐上了山，她准备收拾一山的落叶和松针松果了。

山分外安静，尤其是在这样的越来越深的冬季。除了特殊的日子(比如清明、年三十)，除了看护林场的那个我从未正面接触过的人，没有谁愿意靠近祖先和故人们安息的这片山林。远远望去，山上最醒目的是那些白色的矮矮的石碑，或是用水泥浇注的上好的坟冢。众鸟都已高飞，似是忍受不了如此的静寂，而即使是那些山脚下过路的行人，白日里也会感到不寒而栗的冷意。松针虽已落尽，山林却依然茂密，母亲就隐没在树木的缝隙里。

收拾柴草的母亲或许会来到她母亲的坟前。草齐膝深，生长在坟的周围，去年冬天燃放的烟花鞭炮的残骸还散落在这一圈草丛里，当然早已模糊变形。坟上的杂草去年已被除得干净，土是新翻的，只覆盖了一层枯黄的松针和落叶。母亲默默地用竹耙梳理着坟冢，像十多年前最后一次给她母亲梳头一样，缓慢有序地把它们归拢到一处，再收拾进竹筐里。在离她母亲不远的地方，是她公公和老婆婆的坟，亲人们仿佛事先商量好了似的，最终都团聚在这里，坐北朝南，算是相互有个照应，可以白天黑夜地聊天，可以居高临下俯瞰子孙们或风光或苦痛的生活。还记得那一年清明到这里上坟，不知怎的就把坟上的茅草烧着了，火势借着风势，热烈，汹涌，毕毕剥剥，生生作响，大家手忙脚乱地折了松枝扑打，脚踩，拔外围的草，母亲惊慌得差点哭起来，“这可怎么好，这可怎么好！”，她一边尖叫一边指挥着，芭茅从手掌上划过，一道道血印。等父亲提着两只桶从家里赶来的时候，火已经灭了，只剩下焦黑的一片狼藉，一处处冒着青烟。眼前，母亲看到的，是新生的修长的芭茅草，密密丛丛，像很久以前一样，干燥，枯黄，锋利，似在等待崭新的燃烧，让人心畏。

母亲用竹耙柄把松树高处那些已然死去或将要死去的松枝都打落下来，够得着的就干脆用手使劲地折断，地上很快便堆起一堆，整理好，用腿一压，用绳子一捆，便是结结实实的一担，也用不了多久，面前就堆了好几担。这个时候，父亲提着扁担就该出场了。父亲挑着松枝走在小路上，田埂上，像一架平稳移动的天平。天平可能会在半途短暂地停歇下来，喘喘气，然后继续上路，迈过每一道沟坎，爬上每一个斜坡。如此，往返数趟。

要过很久，山间的小道上才会再次出现那个沉重的身影。竹筐的体积显然比矮瘦的母亲更加臃肿，且超出了她的高度。如果从身后望过去，只可能看见长着双脚缓慢移动的一筐柴草。这筐柴草可能会径直走到灶间去，再由父亲把它们一点一点地送进灶膛，变成火光、热量和灰烬，整个罗岭的冬天便在劈里啪啦的声响和浓黑的炊烟中很快过去。

对门的人家早已搬走，似乎也不会再回来，只留下空荡荡的几间瓦屋，灰尘弥漫。他们把背下来挑下来的落叶松针松枝都倒在一间屋子里，几天下来，竟堆了大半间。望着堆积如山的柴火，年，似乎就有了火热的着落，母亲的心也是。

什么可以浇灭心头的火热呢，新年的雨水，还是纷纷的雪花？

那些从未想过的曾经远离她的死亡，好像都一齐约好了似的竞相浮现在她的周围，所以当一直健康的八十五岁的外公病倒在床上，十八天后匆匆离世的时候，当父亲在半夜突然晕厥过去人事不知的时候，她才会感觉一切是那么突然，那么不可思议，难以承受。我当然记得母亲向我描述正月十四日凌晨三点时的情形：父亲起来小便后，躺到床上，突然两耳轰鸣，眼前一黑，黑暗里，母亲只听见父亲“呼呼”地急促喘气，赶紧拉亮灯，只见父亲双眼上翻，双手蜷在胸前，手脚冰凉。母亲喊他，推他，没有任何反应；母亲打电话给舅舅家，没有人接；母亲哭着喊父亲的名字，和平，和平。几分钟后，父亲突然又回过神来，茫茫然，不知所以。母亲说完之后，忽然说，万一那晚你爸有个三长两短，我也不想活了。我的心猛地一阵刺痛：我无法安慰这个刚失去了父亲又再次经受生死考验的女人，我的母亲，而我也无法想象，在半夜三更的罗岭，母亲的呼喊该是怎样的惊慌、寒冷和无助！

柴火很快就烧完了，年，也很快结束了。父亲躺在市立医院心血管科的病床上，母亲紧握着他的手，久久不愿松开。天气好的日子，母亲就搀着父亲在医院的花园里散步，晒太阳，聊天。有一次我悄悄走在他们身后，默默注视着黄昏里他们相互依撑的背影，禁不住一阵眼热，他们已一同经历了三十年的风风雨雨，虽波澜不惊，却相濡以沫，简单而纯粹。如果不是在医院里，而是在乡间的小路上，如此情景，那该多好！母亲的身子好像又缩了几分，我一直以为我很了解她，一个勤劳、坚韧、明理、有主见的女人，虽然矮小、啰嗦甚至有些世故，但她毫无疑问是整个家庭的重心，是我们倾诉的最好的听众，而我们却很难感知到她内心的沉重，她的痛似乎都故意埋藏在我们找不到的地方，看不见，也听不到。

或许是因为那些接踵而来的痛楚过于凶猛，又或许是因为长期的焦灼不安和操心劳累，那些隐秘的或被遮蔽了痛楚最终在几个月之后慢慢显现出来，而那些她曾经受的更多的痛，比如浮肿的胳膊，风湿的关节，冻裂的手指，失眠等，早已伫立在她疼痛的夜里，那是这么多年的奔波留给她的"馈赠"，我们却似乎淡忘了。罗岭的医生诊断说，没事，是盆腔炎，吊几天水就好了，然而，水吊了几日，依然是痛，没有任何缓解。不能再拖了，我终究是不太相信乡下的医疗条件的，还是上来看看吧。你可认得医院里的人呢，母亲在电话那头小心地问。没有，我只能老实回答，我的朋友很多，教育的，体育的，却单单没有医院的，然而现在却显出十分的必要，我不免怀疑起这些年我的努力来。那要去还是去你小舅那儿吧，她停顿了片刻然后说。小舅在M市的医院里工作几十年了，我应该是放心的，且哥嫂也在那边工作，自然更是放心的。然而我没有说话，因为到M市比到我这儿要远了很多。她说明天还要起早去卖鱼，已经歇了好几天了，她数了数日子，三天了！其实我知道，母亲的鱼生意还是一如往常的不景气，年过完之后，那些下馄饨水饺的，蒸包子馒头的，搞装潢做塑料的，又纷纷向外跑路，罗岭一夜之间就又恢复了往日的平静和冷清，剩下的居民可能还没有母亲卖的鱼多。她常常需要为仅剩的几条鱼等上一两个钟头，或者挎着鱼篮沿着整条罗岭街一路叫卖，认识的不认识的都赔着笑吆喝着央求着，又或者只好将它们带回家去，做父亲的下酒菜。一天能挣上十块钱，就算是多的了。"要是再年轻十岁，我还想出去打工挣钱"，她不止一次地跟我们这样说，就好像她已经忘了这十年来她所遭受的那些身心的折磨、苦涩的泪水。

自然，我没有再说"鱼"的事情，那几乎是她现在唯一的事业，我只能再次"语重心长"地劝慰一番。小姨听说了，也赶紧打电话劝她，并举例说明了再拖下去的严重后果，她终是信了。然而这“严重后果”于我听来，却让我陷入更大的不安。母亲再打电话来，终于确定去小舅那，水还有一天没吊呢，母亲说，很惋惜的语气。第二天，母亲一个人坐上去M市的长途客车，她是极少出门的，尤其是一个人。她拒绝父亲和我陪她去，我们唯一能做的只能是在心里祈愿：这些年她的痛已经够多了，够重了，但愿这样的痛可以少些，再少些。第三天，母亲在M市医院做了详细检查，B超，CT，最终结论是肾结石，这同样让我意外，肾结石和盆腔炎可是差得远，我不禁为罗岭的医生们担忧起来。可是不管怎样，痛是一样的，还在延续，还在被母亲的身体承受。这身体内部的异常是我们无法看见也无法预料的，它们可能在北京在浙江在岳西在罗岭就已经在一点点形成了，一年、两年、五年、十年，都过去了，那些细微的痛也都被她轻易地忽略了过去。她不得不面对那或大或小的长在身体里的石头，不得不谨遵医嘱每天坚持喝几瓶开水，一点点地将它们溶解，分散，排出。

三个月后，肾结石已无大碍，母亲像往常一样上午卖鱼，下午到棋牌室看别人打牌，日子仿佛又回归了平静。直到有一天她发现口腔里一直溃疡的左颊上突然长了个一分硬币大的肿块，表面呈白色，凹凸不平，才上来医院检查。拿切片化验结果的那天，我坐在检查室门外，拿着“活细胞组织病理检查单”，我感觉自己的心刹那间变得冰凉，“高分化鳞癌”，赫然在目：我知道这个“鳞”跟鱼没有任何关系。

当天夜里，忽然就梦见了母亲，在梦里，她没有背着沉重的柴草，也没有捂着肚子小声呻吟，而是骑着一尾我从未见过的健壮的鱼：

鱼在离家不远的小溪里/清晨之前/鱼不认识我的母亲/但母亲认得每一条鱼/每一条鱼都有鳞，有腮，有鳍/也都有名字/大一点的叫胖头/小一点的叫鲫/鱼，是她的第三个孩子/她的第二个孩子，我/梦见她骑在鱼的身上/游过江海，最终/游进离家不远的小溪里/骑着鱼，微笑着，朝我招手的母亲/怎么看都像是一条/失去光泽的鱼……

在醒来的诗里，在模糊的泪光里，我再一次清晰地看见了我的母亲——从未有过的轻盈！

张丽钧作品

打动我的心

美丽的心

文/张丽钧

壹

我们一行人去欧洲访问。团里有一位王先生给我留下了极其深刻的印象。为了显得精神，出国前，他特意染了发。由于染膏质量不好，他抱怨说头发脱色厉害，但他想得很周到，随身带了一块大枕巾，睡觉的时候拿别针把枕巾别好，一点也不会染污异国的枕头。有人跟他开玩笑说：王兄，你可真注意国际影响啊！他说：我怕给人家弄脏了枕头，怕人家说，瞧，这就是中国人枕过的枕头。

为我们驾车的是一个德国人，名叫“海瑞”。海瑞表情严肃，做事刻板，我们都不太喜欢他，连导游都跟他处得不甚愉快。海瑞显然察觉出了自己的不受欢迎，途中休息的时候，便总是一个人躲得远远的，独自抽烟。相处了整整一周，就要分手了，大家礼节性地跟海瑞拉拉手，说声“拜拜”就算告别了，唯有王先生，郑重地握住海瑞的手，咕噜了一串我们谁也没听懂的话。海瑞听了，居然咧开嘴傻乎乎笑个没完。事后我们问王先生：你跟那个海瑞说了什么，让他那么乐？导游抢着说：王兄两天前就跟我学这两句德语，现在终于用上了，这两句德语翻译成中文就是——你的驾驶技术十分高超，愿平安永远与你相伴！

贰

一位同事的婆母去世了，我们前去吊唁。

我们约略知道小区的所在，以为这就可以了。因为根据以往的经验，想要找到办“白事”的地方并不难，因为一来要放哀乐，二来要打纸幡的。但是，我们的车在小区里转了半天，硬是没有找到那个同事婆母的家。后来，我们只得打电话询问门牌号。

我们问那个同事，为什么把“白事”办得这么悄无声息？她流着眼泪告诉我们说：我婆婆是个处处都为别人打算的人，临终前，她特意把两个儿子叫到床前，嘱咐他们说，记着，我死后千万不要放哀乐，也不要打纸幡，因为楼下的孩子刚刚满月，不该听到那样的音乐；隔壁的小夫妻结婚还不到半年，不能在门口打白幡给人家添晦气……

下楼的时候，我们看到许多人站在楼道里，默默垂泪，给这位好人送行。

叁

“最分散的团圆”——你会觉得这个句子奇怪吗？

一个姑娘，就要做新娘了，她想邀请她亲爱的哥哥来参加自己的婚礼，但是，哥哥早已在一场车祸中丧命了，但是(又一个但是！)，哥哥还是来参加了她的婚礼！

你可能觉得这样的故事太离奇，可它就发生在太阳底下。原来，哥哥丧命之后，他的家人把他的器官分别捐献给了 5 个人，那 5 个人在获得了这份珍贵的捐献之后，得以继续存活，哥哥的生命也得以在那 5 个人身上延续。所以，在妹妹的婚礼上，“哥哥”便以这样一种特殊的方式前来祝福。

有的人，在“死”了之后本还可以继续“活”下去，可我们常常以这样或那样的理由剥夺了他活下去的权利。上帝仁慈地留下的那完好的器官，令人惋惜地充当了陪葬品。

“最分散的团圆”，它是用来安抚世界上所有不幸的“哥哥”的，也是用来安抚世界上所有不幸的“妹妹”的。只是在那一刻，“不幸值”被会爱的人降到了最低，低到可以进入“幸运”的疆界。

肆

在一个访谈类的节目中，我看到了敬一丹，这一次，她是作为采访对象出现的。

在节目中，敬一丹说她女儿曾经疑惑不解地问过她这样一个问题：妈妈，你怎么总是对那些让人郁闷的事感兴趣呢？电视机前的我都被这个问题问笑了，但我笑得不轻松。

敬一丹不是个逗人开怀的形象，她的眉头锁着太多的忧戚。那天被采访的人很多，都是些“上镜率”很高的面孔。当问到大家的愿望时，他们回答得都很妥帖，甚至很精彩。但是，只有敬一丹所说的“愿望”深深触动了我的心。她说，她希望大家在遇到农民工的时候，能给他们一个“友善的眼神”；她还表示自己愿意充当这样一个志愿者——走近那些没有母亲照看的进城务工人员的孩子，去“抱一抱他们”，“亲一亲他们”。敬一丹说得很动情。我相信那是从一个母亲的心底流出的声音。

正因为有人对“让人郁闷的事”感兴趣，所以，我们才可以期待这个世界上那“让人郁闷的事”会越来越少。

伍

一位小学特级教师应邀到外地讲课。大礼堂里坐着上千名听课者。

学生是临时从附近学校里“借”来的，孩子们既兴奋又紧张。要读课文了，孩子们齐刷刷地举起了小手。

老师随意点了一个胖胖的男孩，这个孩子一开口就把句子念错了。老师柔声提醒他看清楚再念，他居然结巴起来。邻座的一个男生忍不住笑了，举手想替这个同学读，但老师没有应允。老师耐心地鼓励胖男孩重新再来，胖男孩的额头渗出了汗水，总算把那个句子念顺当了。老师示意他坐下，然后，走到那个发笑的孩子身边，问他：你想评价一下他的阅读吗？那个男孩站起来，伶牙俐齿地说：他急得出了满头大汗，才把一个句子念好了。老师说：应该说，他为了念好一个句子，急得出了满头大汗——请你带个头，我们一起用掌声鼓励他一下，好吗？

在我看来，这位非凡的老师给了弱者尊严，给了强者仁爱，更给了所有孩子看世界的眼睛。

浇花

文/张丽钧

阳台上的双色杜鹃开花了，终日里，妖娆的红色 PK 雅洁的白色，静静的阳台显得喧嚷起来。

妈妈提来喷壶，哼着歌子给花浇水。她在看花儿的时候，眼里漾着笑，她相信花儿们能读懂她这份好感，她还相信花儿会在她的笑影里开得更欢——她用清水、微笑和歌声来浇花。

儿子也学了妈妈的样子，拎了喷壶来给花儿浇水——呵呵，小小一个男孩子，竟也如此懂得怜香！

一天，妈妈仔细端详她的花儿，发现植株的旁侧生着几株茁壮的杂草。她笑了，在心里对那杂草说："几天没搭理你们，偷偷长这么高了？想跟我的杜鹃抢春光，你们的资质差了点！"这样想着，俯下身子，拔除了那杂草。

儿子回到家来，兴冲冲地拎了喷壶，又要给花儿浇水。但当他跑到阳台上，却忍不住哭叫起来："妈妈，妈妈，我的花儿哪去了？"

听到哭闹，妈妈一愣，心说莫非杜鹃插翅飞走了？待她跑过来，却发现杜鹃举着笑脸，开得好好的。妈妈于是说："宝儿，这花儿这不在这儿吗？"

儿子哭得更厉害了："呜呜……那是你的花儿！我的花儿没有了！"

妈妈见儿子绝望地指着原先长草的地方，顿时就明白了。说："宝儿，那哪儿是花儿呀？那是草，是妨碍花儿生长的杂草！妈妈把它拔掉了。"

不想儿子却说："我天天浇我的花儿，它都开了两朵了！呜呜……"

妈妈疑惑地把那几株杂草从垃圾桶里翻拣出来，发现那蔫蔫的叫不上名的植物上确实开着两朵比叶片颜色稍浅的绿色小花儿。妈妈想说“这也配叫花儿，你看它们多丑哇！”但是，不知为什么，妈妈没有说，她的心温柔地动了一下，俯下身抱起了孩子。

“对不起，妈妈不该拔掉你的花儿。宝儿，你真可爱！妈妈要替这两朵小小的花儿好好谢谢你，谢谢你眼里有它们，谢谢你一直为它们浇水；妈妈还要替妈妈的花儿谢谢你，因为在你为你的小花儿浇水的时候，妈妈的花儿也沾了光！”

后来，妈妈惊讶地发现，这个世界上原先被她忽略的花儿可真叫多！柳树把自己的花儿编成一个个结实的绿色小穗，杨树用褐色的花儿模拟虫子逗人，狗尾草的花儿就是毛茸茸的一条“狗尾”，连蒺藜都顶着柔软精致的小花儿与春风逗弄……上帝爱他的花园，大概，他也会用清水、微笑和歌声来浇花吧？并且，他会和孩子一样，不会忽略掉哪怕是最不起眼的一株植物的一抹浅笑……

走不出你的怀抱

文/张丽钧

我过去教过的一个学生来看我，说："老师，你那么爱写东西，给你提供个素材，你写写我们寝室的贫困生王大川的故事吧。特感人！"说完便给我讲了下面的故事——

王大川来自陕北农村。他是扛着两个蛇皮袋子来学校报到的。他没有一件像样的衣服，鞋子全是他妈妈给做的。他的蛇皮袋子里装的都是些奇奇怪怪的东西，除了大枣、柿饼、果干之外，还有几十副绣花鞋垫，几十个用白线钩的衣服领子，3副用旧毛线编织的手套，此外，还有两个手指粗细的花花绿绿的筒状编织物，我们好奇地问他那是什么，他操着浓重的乡音告诉我们说："这是笔套，装钢笔用的。"——晕！

后来我们得知，他是他们村子里恢复高考以来考上的第一个大学生。录取通知书一到手，全村都沸腾了！家家户户都摆了庆贺宴宴请他。"到了快要动身的时候，"他说，"我一顿饭要串四五家。在这家吃个丸子，到那家吃片肉。不去可不行，不去人家会说你瞧不起他，会恼的。"我们听了，觉得特震撼。

更让我们震撼是事儿还在后头呢！他们村子里几乎所有的人家都登门来给他送了礼物——就是我们看到的那些吃的、用的东西。有一个住在破庙里的光棍汉老刘头，也让人捎来了话，说是吃过晚饭要送给王大川个"念想儿"。王大川的父母知道老刘头是全村最穷的，送不起什么礼物，就让捎话的人又捎了个话回去，说他的心意大川心领了，就别再费心送什么礼物了。吃过晚饭，老刘头没有来，王大川的父母以为他打消了送礼物的念头了，心里的不安也就随之消散了。

后来，他们一家人正围坐在一起闲聊，突然听到从破庙的方向传来了钟声。开始的时候，谁也没有太留意，但是，那钟声响起来竟没个完！王大川和他的父亲想去看个究竟，便一起往破庙的方向走去。路上，他们碰到了许多和他们一样好奇的乡亲，大家互相探问着，谁也不知道到底发生了什么事，便结伴往破庙的方向走。快到破庙的时候，他们发现那里早站了黑压压的一片人。

“王大川来了！”人群中不知谁这样喊了一句，于是，所有的人便都把脸扭向了王大川!

王大川蒙了，说：“我——咋了？”

大家七嘴八舌地对他说开了：“人家老刘头是为你敲钟呢！”“他太穷了，拿不出什么东西，只好用这法子表表心意。”“666下，老刘头说要送给你个六六大顺啊！”

王大川跟我们说，当时，他的眼泪一下子就掉下来了。他说：“那是一口沉重的老钟，撞起来挺费劲的。应该说，老刘头是卖着老命在为我撞钟啊！这就是我们村子里的人，朴实得像一团泥，又热情得像一团火。从那天晚上起，那破庙里传出的钟声就总是在我的耳边回响。我想，不管我走得多远，我都走不出小村的怀抱，走不出那钟声的怀抱。——真的，为这钟声，我也要拼全力活出个像样儿的人生，回报生我养我的小村，回报我杀身割肉也报答不尽的父老乡亲……”

打动我的心

文/张丽钧

她钢琴弹得不错，在这家酒吧做着兼职，一来是为赚点钱，二来也是受朋友托。每晚，她应客人之邀演奏流行的曲目，在大家稀稀落落的掌声中打发时间。

打烊的时刻临近了，客人们纷纷退去，服务生开始打着呵欠收拾杯碟。大厅里一片玻璃器皿轻撞的声音。她扫视一眼大厅，发现整个大厅仅剩了坐得距离她最近的一位先生。他举着半杯红酒，饮得从容，似乎忘了离开，服务生也没有撵他的意思。

她梳理一下情绪，开始在玻璃器皿撞击的轻响中为自己弹奏深爱的肖邦夜曲。没有客人点这样的曲子。只有在人潮退去之后，她独自把这支曲子送进自己的耳鼓，让耳朵在整晚的辛劳之后被这仙乐轻轻爱抚。

当她弹奏完毕，起身欲要离开时，那位先生朝服务生打了个手势，结了账。

几乎每天都要上演同样的节目——那位先生一定要听她演奏完肖邦夜曲后离开。

终于有一天，在她演奏完深爱的曲子之后，那位先生走到她面前，说："我可以为你弹一曲吗——女士？"她无比惊讶地望向他，却无法拒绝这突兀又动人的要求。"当然，"她说，"请吧。"这样说着，她离开了琴凳。

大厅里玻璃器皿的轻撞声并没有因此停下。

那位先生坐在钢琴前，开始弹奏她深爱的那支曲子。虽说他的弹奏技艺远非炉火纯青，但他弹得十分投入、十分倾情。一曲终了，她由衷地鼓掌，并盛情地将乐谱递给他，邀他再弹一曲。但是，他推辞了，说："我不识乐谱，只是，我每天看你弹奏，熟记了指法。"

——是不是，你和我一样，被这个美好的故事打动？这是一则国产葡萄酒的广告。它有一句深情的提示语："美好发现，永远不晚。"自打这则广告进驻了我的心田，只要一有机会，我就喜欢点这种葡萄酒，独饮，或与人饮。

我愿意在微醺中品味这让人心动的故事。我想，生活中的每个人，可能都有着"她"的清高与孤独，因了这样或那样的原因，驱遣自己去做并不十分情愿做的事情，但内心深处，却藏匿着一个期待理解、期待抚慰的柔弱自我。片刻的宣泄，瞬间的告白，不期然被人窥破，却又温暖地领受了他人将那悄然的情愫苦心编织而成的美艳花环。我喜欢沉溺在这样的芳菲情节里，我喜欢看世界上的花朵在必然的坠落过程中被怜惜的手轻触一下的温情，那花不认识那手，那手也未必认识那花，可这并不妨碍它们诗意的相逢和相逢后诗意的回味。

同时，我也愿意擎着一杯葡萄酒耐心地等。我走在平淡无奇的故事中，但却盼望那故事有一个无比精彩的结局。我希望生活中遇到的每一个人都能像那位先生一样拥有一颗"琴心"，哪怕不懂乐谱，也有熟记指法的慧心和为他人演奏的热心，温雅，脱俗，有很好的分寸感，像优质的葡萄酒，在液态的火焰中握着一份自信的从容，让你在微笑中轻轻颔首——美好发现，永远不晚。

来自蝴蝶的一个吻触

文/张丽钧

你怎么也不会想到，来自蝴蝶的一个吻触是怎样的美丽和神奇。

这是个寻常的午后，满眼是闹嚷嚷的花，我独在花间小径上穿行，猝不及防地，一只蝴蝶在颊上点了一个吻触。我禁不住一声惊呼，站定了，眼和心遂被那只倏忽飞走的蝴蝶牵引，在花海中载沉载浮……良久，我发现自己的身子竟可笑地朝向着蝴蝶翩飞的方向倾斜——不用说，这是个期待的姿势，这个姿势暴露了这颗心正天真地巴望着刚才的一幕重放！

用心回味着那转瞬即逝的一个吻触，拿手指肚去抚摩被蝴蝶轻触过的皮肤。那一刻，心头掠过了太多诗意的揣想——在我之前，这只蝴蝶曾吻过哪朵花儿的哪茎芳蕊？在我之后，这只蝴蝶又将去吻哪条溪流的哪朵浪花？而在芳蕊和浪花之间，我是不是一个不容省略的存在？这样想着，整个人顿然变得鲜丽起来，通透起来。

生活中有那么多粗糙的事件，那么多粗糙的事件每日不由分说地强行介入我的生活。它们无一例外地被“重要”命名了，拼命要在我的心中镌刻下自己的印痕，可不知为什么，我却越来越麻木，越来越善于忽视和淡忘那些所谓的“重要”事件。炸雷在头上滚过，我忘记了掩耳，也忘记了惊骇；倒是一声花落的微响，入耳动心，让人莫名惊悸。那么多经历的事每每赶来提醒我说那都曾是被我亲自经历的，我慌忙地撒下一个网，却无论如何也打捞不起它们的踪影了。

今天，来自蝴蝶的一个吻触，是这样深深打动了我的心，且给了我深刻铭记的理由。微小的生命，更加微小的一个吻。仿佛，尘世间什么都不曾发生，但又分明有什么东西被撞击出了金石般的轰响。倏然想到李白笔下的“霜钟”——一口钟，兀自悬空，无人来敲，它抱着动听的声响，缄默着走进深秋；夜来，有霜飞至，轻灵的霜针一枚枚投向钟体，它于是忍不住鸣响起来，响彻山谷，响彻云霄。想来，世间最细腻、最别致的敲击与世间最细腻、最别致的吻触，大约都是最能拨动人心弦的东西吧？沧海当前，却以一粟为大。脑子里放置着一个有趣的筛子——网眼之下，是石块，是瓦砾；网眼之上，是碎屑，是尘沙。

——好，就让我窖藏了这个寻常的午后吧！就让那来自蝴蝶的一个吻触沉进最深最醇的芳香里，等待着一双幸福的手在一个美丽的黄昏启封一段醉人的往事……

感恩是门必修课

文/张丽钧

第一次听欧阳菲菲唱那首《感恩的心》，是在热闹的大街上。在那动人的歌词和旋律面前，我不由得停下了脚步——我来自偶然，像一颗尘土，有谁看出我的脆弱？我来自何方？我情归何处？谁在下一刻呼唤我？天地虽宽，这条路却难走，我看遍这人间坎坷辛苦。我还有多少爱？我还有多少泪？要苍天知道我不认输！感恩的心，感谢有你，伴我一生，让我有勇气做我自己。感恩的心，感谢命运，花开花落，我一样会珍惜。不知为什么，就特别喜欢这首歌，仿佛那是从我心窝里掏出来的句子和调子。在这不期然的相遇面前，我感慨良久。

后来，我所在的学校和本市聋哑学校结成了友好学校。我们的学生和那些聋哑学生一起学会了《感恩的心》的手语表达。当我看到那些听不见旋律、唱不出歌词的孩子动情地和我的学生们一起用手语演唱《感恩的心》的时候，我和台下的观众都禁不住泪流满面。在我们这些健全的人看来，那些孩子最应该诅咒命运的不公，因为瞎了眼的命运女神残忍地把他们打入了一个死寂的世界。但是，他们非但没有诅咒，还怀了一颗可贵的感恩之心。看到他们面带微笑地打出“感恩的心”这句手语，我为自己心底隐藏着的怨尤与懊恼感到羞耻。

懂得感恩的人是幸福的人。

感恩，应该成为我们的一门必修功课。

让人遗憾的是，太多的人没有修好这门功课。幸福的生活，把我们娇宠成了“豌豆上的公主”！——爱是那一层又一层的柔软褥垫，但是，仅仅是最下层那一颗小小的豌豆粒，就惹得睡在上面的“公主”抱怨不已、叫苦不迭。被生活亏待的人，莫过于那些身体有残障的人,可就连他们都可以带着灿烂的笑用手语演唱《感恩的心》,我们这些健全的人,还有什么理由不由衷地向生活致谢呢?

“天恩浩荡”,我喜欢把这个“天”字理解成造就了我们、滋养了我们的一切爱与美。乳香与麦香,花香与茶香,墨香与书香……这些香殷勤地熏香了我们的生命,使我们越来越健壮也越来越温文,越来越丰富也越来越美丽,难道,我们不应该向着这慷慨的赐予深深感恩吗?

集盲聋哑于一身的海伦·凯勒曾经问一个从森林里归来的人:你在森林里看到了什么?那个人沮丧地耸耸肩说:森林里有什么好看的?海伦为他的这个回答感到非常意外和遗憾,因为在她看来,那人白白地拥有了一双明亮的眼睛和一双聪敏的耳朵。森林里有那么斑斓的色彩,他却视而不见;森林里有那么动听的鸟语虫鸣,他却充耳不闻。他可怜的心灵失明了、失聪了,所以他才作出了那样令人遗憾的回答。有时候,我们也会犯类似的错误啊!面对自然的秀色,面对亲友的温情,我们常会患上一种叫做“麻木”的疾病,因为可以日日坐享,便不再将珍奇视为珍奇。每天,我们住在爱里却浑然不觉,把一切幸福的拥有理解成了理所应得。对爱麻木的心,最容易被怨恨蛀蚀,而充满了怨恨的人生往往是与成功无缘的。

想想看,我们赤身来到这个世界上,是什么让我们成为了现在的自己?巴金说过这样一句话:我们不是单靠吃米活着。他说得多好!我想说,我们其实是啄饮着“爱”长大的啊!仅仅懂得被动地领受爱,证明你还远未长大;能够被这爱深深感动,证明你已摆脱了那个幼稚的自我;而把这爱理解为一种伟大的赐予,并努力去回报这爱,证明你已走向了真正的成熟。

所以,我愿意给我深爱的人们一个提醒:请认真学好“感恩”这门必修课,因为感恩的过程就是心灵提纯的过程。懂得感恩,你就能拥有幸福,并让爱你的人感到幸福;懂得感恩,你就能成为一个受欢迎的人,“机会”就愿意与你牵手;懂得感恩,你就能“有勇气做我自己”,你的生命之树就容易结出成功的果实。

愿你和我一样爱上那首《感恩的心》,不管心空是阴是晴,让我们一起轻轻地唱:……感恩的心,感谢命运,花开花落,我一样会珍惜。

相忘

文/张丽钧

慕名去峨眉山访猴。

走完长得不可思议的山路，终于看到前面人头攒动，知道那便是猴子出没的地带了。

早买好了数包猴食，捏在手里，预备作为见面礼的。看到一只肥硕得像熊的猴子，高傲地从我的一个同伴那里取走了食物，不由心中发急。遂学了当地人的口音，唤猴子来食。这招儿还真灵，一只又小又肥像皮球一样的猴子听得我唤，犹犹豫豫地朝这边走来。我连忙讨好地将手中的猴食捧了过去。猴子灵敏地将纸包取走，急不可待地撕开了看，像是要检验我所进贡食品的优劣。——还好，它总算满意了，开始美美地享用。它离我那么近，吃相又有趣，我不由蹲下身子，想看得更仔细些。不想，它居然腾跳起来，威胁地冲我挥了一下手臂，“嗖”地逃掉了。我扫兴地站起身，心里埋怨这只猴子简直莫名其妙！导游在一边笑着问我：你是不是看它的眼睛了？我说：它不让人看吗？导游说：它对人的眼神很敏感的，它看你可以，但只要你和它对视，即便你是出于善意，也会惹得它生疑——它以为你不会平白无故地看它，看它，就是冒犯它的第一步。

上帝，峨眉山的猴子原是看不得的。

突然想起母亲和野鸽子的事。那时，我家有一个不小的院子，院子北头有一个水龙头，水龙头旁边的低洼处总是积存着一些水。有两只脖颈生着绿羽毛的野鸽子，习惯了在树上高歌之后来这里饮水。那年暑假，我回家探望母亲。第一次看到两只好看的野鸽子在那么近的地方从容地低头啄水、仰脖咽水，感到特别惊喜，不由想靠近它们一点，再靠近它们一点。终于，它们觉察出了我的异样的靠近，“忒儿”地飞走了。那之后的三四天，野鸽子都没有出现。母亲说：看你把野鸽子给吓着了，要不“人家”天天都来这里喝水的。我听了，心中生出些儿歉疚。那是母亲的小伴儿呢，就因为我吓着了“人家”，“人家”就不肯光顾了。后来，又听到梢头有了“咕咕咕——咕”的歌唱声。母亲说：一会准来喝水！果然，两只野鸽子唱累了，双双栖在我家院子里，从容地喝水。我端着个簸箕，正要去倒垃圾，看到眼前的一幕，不敢动了。母亲笑着接过我手中的簸箕，说：你看着！说完，端着簸箕径直走到院子里去了。她走过两只野鸽子身边的时候，它们好像没有察觉，继续低头啄水、仰脖咽水。等母亲倒完垃圾回到屋里，我迎上去，低声问她：你比我上次离它们近多了，它们怎么不害怕？母亲笑笑说：你要假装没有看见它们，忘了它们的存在，这样，它们就不怕你了。

我想，大概，在猴子和野鸽子的眼里，我的眼神是不值得信赖的。虽说我拿走了目光中所有的锋芒，虽说我极力取悦那同时也在注视着我的眼睛，但是，那似乎能够洞穿一切的眼睛依然不容我与之对视！

其实，大自然怀抱中的动物们原本活得多么好。它实在不需要你或恶或善的注视。如果你爱它，就不要拘禁它，折磨它，也不要挖空心思地保护它，爱抚它。千百年来，它们在大自然的怀抱里繁衍生息，活得快活惬意，它不需要你为它的冷暖操心，更不需要你为它投食喂水。它们以自己特有的语言交谈，说着四季变换的消息。它们几乎都是绝美的，肥瘦秾纤皆能得到很好的控制。峨眉山猴子一身的赘肉，是对游客畸形好奇心的无声挞伐。真的，大自然饿不死一只猴子，但争先恐后的投食却扭曲了一只猴子的形象。

——如果你真心爱它们，那就请你“忘了它们的存在”吧，因为它们最美好的祈愿，就是与你相忘。

卫宣利
作品

温暖的玉米

吝啬父母心

文/卫宣利

几位朋友聊天，话题说到各自的父母身上，其中一位说：那次爸妈到我家来，大概中午我做的饭有点咸，吃完饭后我爸一连喝了两杯水。我妈在旁边不断地用眼睛瞪他，我爸没看见，继续倒水喝。直到喝到第四杯，我妈终于忍不住了，埋怨我爸：你就不能少喝点？妞妞家的水那么贵！忍着点，等一会儿回家了，让你喝个够……你们说，我妈怎么那么小气啊？几块钱一桶的纯净水，她都不舍得让我爸多喝……

另一位朋友接口说，我以前和爸妈一起在农村住，家里没有洗浴设备，很不方便。后来我买了房子，特意装了大容量的热水器和一个大浴缸，想着等爸妈来了，可以好好洗个澡。谁知房子装修好了，爸妈也来了，可我爸就是死活都不肯在我家洗澡。直到那次我终于生气了，冲他发脾气，他这才乖乖地去洗了澡。后来我妈说，不是我爸不愿意洗，他是怕费我家的电……

一位刚生了宝宝的朋友接着说：我生孩子时婆婆来照顾我，老人节省惯了，天不黑不让开灯，买东西的塑料袋她要用来盛垃圾，洗碗水她得留着浇花，洗衣服的水她留着拖地，洗澡水她也得留着，要冲厕所。她把家里大大小小的盆子都盛满了水，从厨房一直摆到客厅，弄得家里都没个下脚的地方。

大家越说越起劲，纷纷列举父母的吝啬之处：有说母亲不舍得倒掉剩饭，结果吃坏了肚子；有说父亲出门不肯坐车，好远的路，他非要走着去，还说是锻炼身体；还有人说，母亲熬的粥非常好喝，但只能在父母家才能喝到，因为母亲到她家时，总是怕费她家的煤气，不舍得熬粥……

大家最后的总结是：父母只知道节省，不会享受生活，他们太吝啬了！

这时，有一位朋友忽然很认真地问大家：父母是真的吝啬吗？想想，咱结婚的时候，父母拿了多少钱？咱买房的时候，父母又给了多少钱？咱们遇上困难需要钱时，他们是不是没有丝毫犹豫比任何人都爽快？

所有的人，都沉默了。

是的，每一位父母，都有一颗吝啬的心，他们从一滴水一度电上节省，是因为他们心疼我们赚来的每一分钱。他们唯一不吝啬的，是对我们的爱。那爱是喷涌的岩浆，是汹涌的海水，是无垠的苍穹，把我们的一生溶化，淹没，覆盖。

一段路，三个人

文/卫宣利

一

他们俩都老了。

最近两年，她很健忘，炒菜时会放双份的盐，泡好的花生米总是忘了放盐；睡到半夜醒过来，会重新穿好衣服，去各个房间里检查窗户和灯有没有关好；去买菜，付了钱却忘了拿菜。她还多疑，半夜起来，摸黑到爸的房间里，叫几声叫不醒他，便慌忙伸手去探他的鼻息，被折腾醒的爸骂上一顿，她才放心地回房去睡。她有糖尿病，视力下降得很厉害，有时她会趴到我的电脑屏幕上，想看看我写的字，只能看得一团模糊，她便很生自己的气。她的睡眠也不好，她和我睡一个房间，半夜醒了睡不着，就靠在床上，有一句没一句地和我闲聊。她会突然很忧虑：要是有一天你被哪个地方调走了，我们老了，不能跟你去，谁来照顾你？然后她又学着歌里的词自言自语：阿弥陀佛保佑你，愿你有个好身体……

他的脾气还是那么暴，妈熬的粥糊了锅底，他一闻味儿就摔了筷子。有时他故意挑刺，菜淡的时候他说咸，咸的时候他又嫌淡，非吼上几嗓子才舒服。他的记忆力也衰退得很厉害，看过的电视情节第二天就忘了，代我去银行取钱，光密码就打电话问了我三次。他好像越来越胆小，心口痛一下就很惶恐，平时精神很足的他忽然贪睡，也让他不安。有一次他推我去逛商场，在男装柜台，他看中了一套浅灰色的西服，换上后去照镜子，他被镜子里那个一头灰白头发，脸上布满深一道浅一道的皱纹的老头吓了一跳，他不相信地转身问我：妞儿，爸爸已经这么老了吗？爸爸从前穿上这样的衣服可是很帅呢。然后他很伤感地说：不知道爸爸还能陪你多久……

是的，他们俩都老了。看着他们一天天地走向衰老，是件残酷而无奈的事情。我无法计算他们还能陪伴我的时间，只觉得这样的每一时每一分，都是上天对我的恩赐。有时候在很深的夜里，听着他们俩一个在我旁边，一个在我隔壁，发出均匀的呼吸，我会觉得幸福。甚至他们叮叮当当地吵架，也让我觉得，幸福就是这样触手可及。

二

二十多年来，我和他们俩分开的时间屈指可数。

曾经有一段时间，我是梦想高飞的。我听不得她的粗声大嗓和拖沓的脚步声，看不得她胡乱披件衣裳趿着拖鞋翘着一头乱发在灶旁烧饭的邋遢样儿；她总是在抱怨，张嘴就是“跟了你爸，没过一天好日子”；她还吝啬，我晚上写作业也会招她骂，她嫌我浪费电。还有他，虚荣，爱吹牛，没有个主心骨，脾气那么坏，动不动就和她吵架。家像个战场，到处弥漫着硝烟的气息。

那时候，我是梦想要逃离的。年年第一的好成绩，不过是为了给自己一个离开的机会。到县城读高中后，耳边没有了她的唠叨他的怒吼，忽然之间，世界变得如此安稳静好。我走在桂花飘香的校园里，脚步都是愉悦飞扬的。

可是，仅仅两年之后，我便被打回原形——读高三那年，在过马路时，我被一辆车给撞了。

躺在医院的病床上，听着她在门外哭得肝肠寸断，他蹲在我的床头旁把烟抽得满屋子乌烟瘴气，我的心绝望而悲凉。我已经不再奢望离开，因为我的腿成了摆设，再不能给我行走离开的机会。上帝用这样一种方式，再次将我搁置在他们之间，似乎是在考验他们：这样一个孩子，你们还要不要？

她还是那么邋遢，大清早蓬首垢面地出去为我买早餐，回来后粗声大嗓地跟我说：从广场经过时，看见上学的学生，和你一样的年龄，骑着自行车，跑那么快。我就想，咱们妞儿要是还能像他们那样背着书包去上学，让我做牛做马都乐意……说着她的泪就落了下来。她一直那么泼辣，和爸吵架最厉害的时候，也没见她哭过。

他最见不得护士给我输液，那次一个新来的护士，连换了五个地方都没找着血管，他便恼了。一把推开那个护士，赶紧拿热毛巾敷在我的手上，回头冲护士嚷：瞧瞧把妞儿的手扎成啥样了，你以为那是木头啊？

他背着我，去五楼做脊椎穿刺，去三楼做电疗，再去一楼的双杠里练习走路。五十多岁的人了，一趟下来累得气都喘不过来。我趴在他的背上，附在他的耳边说，爸，以后要是没人要我，你可得背我一辈子。他取笑我：你这么重，不赶紧学会自己走路，谁背得动啊？她跟在后面，想帮忙又使不上劲，嘴里咋咋呼呼的，让他抓紧我的腿让他停下来歇歇让他注意脚下路滑。他和我都听得不耐烦，免不了顶她两句，她便赌气不理我们。但隔不到两分钟，她就又唠叨开了。

三

以前，他靠着一手电焊的手艺，开了个电气焊维修铺，给人修修补补，日子也过得去。我病了后，他们俩带着我东奔西跑地看病，钱花光了，铺子没人打理，也关了。可是还得生活，他就在建筑工地上给新建的楼房焊楼梯和钢架结构。工头开始不要他，嫌他年龄大，不能上脚手架，也怕活重他支撑不下来。他百般恳求，仗着手艺好，才留下的。

每天早上五点，他们俩准时起床，一起陪我练习用双拐走路。然后他上工地，她在家照顾我。晚上他从工地上回来，脸都顾不上洗，先奔到我的房间里，看我好好的才放心。他一个月挣的钱，全都给我买了药。没完没了的中药西药，直喝得我后来看见药就想吐，却一点效果都没有。

我不能再去学校了，每天坐在房檐下，看天看地看墙角的蚂蚁。心越来越敏感，怕见人怕天黑，容不得他们对我丝毫的忽略和懈怠。有一次她给我倒水，水太烫，我抬手就掀翻了床头柜，水壶茶杯药瓶哗啦碎了一地。她接受不了我突然变坏的脾气，一把扯下身上的围裙摔在地上，委屈的泪在眼眶里打转，冲我嚷：就是你雇的保姆也不能这么粗暴吧？老娘我不伺候了……

她真的走了，没有她拖拖拉拉的脚步声，听不到她絮絮叨叨的抱怨，家变得沉寂。我躺在床上，盯着天花板，心一点一点地跌入黑暗的深渊。我突然害怕起来：她不会真的不要我了吧？

然而她很快就回来了，捧着一堆旧杂志，若无其事地对我说，在外面遇见一个收破烂的，我看这些书兴许你还能看，就买回来了。十几本呢，才花了三块钱……她很为自己讨了便宜而得意。

那天晚上，我迟迟疑疑地问她：要是我再惹你生气，你会丢下我不管吗？她反问我：如果你只有一个宝贝，你会舍得扔了她吗？然后她又说，其实我根本没走远，我怕你万一有事叫我我听不到……

他们俩都没念过几年书，没什么文化。可是我喜欢书，他在工地上看到谁有书，一定会死乞白赖地跟人家借回来给我看，她看见别人包东西的报纸，也会揭下来带给我。我就从那时候开始学着写东西，我渴望用一种方式来证明自己存在的价值。

我慢慢开始发一些文字，他们便拿着有我文章的杂志四处跟人炫耀：别看我家妞儿天天家里坐着，可比你们知道的多呢。知道不，这书上的字就是她写的……他们俩都成了我的超级粉丝，我也确确实实成了他们最宠爱的宝贝。她再也不唠叨我看书费电了，只是每天晚上一遍遍地催我睡觉。有一次我跟她说我要写长篇小说，然后又说写长篇很费精力，有个作家就是写小说累死了。她便很紧张，连说那咱不写小说了，人没了，写再好有什么用？

四

就这样，一段路，三个人，相扶相携，磕磕绊绊，到今天，已经走了29年。

他们的身体一直都不太好，他血压高，心脏也有问题，她糖尿病十多年，最轻的感冒都能引发一系列的病症。那次陪他们去医院看病，在医院门口，他将老年代步车停在向阳的地方，将自己的外套脱下来盖在我腿上，又叮嘱我在车上等着不要着急，才和她相扶着进了门诊部。

我看着她挽着他的胳膊往前走，很相爱的样子。可是，那苍老的背影迟缓的步履，还是把我的心深深刺痛。旁边一起看病的老人，都是由子女搀着进去。而我，却只能这样坐着，等他们回来。我想象着他们一个一个窗口挨着去排队，挂号，化验，检查，互相安慰，等待结果，谦卑地笑着跟人打听化验室在几楼，忐忑不安地躺在CT机上……心里就火辣辣地痛。

为人父母，他们生我养我，已尽责任。而我病后12年，四千多个日子，他们跟着我辗转起伏，苦涩，心酸，欣喜，忧虑，种种滋味统统尝遍，粗糙的心早已磨砺得温柔似水。他们花在我身上的心血和精力，没有任何仪器可以称量。

他们已经接受了我不能走路的事实，我却无法接受，倘若有一天他们卧病在床，我甚至不能亲手给他们做一碗热汤面。那一刻，我一直骄傲的心，终于被这种无能为力彻底击败。泪，从眼角慢慢地溢出来，无可扼制。

发于《婚姻与家庭》被《读者乡村版》转载

年少轻狂不懂爱

文/卫宣利

初相识，她15岁，父母早年离异，单亲家庭成长的孩子，叛逆，桀骜不驯，打架，抽烟，逃课，是让老师头疼的学生；他20岁，是学校新分来的老师，白衬衣牛仔裤，干净而俊朗，往讲台上一站，像春天的风，温暖迷人。他在台上讲《诗经》《楚辞》，她在台下，听他浓厚磁性的声音，朗声诵读："野有蔓草，零露溥兮。有美一人，清扬婉兮……"仿佛有一道光，呼啦一下，划开了她青涩混沌的年华。

便迷恋上了他，改变也只是一瞬间的事情。她收敛了那些顽劣品性，一改往日的任性不羁，变得安静而羞涩。她模仿他的字，学他说话的样子，他轻轻扫她一眼，她便脸红心跳，仿佛所有隐藏的心事都被他敏锐的目光洞穿。他从她身边走过，伏身下来看她正写的作业，她仿佛被魇住了一般，手脚冰凉，呼吸急促，觉得整个世界都不存在了，只剩下他，那么俊朗清爽的一个人，美好得像一个梦。

爱，坦白还是雪藏？这个问题在她心上盘桓良久。那一次，她终于鼓足了勇气，在交上去的作文本里夹了字条，稚嫩的笔迹，写着："我可以，爱你吗？"

作业交上去，她心里像揣了只顽皮的小鹿，在心上左冲右突。上课不敢正视他的目光，却又忍不住悄悄观察着他的反应。可什么也没有，他照旧上课，下课，抑扬顿挫地朗读课文，在操场上打篮球，谈笑风生。几天后，发下来的作文本上，只简单批了一个"阅"字。

她的心一落千丈，便恨上了他，为他的不在意。或者，在他的眼里，她依然是那个顽劣的问题女生吧。她又恢复了原来的刁蛮强横，处处故意和他作对，玩恶作剧，私下里传播他的种种谣言，直到那一天，她模仿他的字给另一个女生写情书，并把它贴在了学校的公告栏里……

在愈演愈烈的绯闻里，他终于被迫离开。她躲在角落里，看着他渐渐走远，心好像被剥离了一般，彻骨的疼痛，弥漫了她此后的岁月。是的，她只是想以她的方式能吸引他的注意，却因为年少轻狂不懂爱，赶跑了爱。

他走后，她彻底变了，努力读书，考了大学，毕业后进了外企工作。后来，同学聚会，有同学提起他，说自那年走后，他就离开了教师岗位，结婚又离婚，日子过得穷困潦倒……同学说，若不是当年那场事故，他应该是位非常优秀的老师，他的课教得多好啊！另一位同学接口说，可他确实有绯闻啊，我记得有一次，我翻谁的作文本，里面夹了对老师表达爱意的纸条呢？当时觉得好玩儿，我就偷偷把纸条藏了……

她怔住，手里的酒杯失手落地，像碎了一地的心。泪，涕然而下。原来，他竟是从没有看到她的纸条。而因为自己的年少轻狂，几乎毁了他的一生。

母亲菜

文/卫宣利

结婚后，回家的时间越来越少。偶尔往家里打个电话，母亲便欣喜得像个孩子，逮着我唠唠叨叨说个没完。她说，园子里的青菜都泛青了，油绿油绿的，中午去掐一把回来，洗了下锅，一锅的鲜啊；她说，今年菜贵，我每样都种了点，菠菜，香葱，西红柿，黄瓜，辣椒……再过两个月，你就不用买菜了；她说，你有空就回来一趟，自己种的菜都吃不完，你还买着吃？再说，家里的菜也新鲜，你爸说，这是什么纯天然的绿色食品，城里人都喜欢吃呢……

我笑着答应她，却转头就忘。只有去菜市场买菜时，看着一排排令人咋舌的价格，才会想起母亲和她的菜。但再想想，回一次家要倒几趟车，下了车还要走好长的一段路，那个麻烦，就心生退意。

母亲却打电话来，说要来给我送菜。我只简单地告诉她在哪里下车，就挂了电话。快中午时，我去车站接她，左等右等，半个小时过去了，却一直不见母亲的身影。心里就着了慌，想起母亲从未出过远门，又只来过我家一次，会不会坐错了车坐过了站？

正胡思乱想，忽然听到有人喊我的名字，回头一看，母亲正从人行道上走过来，她肩上背着一个大袋子，手里还拖着一个。风很大，母亲走在风里，一脸的风尘，灰白的头发被风吹得乱糟糟的。我急忙跑过去接过包，母亲一脸的汗，她不停地捶着腰，喘着气说："真是老了，也不记得上次来你家是在桥南还是桥北下的车，下了车才发现早下了两站……你瞧，就走这么一点儿路，就直喘……"我埋怨她："您怎么不坐下一班车？还拿这么多东西！"母亲笑，说："那太亏了，就两站路，也要一块钱……"

我看着母亲疲惫的脸,再也说不出什么。母亲说:"快回家,菜都被风刮蔫了,早上从地里摘回来时,还水灵着呢,可惜喽!"

回了家,母亲一边往外拿菜一边唠叨:"胡萝卜能明目,你天天看电脑,得保护好眼睛;青菜要多吃,你老是便秘;你不是总想减肥吗?多吃点菠菜;还有这香葱,拌上豆腐,清爽可口……吃吧,吃完了我再给你送,家里的菜都吃不完……"母亲数着她的菜,如数家珍。一桌子的菜,每一棵都择得干干净净,菜叶鲜嫩而饱满,泛着莹润的光泽。这哪里是菜,分明是母亲爱意饱满的心,热切地扑向我。

心,忽然在母亲的唠叨声中,变得酸软。是的,回家很麻烦,要倒车,要走路,要费时间和精力。可母亲却背着她的菜,一路颠簸而来。她没有想过这些麻烦和距离,母爱不怕麻烦,母爱没有距离。

温暖的玉米

文/卫宣利

最初的秋，不是从树上飘落的第一片黄叶开始的，也不是从淅沥的雨声中开始的。那时节，树叶还在枝头盈盈地绿着，雨声尚未脱尽夏的急切和焦灼，家门口的玉米，郁郁葱葱的，筑起一道摇曳多姿的青纱帐。一株一株的玉米，是披了绿纱的多情女子，婷婷地立在田间，笑眸流转，娇媚地扬起裙裾，在腰间打一个漂亮的结，结上又飞出大把的流苏，风起，抖落夏日最后的风情。

于是，秋便从母亲掰掉的第一个玉米穗上开始了。母亲轻轻揭去玉米的绿衣，滚圆的玉米棒，饱满晶莹的玉米粒，密密地挤在一起，或金黄，或深紫，或是象牙白，泛着珍珠般圆润的光泽，看着就让人喜欢。锅里的水咕嘟嘟地开着，清水下锅旺火煮，清甜的香味便霸道地弥漫了整个厨房。那香味舒展着，丝丝缕缕漫过来，浸到你的每一个细胞里，你禁不住深吸一口气，抬头去看天，天忽然就高了远了——秋来了。

小时候最喜欢吃奶奶做的烤玉米。奶奶踮着小脚，一趟一趟把柴火抱到灶火旁，点火做饭。灶上煮着饭，灶下的火堆里便埋着玉米棒。玉米棒带叶放进去，小火慢慢地烧。隔一会儿，奶奶便用烧火棍把玉米棒挑出来，敲敲，翻翻，再放进去。浓郁的香味在烟火的炙烤中慢慢飘散出来，勾得我的馋虫上蹿下跳。等不及了，便催着奶奶剥开看看，万一里面烤糊了呢？奶奶只笑，并不急，仍然小火慢烤，直到玉米外面的绿衣变成焦黑色，才扒出来。剥开，里面的玉米粒焦而不硬，一口啃下去，是那么馥郁的香啊，和着淡淡的烟火味，回味绵长。

现在仍然有烤玉米，不过程序要复杂一些。我曾在街上看过烤玉米的老人，在街角支起一个黑铁皮烤炉，燃起炭条，玉米带着叶子放上去，微火，待叶子的清香全部融进玉米粒后，去掉焦叶，在玉米上刷一层食用油，依次撒上盐粒、辣椒末和孜然粒，再急火燎烤。那种黏稠的香甜，在街上妖娆地流淌着，在每个路人的唇齿之间徘徊萦绕，不肯离去。

也曾在初春时节吃过反季节的玉米，只是那玉米闻起来鲜香无比，吃到嘴里却寡淡无味，完全没有玉米清香鲜甜的味道。父亲说，这种大棚里种植出来的玉米，气候、温度、湿度达不到正常的标准，所以味道淡。正常季节里的玉米，要经过暑天的暴晒、闷蒸，暴雨的冲洗，重重考验，玉米才有了属于它的味道。

曾听一位朋友介绍，把嫩玉米剥成粒，用保鲜袋装好，放进冰箱里冷冻起来，可以一直保存到冬天。她是一位母亲，因为儿子特别喜欢吃嫩玉米，费尽心机才想出这个保鲜办法。这些因爱生的智慧，让普通的玉米成为爱的载体，变得温暖敦厚，在渐行渐寒的秋天里，温暖我们的心。

靠一根手指，我也能飞

文/卫宣利

这是以色列一个温馨的家庭，美丽的夏夜，鲜花，美酒，蛋糕，音乐，欢声笑语，一个轻松愉快的生日聚会正在进行。正当人们沉浸在欢乐的气氛中时，宴会的主人——34岁的艾米·安奇利维忽然宣布，他要去美国。这个决定遭到了艾米母亲的强烈反对，因为，艾米不是一个健康的青年。

艾米出生在美国得克萨斯州，前六个月的时候，艾米和其他的孩子没有什么不同，一双清澈的眼睛，卷曲而富有光泽的头发，是个非常漂亮的小男孩儿。但是很快，母亲便发现了异常，艾米不能像正常的孩子一样玩耍，他越来越瘦，身上的肌肉软得像团泥，不能站立，更不能行走。心急如焚的母亲带他去看医生，在美国圣安东尼奥医院里，一位叫科瓦多尔的医生诊断出，艾米得脊髓性肌肉萎缩症，他断言艾米最多只能活到6岁。

这个残酷的诊断，对艾米的母亲而言，无疑是个晴天霹雳。她抱着瘦弱的儿子，欲哭无泪。有人劝母亲把他送到福利院去，但母亲舍不得把聪明可爱的艾米送到那个地方去，她坚信儿子能够活下去。医生又不是神，他怎么就断定艾米就只能活到6岁呢？她要让所有人看到，艾米会一直活下去。

10年过去了，30年也过去了，艾米在母亲细致的照顾下，打破了医生的预言，虽然他骨瘦如柴，仅有39磅，除了左手的一根手指能动，全身的任何肌肉都动不了，但他仍然顽强地活着。并且用唯一的一根手指操作计算机，成了一名优秀的动画师。艾米把所有的梦想都倾注在了自己的动画中，在那个世界里，他不再被萎缩的肌肉所束缚，变成了一只自由飞翔的小鸟，它飞过高山，飞过河流，执著地追求自己的爱情。虽然一再碰壁,不断受伤,但每次都能重新站起来,继续顽强地飞翔。

生活中,艾米也同样是个执著追求的爱情的人。美丽热情的姑娘克里斯蒂娜,被艾米的坚强乐观吸引,来到了艾米身边,心甘情愿地承担了照顾艾米的任务,帮他洗澡,喂他吃饭,逗他开心。他们在一起有两年的时间,那是艾米最快乐的一段时光,克里斯蒂娜推他去公园,去海边,陪他唱歌。她甜美爽朗的笑声慰藉了艾米孤独的心灵,她在哪里,艾米火热的目光便追到哪里。

艾米不得不承认,自己爱上这个年轻美丽的姑娘。他没有因为自己的身体状况打消对爱的渴望,他不胆怯不退缩,大胆向心爱的姑娘表白自己的心意:“如果非得让我选择,能走路还是和她在一起,我会选择和她在一起。”

艾米的表白遭到了拒绝,克里斯蒂娜认为他们只是朋友之情,最终,她离开了艾米。失恋的打击并没有让艾米一蹶不振,就像他在动画里创造出的那只顽强的小鸟一样,痛苦的艾米,选择了继续飞翔。

为了打动心爱的姑娘,也为了证明生命的奇迹,艾米做了一个让所有人吃惊的决定,他要去美国,并且要乘摩托车横穿美洲大陆。

这个只有 39 磅的青年,用他的坚韧和努力,向命运发起了挑战。在朋友的帮助下,艾米终于实现了梦想。他跨过残障活出了光华,用他的勇气向所有人证明,谁也不能给生命设定长短,哪怕只靠一根手指,他也能飞翔。

没有任何困难,能阻挡一颗心的飞翔。有梦想,就会创造奇迹。

内心安宁作品

父亲的口袋

得失之间

文/内心安宁

二十年前的孩子，要是能够有二三元钱，那可是真正的富翁了。我们每天都做着青天白日梦，期望能够捡到钱，然而，暑假中的一天傍晚，真的让我捡到了三元钱。我看到前头走过隔壁的刘婶，而后就发现了地上躺着的三元钱。我的心中一阵狂喜，一张红色的一元纸币和一张二元的绿色纸币，很安静地躺在那儿，像是在等待着我的到来。

抓起这两张纸币，我迅速地揣进口袋，心中咚咚直跳。晚上，我去村头阿伯开的小店里买了两块糖，又买了一个红色的塑料陀螺，偷偷地回到家。却发现刘婶呆呆地站在我们家，正在跟父亲借钱，一边悄悄地抹泪，一边连声地感谢父亲。

我的心一下子揪紧了，这钱还真是刘婶丢的，是她借来给孩子看病的。我真浑啊，这刘婶的钱我能用吗？想到刘婶平时牵着一男一女两个孩子辛苦地生活，我就感到后悔，可是钱已被我用掉了一半，怎么办？我知道刘婶家的情况，她的丈夫多年前因为一场车祸离开他们，从此过着极艰难的生活。我虽然获得了向往已久的陀螺，内心却未感到丝毫欣喜，反而有深深的歉疚和莫名的恐慌。我该怎么办？

向刘婶坦白，我怕她不能原谅我，再去告诉父亲，那我可就坠入万丈深渊了。父亲一向以严厉著称，我们有一点错就会得到他毫不手软的体罚，如今可让我怎么办？要是如此沉默下去，我的良心又会不得安灵。

就在我惴惴不安地寻找着良方时，父亲发现了我新买的陀螺，看到父亲威严的目光，想到我这几天内心的煎熬，我决定豁出去了，把真相告诉父亲，大不了挨他一顿猛揍，也比这种内心惶恐不安的日子强。当我把一切真相都告诉父亲时，让我意外的是，父亲却没有揍我，而是对我说：你要向刘婶坦白承认，并设法把钱还上。父亲还给我出了主意，每天去割青草，晒干后卖给农场喂牛。在父亲的支持下，我忐忑不安地慢慢踱到刘婶家，吞吞吐吐地向她说了事情的经过，并把剩余的钱给了她，刘婶并未批评我，还直夸我诚实，有良心。

父亲与刘婶的态度让我获得了良心的解脱。我每天都早出晚归，去割草，然后把晒干的青草集中起来，整整一个暑假，我终于割了一个堆得很高的干草堆，那天，父亲和我一起把青草运到农场，卖了二元多钱。当我亲自把钱还给刘婶的手中时，我获得了一种从未有过的快乐，那种快乐至今荡漾在我心头。

一个暑假的劳作，把我晒得黑黑的，然而，我却感觉到我一下长大了许多，我终于把自己丢失的东西找回来了。时至今日，我仍庆幸，我那个暑假坦诚，不仅为我换取了一生的内心安灵，还让我懂得人生真正的得失。

父亲的口袋

文/内心安宁

父亲年轻的时候在外地工作，通常是每个周末回家一次。所以我和弟弟们每到周末都眼巴巴地盼着父亲归来的身影，因为从远方回家的父亲总会从他身上的口袋里掏出我们喜爱的水果糖，还有诱人的小人书。水果糖不多，每人可以分两块，当我们一边把糖剥开含在嘴里时，父亲就会从另一个口袋里掏出两本可爱的小人书来。水果糖是父亲为我们买的，而小人书则是父亲从学校的图书室里借的，我们在星期日看完后，就会让父亲再带回去。

在我们小时候，盼着父亲回家，是想念一周未见的父亲，但更多的是想品尝父亲为我们买的水果糖，还有那两本诱人的小人书。那时，总会在心里想，父亲的口袋真是神奇，总会从里面掏出我们向往的东西来，就像阿里巴巴的咒语一样神奇。我那时候对小人书的喜爱可能比吃两块水果糖的瘾更大一些，所以当父亲从口袋里掏出小人书时，都是让我先睹为快，而后再让弟弟欣赏。

及至后来，我来到父亲身边读书，才看到学校的图书馆里躺着更多更丰富的书，那些书籍是我从未见过的，它把我带到一片神奇的领域。晚上，和父亲同床而眠，就会把看到的书讲给父亲听，想不到的是，我读了一本又一本书，却都是父亲读过的，每当我谈起书中的内容，父亲总能够和我探讨起书中的人物的命运与故事情节。很多时候，父亲还会纠正我对书中人物的片面认识，虽然当时我不太服气，可是当把书从头读到尾，就会从内心佩服父亲的见解。那几年，我从父亲的口袋里掏出的已不仅仅是儿时那甜甜的水果糖、精彩的小人书了，父亲给了我更多的智慧与见解，铸炼了我坚强的性格，也培养了我独立自主的意识。父亲知道我会在不久的将来离开他的怀抱，独自在蓝天白云之下翱翔的。现在仔细想来，我真的非常感谢我的父亲，我从他的口袋里掏出的是我一生都享用不尽的财富。

我考上大学那年，父亲送我去车站，列车临行时，父亲从身上脱下那件伴随了他多年的大衣披在我身上，我不肯接。父亲望着我，低沉地对我说："孩子，出外了，父亲不在你身边，不能再照顾你了。这件大衣是在我部队时的行李，白天可以披在身上御寒，晚上也可以当作被褥盖。爸爸没有什么好送你的，这件大衣你就接下吧，你披在身上会常常想起爸爸来的。"那一刻，我心里充满了感激，我深深地体会到一个父亲深沉的爱与关怀。父亲把他口袋里非常珍贵的礼物送给了初涉风雨的儿子，这件大衣曾伴随父亲在战场上经历过炮火纷飞的日子，我知道它与父亲有着非同一般的感情。这件大衣后来伴随着我度过了四年大学光阴，在我走上工作岗位后才小心翼翼地叠好收藏起来。虽然我后来买了一件新的大衣送给父亲，但是我总感觉不能抵上父亲那件旧大衣珍贵。

去年，已经退休的父亲，听说我在城里要买新房，和母亲两人特意从老家赶来，从口袋里掏出 1 万元钱要送给我，望着父母已经斑白的两鬓，我再也止不住地流下了热泪。这一次，我拒绝了父亲的好意，我对父母说："我真的能够自己承受得起购买房子的压力，虽然我从银行里贷了一笔款，但是我的收入比你们高多了，我的生活也比你们好多了。我再也不忍心从你们口袋里掏任何东西了！"父母生活在乡下，他们过着俭朴的生活，从退休金里省下点钱来，我如何忍心接受呢？

我们已经从父亲的口袋里掏得太多了，在以后的日子里，我们应该学着慢慢地放一些东西在他们的口袋里。把我们晚辈的关心、疼爱与回报点点滴滴地流进他们的口袋里，让他们在这黄昏时光细细地品尝人生的真情、亲情。

父亲的眼泪

文/内心安宁

父亲是一位坚强而倔强的人，再大的苦难都不能让他折腰。在众人面前，他是一位刚强而沉稳的男子，而唯有我了解他内心柔弱的一面，因为我亲历他两次泪流满面的情景。

第一次，是父亲在奶奶面前流了泪。那时候，我们还小，奶奶已有七十多岁了，大伯要求奶奶由他家和我家轮流抚养，父亲没说啥就同意了。那时大伯在村里当干部，家境富足，而我家却很贫穷，连油盐钱都是用鸡蛋去换的。

但是，每次轮到奶奶要到我家来生活的那月，父亲就让母亲把鸡蛋攒起来煮给奶奶吃，而不再拿去卖。有一次，看到奶奶把煮熟的鸡蛋扒去外壳，露出白嫩嫩的蛋白，我那馋馋的目光便盯在奶奶手上再也转不过去了。奶奶见我傻愣愣地盯着她手上的鸡蛋，就轻声地唤我："孩子，你过来。"我怯怯地朝里屋望了一眼，见父亲忙事去了，便偷偷地倚在奶奶的怀里和奶奶一起分享那人间至美的食物。说真的，已有很长时间没吃过如此美味的东西了，雪白细腻的蛋白在我口中嚼来嚼去都舍不得咽下去。就在我闭目细细品尝美味的时刻，一记响亮的耳光把我惊醒，脸上火辣辣地痛。不知何时，父亲已来到我身边，看到父亲怒不可遏的样子，我忘了痛，怯怯地站在一边不言语。

见到父亲发怒的样子，奶奶也生气了："他还是个孩子，你怎么舍得下狠心去打他？"

"妈，我是、我是怕他把您那份吃了啊！"父亲在奶奶面前依然是孩子似的，"我们最大的能力就只能让您吃这个了。""我知道。"奶奶说，"这个鸡蛋在你们家就是最好的东西了，你们一家把最好的东西省下来给我吃。在你哥家我也吃这个，但在他家那却是最普通的东西。"奶奶说完，把我搂进怀里。只见父亲呆呆地立在那儿，泪水就流了下来："妈，我没有能力让你吃上更好的东西。"奶奶笑着对父亲说："娃儿，你让我吃到了世间最美的东西——儿女最大的孝心。"听完奶奶的话，父亲已是泪流满面。后来，奶奶是在父亲的怀中幸福地离去的。

父亲流的第二次泪水是在我弃学外出打工时。我和二弟同时考入县中学读书，成绩都很优秀。后来，父亲承受不起越来越多的学费，想让二弟退学好供我继续读书。我知道后说什么也不同意，"二弟比我小，要不让我不念吧。我可以出去打工挣钱了。"当我做出决定以后，父亲看着我竟默默地流下了泪水，我知道那是父亲无奈与疼爱的泪水。

送我上车时，父亲悄悄地塞给我 20 元钱，我没接。我知道，家里有这 20 元钱就可以将就着过一个月了，而我外出时已经与接收单位说好由他们免费供应食宿。父亲见我执意不接他递过来的钱，便怔怔地愣在那儿，过了好一会儿才像突然想起什么似的，去车站对面的售货亭买了几只苹果塞进了我的行李包里，然后又转过身轻轻地擦去脸上的泪水。

在外摸爬滚打了数年后，我也渐渐过得好了起来，二弟也考上了满意的大学。后来，每当我们无意中提到辍学那件事，父亲就会自责起来。我便安慰父亲，告诉他自己现在并不比上过大学的人差，父亲这才觉得好过一些。

父亲是一位刚强的人。他的两次落泪，一次是因为不能让长辈吃上更好的食物而产生的愧疚；另一次是因为不能为孩子创造受教育条件而产生的伤感。父亲的泪水是因为不能给别人带来幸福而流，却从没想过自己，父亲的两次泪水让我看到了他的伟大与无私。

马国福
作品

生命的内伤

粮事

文/马国福

八月，当第一场秋风刮过去，这护佑着大地的风似乎一天之间与阳光联姻，达成共识，让所有的麦穗都披上了金子的颜色，如同经历过人生风霜后成熟的汉子，纷纷将头垂向大地，收拢起聚集在掌心的麦芒，以谦逊之态，无声地向孕育了自己的大地表达一种无语的敬祝和感恩。麦子熟了，它亮出一身的黄，如同一道箴语，暗示父辈们该忙碌起来了，麦穗的语言父辈们最懂。他们开始清理了谷仓，收拾起镰刀、背篓、水壶、干粮，一次次迎着晨曦走向田里，踏着暮色回到家里，早早地把粮收进家里。

十几天的工夫，麦子连割带碾，抢进了自家的院落。这下该安心了，不用担心再来一阵大雨或者冰雹，将辛苦了一年的麦子糟蹋掉。不安心的事情在后头呢。麦子是收进来了，接下来的事情就是选个好天气，将麦子晒干，拉到城里的粮站去上粮。上了粮，一年的农事可以暂时画个句号了。

15岁之前，我没有去过县城，我最大的世界就是刘家村。我不知道县城离家有多远，我只知道我离麦地、校园、泥土庄廓的距离有多远。15岁那年的8月，我家的7亩麦子全部收了。按照惯例，每年的这个时候父亲都要按家里的人口数到粮站交粮，交粮前的一个晚上，父亲已将几袋晒好的粮食背上马车，准备第二天到城里去交粮。第二天，天还没有亮，父亲早早起来，先给马喂水和草料，然后将前几天晒干的粮食背到马车里。得知父亲要进城的消息后我没有顾上洗脸，跑到门口缠着正在给马梳理鬃毛的父亲带上我。父亲以马车上已经装满了粮食，不好再坐人为由，拒绝了我的央求。我开始哭鼻子，父亲说，你在家里，我回来后给你买支冰棍吃。我说我不要，父亲没有理我。母亲说，带上他吧，娃娃还没有去过县城，让他也去看看。父亲说，路这么远，要走半天，带上他很麻烦，让他在家里待着。他的口气不容回驳。说完，向等待出发的马挥了一下鞭子，鞭子在空中划过一道弧线，发出清脆响亮的声音。

马车走动了，我哭着，看着马车一步一步渐渐远去。走了一段路，坐在马车后面的母亲乘着父亲不注意，悄悄向我挥手，示意我跟上来。我奔跑着，一边摸眼泪，一边喊叫，追上马车，死死地拽着马车不放，明明知道这是不可能的事情，但我还是不放弃自己进城的美好愿望，我只在有限的书本描绘中知道城市是如何美好，我要通过进城这种经历，缩短书本的描绘与现实城市的距离，看看村庄之外的世界究竟是什么模样。父亲斥责我，你怎么不听话？我的眼泪像蠕动的蚯蚓缓缓流下，沾上脸上的泥土，在脸上画出一道道泥痕。父亲勒住马龙头，长长地"吁"了一声，唤住了马，马车停了下来，父亲看着眼泪汪汪的我，摇头，无奈地笑。我含着泪的抵抗让父亲的心软了，一把把我抱了起来，放在马车的粮食袋上。

那天天很热，阳光如同一根根被烫红的针，射在身上，让裸露的脖颈火辣辣地疼。我躺在车上，没有戴草帽，头皮晒得发疼。尽管躺在车上的粮食袋子上并不舒服，但我心里还是有一丝丝怯喜。大概走了两个多小时，我迷迷糊糊几乎要睡着了。父亲一边赶车，一边回头看我，我故意闭上眼睛，父亲轻轻摘下自己头上的草帽盖在了我脸上。

躺在车上，我听着马蹄踏在柏油路上发出富有节奏的嗒嗒声，很快就睡着了。

快到中午的时候，我们才到粮站。

通往粮站门口的街道上从里到外，停满了装满了粮食的拖拉机、马车、驴车。前来缴粮的人们，有的卸了装在车上的麦子，把马、骡子、毛驴拴在街道两旁的树上。也许是累了，也许是天气太热，马在烈日下打着响鼻，似乎在表达某种愤怒。有的骡子不懂城里的规矩，把粪拉在街道上，引来环卫工人的一片叫骂。有的马好像不适应城市的空气和喧嚣，不停地甩着长长的尾巴，看上去十分烦躁不安。门钻(青海方言，一种吸血的昆虫，形状似苍蝇)爬在驴和马的身上，吸着血，或许是被蛰疼了，马翘起长长的尾巴，用力向被门钻蛰的部位甩去，门钻很快飞开了，又爬在马尾巴够不到的地方。相比于马的刚烈，驴显得有点逆来顺受，老老实实地忍耐着门钻的蛰，实在疼了，就动动身上的皮毛，我看到驴身上被门钻蛰过的地方流出一股细细的血。这可怜的牲畜啊，没有想到进了城，不但给城里生活的人缴了粮，而且还要忍受城里的门钻叮咬。

我跟着父亲拥挤着把马车赶进粮站，去登记排号。到了排号窗口，已是粮站下班的时候。父亲挤到验粮窗口对验粮员说："同志，能不能麻烦你给我们先验一下？我们家远，不然天黑了赶不回去。"

验粮员头也没有抬，捧着很大的搪瓷茶杯，慢腾腾喝了一口茶，从嘴里挤出一句话："下班了，下午来，中午我们要休息。谁叫你不早点来？怪我还是怪你？"说完，他理了理桌上横七竖八的十几根别人发给他的烟。父亲见状，腰躬得如同虾米，满脸堆笑地掏出一根带过滤嘴的香烟，恭恭敬敬递给他，并拿出火柴给他点烟。他接过烟，看了看烟的牌子，并没有抽，把烟随手扔在桌子上，然后看了看手腕上明晃晃的表说："我们下班了。"

父亲赶紧说："是我来得不早，打扰你们了啊，真不好意思。你就行行好，抓紧让我们验了好吗？"

父亲的话还没有说完，验粮员"嘭"的一声把窗户关上了。

我跟在父亲身后，不知道父亲哪里惹验粮员生气了。父亲看着关得严严实实的窗子，长长地叹息了一声："唉！"然后带着母亲和我走到粮库前面的榆树下纳凉。

正午，许多排队等候验粮的人都聚到粮站大院的榆树下、屋檐下。有的把草帽扣在脸上，在地上铺上空粮食袋子睡觉。有的坐在树下面，交谈着一年的粮食收成。有的喝开水，吃干粮，开玩笑。

我们坐在粮库前的大榆树下，不敢离开，唯恐下午他们上班排不到号。父亲掏出纸烟抽了起来，我注意到他抽的烟是没有带过滤嘴的几毛钱一包的廉价烟。

下午两点，验粮员从阴凉屋子里出来了，一出门，他伸了伸拦腰，揉着还没有睡醒的眼睛，点了一根烟，扫视了一圈守候在门口的人。听到门开的声音，看到还沉浸在睡意中的验粮员，很快，交粮的人们像一群鸭子见到食物一样，跳了起来迅速向他靠近，把他团团围住。验粮员如同电视里的帝王，享受着人们对他的讨好。只是他身上穿的是的确良衬衫，而不是镶龙绣纹的黄袍大褂，不然他的神情姿态绝对可以和电视里的帝王将相媲美。

有人给验粮员递了一根烟，拉住他的手臂说："同志，你辛苦了，来，抽根烟，歇歇气”。验粮员嘴上已经叼着别人上午发给他的香烟，懒洋洋地说：“有，还有，没看到正吸着呢？”尽管嘴上他似乎不愿意接递来的香烟，但他还是接了过去，别在耳朵上。他的耳朵上左右两边已经别了两支烟了。

刚接过烟，又有人递过来香烟说：“来，抽我的烟吧，换换口味，我的烟是过滤嘴啊。”他又接过烟，看都没看，装进的确良衬衫的口袋里。烟刚装进口袋，又有人递过来一大茶杯茶说：“同志，喝口水，消消暑，解解渴，茶里放了冰糖，喝起来带劲。”验粮员从包里掏出自己的水壶，仰起脖子喝了一口说：“别以为喝了你们的茶，抽了你们的烟，我就给你们验好的等级。公事公办，私事私办，公私要分明！”他一脸的严肃，现在想来，他的表情比法院审判庭上宣判罪行结果的法官还严肃。

验粮员喝茶的时候，有的人用草帽给他一下一下不停扇凉。还有的人已经掏出香烟准备发给他，有的人还想给他用草帽扇凉风，可惜都无法靠近他。

已经掏出香烟的父亲连发烟的机会都没有，验粮员被交粮的人们围拢在中间，他硕大的头，像一颗大南瓜，被来自乡下的草帽紧紧包围。

年少的我，不懂人间愁苦，看着父亲失望、焦虑的脸色，再看看一脸得意的验粮员，心里想，他凭什么这么傲慢？仅仅是因为他有一口好牙？我幼稚地问父亲：“爸，是不是有一口好牙就能当验粮员？”父亲说：“娃娃，你看见了吧？吃商品粮的公家人就是这个样子。好牙人人可以有，但吃商品粮公家饭的命不是谁想有就有的。”

对于父亲的话我似懂非懂。心底生起一个很自我的理想，长大后当一个吃公家饭商品粮的验粮员也很不错啊。

下午三点多，轮到我们验粮了。验粮员走到我们粮前，用一个很尖的筒锥，随意戳向一个麻袋。然后，将筒锥里的粮食倒进手掌，揉搓了几遍，抓起几颗粮食放进嘴里，用力咬了一下，发出“咯嘣”的声音。粮食被齐刷刷咬断了。

听到这清脆的“咯嘣”声，父亲紧锁了大半天的眉头顿时舒展开来。他递给验粮员一根烟，等着他发话。

“粮食晒得还不够干，拉回去晒，晒干了再来”。他的口气十分坚定，像战场上下达命令的将军，不容反驳。瞬间，他这句话让父亲刚刚舒展的如同眉头凝固了一般，僵在眉心。自他嘴里发出的清脆的“咯嘣”声已经证明了我家的粮食是晒干的，可他偏偏让我们拉回去晒，这让我们感到很委屈。父亲心有不甘地说：“同志，这粮食我们选了好天气晒了很多天啊。要不你再选个袋子再验一遍？”父亲弯着腰恳求他。

“我说了不行，就不行。别再烦了，我还要验别人家的粮食。”说完，头也不回走向下一家。粮库里烘干机发出的“轰隆”声很快淹没了父亲的恳求。

母亲摸着验粮员戳烂的麻袋，心疼地说：“可惜我的新麻袋啊，好好的袋子，被他一下子戳烂了，回家还要缝。”

父亲望了望粮站，场地里全摊满了被验为不合格的粮食，阳光下，那些饱满的粮食，看起来那么刺眼，仿佛它们还没有脱尽麦芒，刺得眼睛生疼，几乎要掉泪。

母亲不言语，把卸下来的粮食一袋一袋抱起来，放进马车里。马打了一个响鼻，不知道是对验粮员嗤之以鼻，还是对这无辜的粮食表示同情。看得出，马的立场是坚定的，向着我们的，可是现实如此，即便它打一千个一万个响鼻，也不能让验粮员那挑剔的心让我家的粮食过关。

父亲套好马龙头，说：“走吧，谁叫我们在粮站没有认识的人呢？邻居家和我们同一天晒的粮昨天都过了关，而我们就是过不了关。他们在粮站有熟人啊。唉，这世道，真不知道怎么说好！”

这个时候，我们肚子已经很饿了。直到下午四点，我们才开始吃午饭。父亲把马车停到粮站门口的一家面馆。要了三碗面片。或许是平生第一次下馆子，我吃得很快，很贪婪。父亲的面吃了一半，我已经吃得快见底了。父亲又把他碗里的面片给我拨了一半，说：“慢些吃，别噎着。”母亲见状，放下筷子，又把她碗里的面片拨给了父亲一半，然后挑出碗里数得过来的肉片，一片一片放进我碗里。我低头吃着饭，猛一抬头，母亲从包里拿出从家里带来的馍撕碎后放进碗里，向服务员要了一大勺汤，泡了片刻吃了起来。

那时候一碗面片两元钱，那是我今生吃的最难忘的一顿饭。如今，我远离家乡，在生活环境优越的南方吃遍了美味佳肴江鲜海鲜，但没有一顿饭能让我吃出当年那碗面片给我的幸福而又终身难忘的味道。

吃了饭，我们又赶着马车回家了。在驶出县城的那一刻，我记得父亲说了这样一句话：“以后说啥也要让娃娃吃上公家饭，不能再让他重复我们两口子面朝黄土背朝天的苦命了。”母亲说：“以后哪怕苦断肠子，苦坏骨头也要让娃娃上学，成为一个公家人。”坐在马车上的母亲摸着我的后脑勺说：“娃娃，今天的这些你都看到了吧？长大了你要知道好歹啊！”

我点点头，只觉得有什么东西堵在胸口，憋得难受辛酸。

那天，回到村口，天已快黑了。外出觅食的燕雀已经在暮霭中飞回林梢间的巢里，村庄里弥漫着烟火的味道，家家户户的烟囱里冒着青烟，一天就这样结束了，炊烟如同一个沉重的感叹号，挂在村庄上空。

回到家，母亲累了，没有做晚饭，我们胡乱吃了些馍早早睡了。第二天，父母亲又把粮食拉到麦场上去晒了，过几天又要重新拉到粮站交粮呢。

这是多年前的一件事，至今想来，是那么清晰辛酸。

有些往事注定遗失在光阴之外，有些往事必将铭刻进民族的历史进程。2006年1月1日国家正式取消农业税，农民向国家上粮、缴税已成为历史。沿袭了几千年来生活在这片古老土壤上的农民向国家纳粮制度退出了历史的舞台，这体现了决策者对农民和农业的尊重，也折射出了对农民的终极体恤和深沉大爱。得到消息的那一天，父亲给在南方工作的我打来电话说“娃娃，从今以后我们不必缴粮缴税了，今晚我要喝顿酒”。我不知道，当时父亲的内心汹涌着多少酸甜苦辣。仿佛系在身上的一道绳索被解开，我也因此而高兴，脑子里再次浮现出年少时到粮站缴粮的情景。

农业，不再是一匹被套上绳索的马，当它身上的绳索解开，它必将以更加矫健的步子在乡野阡陌上，以它的魂魄耕出更加迷人的画卷。

现在，我常常感慨，也深深感恩。黑夜的尽头是黎明的故乡，历史的深处是光阴的伤疤。我深深地，深深地感恩土地，感恩那个那个县城验粮员，感恩我们亲爱的、抽象的、具体的“国家”，感恩身居庙堂之高，却心系乡野之远的决策者。

生命的内伤

文/马国福

两个人一起到寺庙里学武。出发前壮志雄心信誓旦旦，如果学不到真功夫决不回家。刚开始他们虚心向师傅请教，师傅从最基本的拳路教起，他们学得很认真。在掌握了基本的武术常识后，他们已不满足简单的拳路，希望师傅能够教一些深奥、复杂、功力强大的武术。

对此，师傅并没有立即答应。每天除了教他们温习学过的拳路外就让他们到山下挑水、化缘。这样的学习和生活重复了半年。他们感到很单调，这与当初的期望差距太远了，他们希望学到一招就能够置对手于死地的真功夫。

然而每次提出同样的要求，都被师傅笑着否决。这让年长的弟子很失望，渐渐的他习武的热情远没有刚开始那么高，在师傅教他们练习基本路数时就有些倦怠。年小的弟子却恰恰相反，无论师傅怎么使唤或者重复单调的拳路，他都一招一式一丝不苟地学习，没有抱怨。

师傅把他们的表现记在心里，嘴上从不说什么。

一年后师傅生病了，但仍带病教他们。有一天师傅把两个徒弟叫到身边，给他们教较为精深的拳法。师傅尽管身体欠佳，但教起拳来精神抖擞。

这一拳法是师傅独创的，外表看起来很简单易学，但真正能够学到家的弟子没有几个。这种拳法通过内在力量发功到外部起作用，短期内看不到任何伤害，时间长了功力毕显。

大弟子看到师傅的拳法和当初的没有多大区别，心猿意马装腔作势。小弟子从不放过任何一个细节，推、拿、捏、钩一招一拳都牢记在心。

过了一段时间，师傅带他们到寺庙后面的一座高山上，让他们按教过的拳法对两棵同样的青松发功。大弟子先来，他一出拳就推掉了树上的一大块皮。小弟子出拳，青松毫发无损，只是微微撼动了一下。大弟子哈哈大笑，望着师傅，期望得到他的肯定和表扬。然而师傅没做任何评论，只简单地说了声：下山，一个月后来看。

一个月后师徒三人来到当初发功的那棵松树前，只见大弟子用力发过功的那棵树仍然挺拔，掉皮处长出新皮，没有太多的变化；小弟子练过功的那棵树已经叶子发黄掉落了一大半，几近死亡。看到这情景，大弟子大惊失色，曾经发功的场面历历在目。他实在不能理解：明明是自己的功力比师弟强，而自己发功的树好好地活着，可师弟练功的树却业已死亡，究竟是怎么回事呢？

师傅看穿了他们不同的心思，语重心长地说："你练功仅仅是为了得到暂时的胜利和表面的认可，而师弟的力却一直用在了心里面啊。你对这棵树的伤只是外伤，而师弟的伤却是致命的内伤。你见过硬绳子捆得住的干柴吗？软绳捆硬柴，抵达骨髓的力才是真正无坚不摧的功啊。练功的真谛不在于如何在瞬间击倒目标，而是让功力侵入到目标深处，伤到筋骨、熄灭意志。"

人生就是一个朝圣练功的过程，红尘中的我们像极了急于求成的那个弟子。走在命运的两岸，我们迫切需要的不是怎样掀倒遮挡成功的屏障，而是找到生命潜在的内伤，集中心智出拳，然后静静等待成功的回响。

只要你回家

文/马国福

那年七月，他考上了古城西安的一所大学。在泥土地里忙碌了一生的父辈眼里，这意味着今生他不会再在贫瘠的泥土里行走，而在城市的某个办公桌上工作，悠闲地看报喝茶享受每个月固定的工资福利待遇。

在如诗如画的校园里，教授是那么和蔼可亲，教室是那么宽敞，功课是那么轻松，伙食又是那么丰富，一切是那么美好，就像初春柳梢上鹅黄的柳芽，清新、养眼。更让他惊奇羡慕的是，那些帅气漂亮的男女大学生可以手拉着手，旁若无人地自由漫步在校园，没有人会说三道四。这一切，全然没有他曾就读的小县城高中那种眼睛一睁学到熄灯，埋头于没完没了的书山题海中的万千煎熬和压抑。

渐渐地他覆盖着泥土的心被大城市的气息所同化。同学们花钱那么潇洒大方，穿着打扮那么时髦，而他呢？每个月就那么一些可怜巴巴的生活费，全身的衣服也不超过一百块。在校园里如果说别的同学是地面上红彤彤诱人的番茄玫瑰，那么他就是埋在地里不起眼的土豆。自卑像地里的麦芒，常常在公众场合戳得他抬不起头。更让他自卑的是，刚进大学班上其他的同学玩起电脑游戏个个是高手，而他在上大学前连电脑是什么模样都没有见过。同学们的讥笑让他无比孤单。自卑的他就像《红与黑》中的那个穷木匠家的小伙子于连，在物质上无法与他人攀比，就在学习上比。他耻于与别人交谈自己的家庭，每当有人问他父亲是干什么的，他就红着脸低下头说父亲是搞建筑的包工头。

第一学期他还能将心思用在学习上，父母亲给他的生活费能满足他。也许是落后地区教育的起点低，无论学习上怎样努力，他仍然跟不上城里的同学。他十倍的努力抵不上别人一份的用心，这让他十分彷徨。适应了新环境，他开始不满足那两三百元的生活费，他要交友、喝酒聚会、玩电脑游戏。每个月头，父亲的汇款还没有在他手心捂热，早已花得一干二净。于是他就写信给父亲，说要参加这个强化班，那个培训班，要这个考试费，那个上机费，林林总总的收费项目让他看惯了泥土和庄稼的父亲百思不得其解，茶饭不思、寝食不安。

他在网吧里玩游戏的时候，他的父亲在建筑工地上打小工，每天只有 10 元报酬，他的哥哥到很远的地方去干体力活。小他三岁的弟弟为了他上学，主动辍学后跟着村里的人到新疆打工。他在酒馆里和同学们聚会时他的亲人在烈日下开水就干粮，一年不知肉味。

这一切他应该是知道，但是他陶醉在同学们称他为老板儿子的那份虚荣里。他经常性请人吃饭，说自己当老板的父亲有的是钱，同学们的赞许助长着他竹子一般的虚荣和表面上的风光。他写信的频率由每月一封变成两封、三封甚至五六封。家里人这一封信还没有看完另一封信已经走在邮路上。第一年他花光了家里所有的积蓄，家里为了他顺利上完大学已经家徒四壁，一切能值钱的东西全都变卖光了，借遍了所有能够借到钱的亲戚，负债累累。

他的父母为了他上学，像一截被榨干汁水的甘蔗，实在挤不出一滴水了，只能寄希望于那原始而又无奈的血液。实在借不到钱，他父母亲瞒着他到当地的医院卖血，卖血的频率和他的信一样。直到当地的医院不让他们再卖，他们从当地辗转到兰州、新疆、宁夏，不停地卖血。西北五省大大小小的医院几乎都留下了他们乞求医生开恩让他们卖血的身影。医院里的医生见了他父母就能大老远叫出他们的名字。他们拼命地卖血的同时，也在拼命地喝盐水，每天喝的水不下十斤。

他的父母亲卖了三年血，三年来他一次都没有回过家。家里人慌了，老实巴交的父亲坐着硬座火车到近两千里外的学校看他。老师说他多门功课不及格，且经常性旷课，早已被学校开除了。当时他的父亲几乎昏厥过去，感觉天都塌了，最后流着泪回家。

回到家，他的信早早地等在家里。在信中他说，他已找到了工作单位，单位要让他先缴纳两千元押金，才能让他上岗。他一次次欺骗着父母，父母又一次次把卖血的钱汇给他。他希望收到儿子的信又怕收到儿子的信，每次拿到信的那一刻，他的手在颤抖，那不再是一封浓缩亲情的信，而是一封沉重痛苦的卖血通知单。

远在新疆的弟弟得知自己每月打工寄回家的钱全汇给上学的哥哥，这三年来父母没有吃过一次肉，没有穿过一件新衣服，他实在看不下去，就买了一件衣服寄给母亲。母亲又把衣服卖给他人换成钱寄给他。

最后，这件事情被一家影响很大的电视媒体发现并报道。在电视里他的母亲哭着说她盼星星盼月亮盼他回一次家。每当放寒暑假的时候，天还没有亮她就走出山沟到很远的公路旁等他，从清晨等到天黑，不吃不喝望眼欲穿，来一辆车就兴冲冲赶过去看看有没有自己的儿子，车来了又走了，走了又来了，一辆又一辆的车里并没有他的身影。每一次母亲的希望都化为车轮卷起的飞扬尘土。她并不灰心，继续蹲在路旁，一边摸眼泪，一边喃喃自语望着从远方驶来的班车……

他所有的亲人像泥土一样包容着他的过错，没有一个人说他不好。在后期节目里记者把通过种种努力在北京采访到的他的画面切换了出来。他的脸部被特殊处理了，画面里只有声音。他说，他不想看到父母，也不想看到镜头，他不想回家。他只想在北京找个工作。

在电视里他只有五十几岁的父亲看上去像七十多岁的老头。仔细看他的脸，就像一幅年代久远颜料斑驳的油画。记者问他父亲：你对儿子的行为愤怒、悲伤、后悔不？他很坚决地说，不！记者又问他母亲：你恨不恨自己的儿子，有什么话要对儿子说？她摸了一把泪（眼睛像一口几近枯竭的老井）说：我恨不起来啊，毕竟他是我身上的一块肉。亮娃（他的乳名），三年来我一直到村口等你，为了等你，我的眼泪都淌干了，眼睛几乎看不见了。我老扯心（牵挂）你，你就是不来。只要你回家，只要你回家，一切都好啊。

我的泪再也忍不住了，立即拨通了家里的电话，碰巧我的父母亲也在看那档节目，年近六十的父亲哽咽着和我交流彼此的心情。那一夜我失眠了，脑子里全是他父亲干瘦、淳朴、木讷的身影和他母亲流泪的画面。一个又一个问号冒了出来，我在想：他吮吸着夏日里清凉的饮料时，是否感到了血脉的疼痛？他沉溺于电脑游戏中征服带来的快感时，是否想到了在城市屋檐下为了卖血孤苦无助的父母？他和同学们在饭店里猜拳喝令觥筹交错时，是否感到了良心的轻微不安？

这是我四年前看到的一档真实的电视节目。我也是从西部出来的，深深地知道，那块苍凉宽厚的泥土地里，为了下一辈的希望，苦苦挣扎的人们的艰辛。有多少学子背着行囊离别亲人到远方的象牙塔里求学圆梦？有多少意气风发，磕掉布鞋上的泥土，换上皮鞋后阔步扑入城市怀抱的孩子，还能记得父母弯曲的脊梁上厚厚的盐渍？有多少教师能够放下古板单一的讲义，给那些心灵日益荒漠化的学生补上爱的教育课？又有多少父母不再以悲怆的自我牺牲让失足的孩子在错误的泥沼里越陷越深？

四年了，时光奔腾如流水，它可以带走我们的幸福和泪水，但带不走一对父母流血的呼唤给我的震撼和疼痛。

这个世界上能够承担全部苦痛，而唯独忘了自己的恐怕只有父母。我不由得想起他，他是否回家了？他的母亲是否还在沙尘飞扬的村口，靠在一堵斑驳的泥墙上，流着泪呼唤：亮娃，只要你回家，只要你回家，一切都好啊！

包利民
作品

莫斯科郊外的蜡烛

对岸的温暖是我的天堂

文/包利民

在俄罗斯的远东，在中俄边界，在黑龙江的岸边，住着这样一户人家，男主人斯克托夫供职于一个林场，女主人昆尼娅是附近小镇上的教师，儿子别罗上小学。这是很幸福的一家，可是那年夏天，一场灾难降临了。

闲暇的时候，斯克托夫常带上一只小汽船去黑龙江里捕鱼，由于是界河，他捕鱼的范围只能在岸边到江心附近的位置。黑龙江中盛产的大马哈鱼让他们百吃不厌，同时在别罗的心中，也对这条神奇的大江充满了兴趣。他极羡慕父亲，可以在风中浪里穿梭。而更吸引他的，是对岸的世界，他对中国人并不陌生，镇上就有许多中国人在做生意。他所感到神秘的，是一江之隔的那个古老国度，想象不出那里是什么样子。有时在夜里，他看见对岸村庄中的点点灯光与星星连成一片，便悠然神飞，他常常问妈妈："那边多美呀，是不是就是传说中的天堂呢？"

那一年别罗读小学四年级，暑假的时候，他总是一个人坐在岸边，向对面观望。有一天，他发现在对岸的水边，也有个男孩坐在那里。他兴奋起来，站起身大声地呼喊着，由于此处江面很宽，他不知自己的声音能不能飞过大江。他看见那个中国男孩也站了起来，扬着双臂似也在喊着什么。虽然他听不见，却依然很是高兴，那个夜里，他做了一个极甜美的梦。自那以后，他更是常去岸边，经常能看见那个男孩，虽然只是一个遥远的身影，可他们能够彼此观望，打着莫名的手势，也尽够欣幸的了。

终于有一天，别罗抑制不住内心的冲动，偷偷拿出父亲的小汽船，费力地拖到岸边。他将船放下水，慢慢地向江中划去，流水将小船向下游冲去，不过也渐渐地向江心靠近。别罗只想真切地看一看那个中国男孩的脸，那个身影越来越近。忽然，他听见身后的岸边有呼喊声,回头一看,父亲正焦急地向他打着手势,让他把船划回来。父亲怕他越过国境线,喊得喉咙都哑了。别罗终于听明白了,此时江心的国界线已非常近了,他慌忙掉转船头向回划,可惊乱之中,那船越来越不好控制,加上浪大水急,竟团团打起转来。他恐惧到了极点,奋力地挥动小桨划着,却是越弄越糟。终于一个浪头打来,小汽船翻了,落下水的刹那,别罗向对岸看了一眼,那个中国男孩正惊慌地站起,满脸的恐惧和担心。

一见到别罗落水,斯克托夫来不及脱衣服便跃入江中,奋力地向前游着。由于是禁渔期,江中根本没有别人。这一场事故的结果,别罗得救了,父亲却永远也上不来了!别罗宛若大病一场,一想到父亲因自己而死,心中就会涌起巨大的悲痛。他变得恍恍惚惚,有时会逃课来到江边,面对一江流水怔怔发呆。而对岸的男孩仍在,亦是默默。有好几次别罗都想跳进水中,是妈妈把他拉了回来。妈妈对他说:"你不是常说对岸就是美丽的天堂吗?你爸爸就到那里去了,和那个男孩一起看着你,你再跳下去,爸爸看了会伤心的!"

那年的冬天格外的冷,黑龙江也冻得严严实实。别罗依然常在岸边,寒冷对于他来说仿佛不存在般,可他再也不想徒步从冰上走到江心去,这条吞没了父亲的大江,让他有一种本能的悔恨和恐惧。有一天他发现,对岸的男孩拿着一只水桶样的东西在忙着,不知做些什么。他好奇地看着,见那男孩在桶里装满水,然后冻出了一个个桶样的冰块来。忙了许久,那个中国男孩站起身,扬手向他比划着,他看了半天也没明白是什么意思。只是见那男孩把那些冰块在岸边摆放着,不知他要做什么。

那天晚上,别罗站在院子里,偶尔向江那边看了一眼,忽然发现江那边的岸上亮起了灯光!他大奇,便穿上厚厚的棉衣向江边跑去,妈妈不放心,连忙跟在后面。到了岸边,他看清了,那些白日里冻成的冰块之中,都亮起了融融的灯光!别罗知道那是最简易的冰灯,在冰里面放上点燃的蜡烛,只是那些灯火似乎排成了很有规律的模样。转头间见妈妈的眼睛湿了,妈妈对他说:"那是四个中国字,爸爸爱你!"那一刻,遥望那一处灯光,还有光亮中那个男孩的身影,别罗终于相信,对岸是美丽的天堂,父亲就是去了那里。而那个中国男孩,就是善良的天使!

那片灯光在眼中模糊了,别罗忽然觉得这个冬夜不再寒冷,因为在对岸闪烁的那一片光晕之中,他看到了最温暖的天堂。

莫斯科郊外的蜡烛

文/包利民

那是一个极黑极冷的夜晚，枪炮的轰鸣声渐渐地平静下来。克利特丢掉手中的枪，右手紧按住痛得钻心的左臂，身上无处不疼，他望着远处在黑暗中矗立着的莫斯科城发呆。

这是1941年的冬天，德军在苏联本土的战争进入最黑暗最艰难的阶段。上士克利特和他的同伴们多次在莫斯科城外被击溃，他的心渐渐地变得和这个冬天一样冷。这场战争对于他来说，是一场噩梦，包括他当兵也是被迫的。每次战斗中，他都是感觉到枪的冰冷，只是机械地向前射击。而这次，他却身上多次负伤，一种绝望的情绪紧紧地抓住他的心。

周围是无边的黑暗与寂静，克利特收回目光，发现那些被炮火点燃的荒草和树木，不知何时已经熄灭。身边没有任何人的气息，伸手所极都是同伴冰冷的尸体。他艰难地站起来，踉踉跄跄地向前走，他想走出黑暗，走出可恶的战争。不知走了多久走了多远，全身都已冻透，淌出的血也凝成了冰。就在他想放弃希望将身体交给大地的时候，远处有一簇微微的火光一闪，他揉了揉眼睛，是的，确实是有一点极小的火光在跳跃。他精神一振，奋力向那边走去。

克利特走近了一片墓园，在墓园的边缘，在一座坟前，一枝蜡烛正在静静地燃烧着。他快步上前，扑倒在蜡烛旁，烛光猛地摇曳了一下。他抬起脸来，那烛光忽然就映得心里暖暖的。他将双手拢在烛光周围，两手立刻红成了一颗心的形状。那一刻，他有一种想流泪的冲动。这无边的黑暗吞噬不了一枝蜡烛的微光，极度的冰冷冻结不住一枝蜡烛的火焰。他的心猛烈地燃烧起来，忽然就充满了希望与力量，他站起身，回头凝望了一下那蜡烛，却于烛光中看见了墓碑上的一行字：尼·科拉夫之墓。克利特大频向远处更深的黑暗走去。

二十年之后，克利特已成为西德一家大公司的总裁，他常常会回想起那荒唐的战争生涯，想起自己九死一生地逃回国内，想起莫斯科郊外的那支蜡烛！如果没有那支蜡烛，他的生命早就冻结在异国他乡的土地上。而他也牢记了那个名字，尼·科拉夫！他想知道那是怎样的一个人，想知道为什么会有人于战乱的夜里在他坟前点燃蜡烛。带着诸多的疑问，他重又踏上了苏联的土地。

克利特在莫斯科城外几度寻找，却不见了记忆中的那片墓园。也许是当年于黑暗中不辨方向，他竟很难在心中理出个轮廓来。不过他并没有死心，那些日子，莫斯科的远郊近郊，都留下了他的身影。终于，他在一个烈士陵园中找到了尼·科拉夫的墓，依然是原来那个墓碑，依然有一枝蜡烛插在墓前，却并没有点燃。而坟前，无数被燃过的蜡烛痕迹留在那里。他向陵园的看守者打听尼·科拉夫的情况，那人却说是刚刚调来这里工作的，对这里埋葬的人都还不了解。不过他告诉克利特，每个周日都会有人送蜡烛来，每次送很多，嘱他晚上的时候在科拉夫的坟前点亮。

那个周日，克利特遇见了送蜡烛的人，也终于得知了尼·科拉夫的情况。尼·科拉夫是莫斯科城内的一个普通工人，在莫斯科最艰难凶险的日子里，德军的飞机经常来轰炸。于是一到夜里，几乎所有的房子里都不点灯，怕给敌机以轰炸的目标。可是，莫斯科并不是完全黑暗的，至少有一所房子里还亮着灯，那就是科拉夫家。

科拉夫当时三十六岁，未成家，单身一人住在城西的一座平房里。每个夜里，他都要点燃蜡烛，让那昏黄的光亮将自己包围，即便是睡着了，他也要让蜡烛燃着。虽然当时物资奇缺，可由于夜里家家户户都不用照明，因此蜡烛还是随处可以买到。科拉夫就储备了许多蜡烛，用以照亮整个房间。邻居们都劝他，说他这样做很不理智，很危险，他却说："莫斯科不会是永远的黑暗，就算在这最艰难的时候，我也要为它亮起哪怕最微弱的一缕光！"

终于，在一个夜里，敌机扔下的一枚炸弹击中了科拉夫的房子，他也因此殉难，他的家那一夜燃烧成莫斯科最亮的地方。当他的事迹传遍全城，所有的人都被感动都被震动了，每个夜里，千家万户都亮了起来，虽电力中断，却仍有蜡烛的光芒可以点亮全城。科拉夫被人们葬在敌人较少的东郊，而且常有人在夜里潜出城去，在他坟前点起一枝蜡烛。

那个送蜡烛的人对克利特说："科拉夫的一枝蜡烛，点亮了整个莫斯科，也点燃了所有苏联人的希望和信心！”

克利特说：“不，他的蜡烛还点燃了一个德国士兵冰冷绝望的心，我相信，它终将点燃这个世界所有人向往和平的心！”

克利特回国以后，将这个故事讲给了许多人听。而且，自那以后，每个晚上，克利特都会在窗前点亮蜡烛，直到它燃烧起一个个崭新的黎明！

比良知柔软，比金钱坚硬

文/包利民

德洛克是美国阿肯色州的一个黑人青年，和许许多多的黑人一样，他在歧视与暴力中长大。他长得颇为高大健壮，满脸的胡须，脸上还有一道斜斜的长疤，令人望而生畏。最可怕是他那一对拳头，极大极硬，也是布满了疤痕。

十八岁之前，德洛克几乎都是在打架中度过，他打所有他看着不顺眼或者是看他不顺眼的人，那样的时刻，他有一种说不出的快感。他甚至开始了抢劫，在漆黑的夜里，劫单身的行人或过往的车辆，也不为钱财，只是想揍人。直到十八岁生日的那一天，生日对于他来说也只是一个平常的日子，没有任何特殊意义。不过他却记住了自己的生日，因为父亲曾告诉过他，母亲就是在他出生那天死的。

就在那一天，德洛克在街口上闲逛，已近黄昏，不远的草地上一个七八岁的白人小女孩正在追赶着一只皮球。德洛克的心情有些无由的慵倦，便倚在墙上看着小女孩出神。这时，几个十六七岁的小青年互相追逐打闹着奔跑过来，他们呼啸而过，其中一个将小女孩撞倒，另一个一脚将皮球踢上高空，小女孩倒在地上大哭起来。德洛克大怒，他猛虎下山般冲过了过去，一拳将一个人打得趴在地上，其余几个人见状，全围了过来，可在德洛克的铁拳之下，他们很快被打得落荒而逃。德洛克犹豫了一下，伸手将小女孩抱起来，然后走过去把皮球拾起递到她手上，小女孩破涕为笑，德洛克的心底蓦地涌起一阵温暖。

这时候，一个妇女急急地从远处跑过来，一见德洛克抱着小女孩，立刻变了脸色。因为这附近没有人不认识德洛克，没有人不知道他的名声。这个妇女身子有些发抖，叫了一声："露丝，快跟妈妈回家吃饭吧！"小女孩对德洛克说："哥哥，妈妈叫我回去呢！"德洛克一愣，忙轻轻地把小女孩放在地上，小女孩伸出小手轻轻地抚摸了一下德洛克脸上的伤疤，转身向妈妈跑去。跑到妈妈身边，小露丝转过身说："哥哥，你的手好柔软啊！"德洛克两手摩搓着，忽然就觉得心里有什么东西一下子破碎了。

那一夜，德洛克几乎彻夜未眠，他把两手交叉于胸前，脸上的伤疤仿佛还残留着小露丝的指痕。那是他有生以来想得最多的一个夜晚，十八年积在心上的厚厚茧壳，在一个小女孩的轻触下而布满裂痕。

当太阳升起，德洛克仿佛脱胎换骨般，对着天地深吸了一口气，是的，这个生日让他获得了重生！有很长的一段日子，他挥舞着拳头去铲锄那些不平之事，也因此坐过几回短暂的牢狱。他逐渐地找回了良知，找回了正义的感觉。人们也开始重新去神视他，那个粗暴蛮横的德洛克不见了，一个勇于助人的德洛克出现了。当他搀扶起那些需要帮助的人，那些人感受到了他双手的温暖与柔软；当他痛击那些不良之徒，那些人体会到了他两拳的坚硬与无情。

德洛克的名声越来越响，一些有钱人见他身手如此了得，便纷纷找到他，想花重金雇他当保镖，或者让他去为他们打人。虽然德洛克一贫如洗，虽然他也知道金钱在美国社会的地位，可当他真的面对那么多的钱，他都断然拒绝，甚至挥舞拳头告诉那些人不要用钱来收买他！因为他是有良知的，即使给他再多的钱，他也不会去干坏事。人们都说，德洛克的双手，比良知柔软，比金钱坚硬。

后来，德洛克在别人的指点和帮助下，成了当地唯一的一名黑人警察，他对好人温和有礼，对坏人铁面无私，成了人们心中最值得尊敬和信赖的保护神。在他四十岁那年，有一次围追一伙毒贩，激斗中中弹身亡。出殡那天，小城中的人几乎都去为他送行。在他的墓碑上，就刻着那句"比良知柔软，比金钱坚硬"，旁边是一双粗糙的大手。

其实，比良知柔软的，比金钱坚硬的，并不是德洛克的双手，而是他重新拾回的美丽心灵。能拥有这样的心灵，便可坚破千难、柔纳万物，如此，人生自可无愧，生命自可无悔。

痛苦可以使你远离地狱

文/包利民

那是一个深秋的夜晚，老约翰夫妇刚刚睡下不久，便被一阵急促的敲门声惊醒。老约翰披衣来到院子里，敲门声还在持续，他打开院门，门外站着一个年轻人。

老约翰吓了一跳，面前的这个年轻人脸色苍白，极长的头发凌乱地披散在脑后，身体颤抖着，眼中射出阴冷的光。老约翰强自镇定了一下，问："我有什么可以帮助你的吗？" 同时他用眼睛的余光寻找着可以防身的东西。那年轻人嘴唇哆嗦着说："你可以给我一些盐吗？"老约翰颇感意外，以为自己听错了，问："什么？"年轻人说："盐，我需要一些盐！"这时，老约翰的夫人也走了出来，看见这个年轻人也是吃了一惊，老约翰对她说："亲爱的，这个年轻人需要一些盐，你去给他拿来！"

当那年轻人拿了盐蹒跚着远去后，老约翰夫妇回到房中却是睡意全无，于是讨论起这个年轻人来。在这里住了几十年，他们还没有遇见过深夜来讨盐的，而且那个年轻人看起来又是如此让人恐惧。他为什么只要一些盐呢？两人猜测了半天也没有个结果，最后老约翰笑着说："也许他正在家里烤肉，碰巧没有盐了！"

大约半年后一天下午，老约翰夫妇正在院子里侍弄花草，这时，从门外径直走进一个人来。约翰夫人抬头一看，立刻认出了正是去年来讨盐的那个年轻人，不过此时他比过去穿得更糟糕，目光依旧阴冷。老约翰立刻起身打招呼："你好！孩子，欢迎再次光临我家！"那人愣了一下，问："我来过这里吗？"老约翰微笑着说："当然，去年你在一个夜里来要些盐！"年轻人的眼中闪过一丝痛苦，老约翰说："我的孩子，我看你现在的样子好像是有些麻烦，来，坐下来吧！”约翰夫人很快地端来牛奶和面包。

年轻人狼吞虎咽地吃喝完毕，说：“我叫凯瑟。无业，无家，得不到政府的救助，靠乞讨为生！”老约翰问：“为什么不去找一份工作呢？”凯瑟垂下头，说：“知道去年我为什么来你家要盐吗？”老约翰夫妇摇摇头，凯瑟挽起了衣袖，老约翰夫妇倒吸了一口冷气，只见他的双臂上，纵横交错地布满了伤疤！凯瑟缓缓地说：“因为那时我已经吸毒两年了。我是个孤儿，在贫民窟中长大，结识了一些不良青年，由此染上了毒瘾。后来由于没钱买毒品，便自己想办法戒掉。毒瘾发作时生不如死，我就用刀在胳膊上割个伤口，在疼痛中我可以好受些。后来，用刀割已经不能减轻毒瘾发作时的难受，于是我便往伤口上撒盐。可是，我连家都没有，到哪儿去弄盐呢？所以只好向别人讨要！”

老约翰想了想，问：“你现在的毒瘾戒掉了吗？”凯瑟点点头说：“已经彻底戒掉了，就算把毒品摆在眼前，我也不会有欲望了！”老约翰说：“那很好呀！你该感到快乐才对！”凯瑟黯然地说：“哪里有快乐？人们都知道我曾是一个瘾君子，没有人愿意雇用我，再加上那些白眼冷遇，反而觉得更痛苦了！”

约翰夫人给凯瑟递过来一条湿毛巾，擦过脸后，他的脸上透出血色来。老约翰说：“孩子，痛苦不一定就是件坏事。你看，你用刀子割伤自己的痛苦，使你远离了毒品的深渊。同样，精神上的痛苦也能使你远离地狱，只要你不在痛苦中麻木，就会找到属于自己的天堂！”凯瑟闻言垂头良久，老约翰拍了拍仓皇肩说：“我儿子曾是一名警官，在办案中殉职。我们夫妇俩也曾痛苦过，可是这痛苦却使我们骄傲，从而更要好好地活着珍惜这骄傲。孩子，我有一些朋友，或许他们愿意雇用你！”

凯瑟离开的时候已是满眼的泪水，出门后他把怀中的一把利刃远远地抛了出去，他来这个院子，原本是打算抢劫的。几年后，通过努力，凯瑟已经是本地一家大公司的高级职员了。他常常来到这个院子，和老约翰夫妇共度美好的时光，他向对待父母一样对待他们，因为是他们使他有了新的生命。他曾对老约翰夫妇说：“是你们让我找到了属于自己的天堂，我永远爱你们！”

生命中的花溪潺潺

文/包利民

皮尔斯十二岁那年成了孤儿，父母在一场车祸中双双身亡，从此，他便开始了一个人的生活。无情的车轮不仅夺去了双亲的生命，也碾碎了他美好的少年时代。

于是在这座德国北部的小城中，大家常常能看见这样一个小孩，他面色阴沉，眼中射出冷冷的光。是的，皮尔斯开始憎恨这个世界，憎恨每一个人。那些日子，他不去上学，整日里东游西荡，欺负那些爱笑的小同学，给别人的汽车轮胎放气，夜里投石头去打路灯，他用种种极端的行为去发泄愤恨。

就在这个时候，一个爱管闲事的人出现了。那是一个六十多岁的老妇人，当地人都叫他琼丝太太，颇受尊敬。琼丝太太第一次闯进皮尔斯的生活，是在皮尔斯痛殴一个小男孩的时候。琼丝太太当时对他说："这么可爱的小男孩，你为什么要打他呢？"皮尔斯说："因为他总是笑！"琼丝太太惊讶地问："笑有什么不好吗？"皮尔斯冷冷地回答："因为我不喜欢笑！"琼丝太太弯下腰，抚着他的头说："孩子，笑是心上开出的一朵花，是美丽的，你也要常笑啊！"皮尔斯一把打开琼丝太太的手，转身飞快地跑了。

没想到，这个琼丝太太竟然缠上了皮尔斯，经常是在皮尔斯做坏事的时候突然出现，唠唠叨叨地讲一大堆废话，这让皮尔斯极为恼火。有一天他悄悄地跟踪琼丝太太，知道了她家的位置，于是夜里便潜了过来。他本想扔石头砸玻璃吓吓这个令人讨厌的老太太，忽然发现她家的门顶有一盏极亮的灯，于是立刻改变了主意。他一扬手，石头飞出正中那盏灯，灯灭了，传来一阵碎片落地的声音。

皮尔斯有些兴奋地躲在黑暗中观察着，琼丝太太出门来了，她抬头看了看，便回屋里搬出一只凳子，颤颤巍巍地踩着凳子更换灯泡。一会儿工夫，灯又亮了。皮尔斯又捡起一块石头，想了想觉得这样容易暴露，便停了手。第二天夜里，皮尔斯又来到琼丝太太的门前，轻易地打碎了那盏灯。而琼丝太太依然像昨晚一样，艰难地换上了另一只灯泡。这一下激起了皮尔斯的斗志，心说我天天晚上来，看你能坚持多久。

于是一场拉锯战开始了，让皮尔斯不解的是，这个老太太家里到底预备了多少个灯泡？终于，在第十二天的夜里，当皮尔斯打碎灯泡，琼丝太太更换时，被残留的玻璃划破了手，并从凳子上摔了下来，挣扎了半天也没能爬起来。皮尔斯一见祸惹大了，转身欲逃，却听琼丝太太叫他："皮尔斯，你过来一下，我知道是你！"皮尔斯犹豫了一下，还是硬着头皮走了过去。

琼丝太太对他说："我屋里有灯泡，快去拿来帮我换上！"皮尔斯还在犹疑，老太太说："快去呀！你想让我控告你吗？"当皮尔斯换上灯泡，琼丝太太才在光亮中艰难地站起来，她不顾手上的伤，对呆立着的皮尔斯说："你以为我每天换灯泡是为了和你较劲吗？我可没糊涂到那个程度。你看，这段路上没有路灯，夜里经常有车经过。你还记得你父母吗？他们就是在这条路上被车撞到的，那以后我就在门顶安了这盏灯，我不想再有人被车撞到，也不想再出现你这样的孩子！"

那一刻，皮尔斯的心里轰然一声，忽然就落下泪来。是的，琼丝太太对他所做的每一件事，都潜移默化着他的心灵，只是他不愿去面对不愿去承认。那一点一滴的关爱，就如雨水般浸润着他干涸的心田，又如春风浸润他心底的坚冰。就在这一瞬间，心田开出了花朵，坚冰融化成清溪。他知道，在这清溪花影之中，生命中的美好自此长流不绝。

我的另一支翅膀在哪里

文/包利民

迪卡娅是一个十二岁的小女孩，长得极乖巧可爱，她和母亲生活在一起。她没有父亲，在她两岁的时候，父亲便弃她们母女而去。起初，她并没有觉得有什么不同，因为母亲很爱她，她觉得很幸福，和别的孩子没什么两样。

直到有一天，在课堂上，老师对她们说："瞧你们多可爱，每一个孩子其实都是天使！"有同学问："那我们为什么没有翅膀呢？"老师笑着说："你们的爸爸妈妈就是你们的两只翅膀，有了他们，你们才能自由地飞翔！"教室里一片欢腾，只有迪卡娅黯然垂头，她忽然意识到，自己只是一个少了一支翅膀的天使！

那天回到家，迪卡娅问妈妈："妈妈，我是天使吗？"妈妈笑着说："你当然是天使了，是我最可爱的美丽小天使！"迪卡娅说："老师说，我们的翅膀就是爸爸妈妈，可是，我的另一支翅膀在哪里呢？"这是一直以来她第一次和妈妈说起爸爸，以往她看到别的孩子有爸爸，都从来没有问过妈妈。妈妈沉吟了一下，抚着她的头说："迪卡娅，你听妈妈说，有些天使并不是生来就有一对翅膀的！"迪卡娅好奇地问："为什么呢？为什么上帝不给她们一对翅膀呢？"妈妈说："我的孩子，那是因为上帝最喜欢那些天使，所以只给她们一支翅膀！"迪卡娅愈加迷惑，问："上帝既然那么喜欢她们，怎么还让她们残缺呢？"妈妈低头亲了亲她的小脸，说："因为上帝给的翅膀不够坚强，只有自己在世界上寻找到的翅膀，才是最美丽而且有力的！"

迪卡娅若有所思地点了点头，问："那我该去哪里寻找另一支翅膀呢？"妈妈说：

“那是需要用爱去交换的！你对别人付出一份爱，别人就会回报你一根羽毛，当你付出的爱足够多时，你的翅膀也就找到了！”迪卡娅搂着妈妈的脖子亲了一口，高兴地说：“哦，我明白了，我要开始寻找另一支翅膀了！”

从那以后，迪卡娅仿佛变了个人般，出门时遇见收垃圾的，她会伸出小手帮忙，有时还举着伞为街头卖冰点的人遮凉，常常搀扶着老人过街道，帮助小同学补习功课，她轻盈的身影跳跃在身边的世界中，把一份份纯真的爱送给每一个人。而人们也都极喜欢她，亲切地称她为爱心小天使。她收藏着每一个人给她的微笑、给她的关爱，采撷着每一份感动每一次温暖，她知道这都是五彩斑斓的羽毛，她要用自己的爱把这些羽毛编织成一支最美丽的翅膀。

长大后的迪卡娅成了一名护士，在医院里，她是最受患者称赞的人。后来，她去非洲做了一名志愿者，在每一个难民营里，她都把最美丽的微笑和最温暖的心奉献给那些流离失所的人。在那片土地上，人们也称她为天使，因为她总能把阳光和希望带给他们。

迪卡娅一直留在非洲，不怕苦累，那年的圣诞节，她给远在美洲的妈妈寄去了一张明信片，上面写着：“妈妈，我找到了自己的另一支翅膀，我现在终于是一个真正的天使了，永远感谢你，亲爱的妈妈！”

捧着女儿的卡片，妈妈看着女儿从小到大的照片，脸上带着微笑，在那些温柔的笑纹里，盈盈漾满着温暖的感动。

铁路尽头是我家

文/包利民

烈日当空，我们在铁路旁挥汗如雨。在这里已经干了快半个月了，活很累，要改造一段铁路，偏离原来的路基三百米重建，这段需要重建的铁路长约十公里。由于这里远离城镇，而且因为种种原因，一些制备无法进来，所以有些活就要全靠人力完成。那些日子，我们流的汗能打湿那片土地。

那是1996年的夏天，我在吉林的一段打工经历。现在回想起来，那些苦累的感觉都已淡漠，却有一个人深深地记在心中。那是一个十七八岁的小伙子，他叫李凡，和我搭伙的，就是抬枕木什么的都是我俩在一起。这个脸上还有些稚气的小伙子，却已经出来打工三年多了，闲暇时我问过他为什么那么小就出来，怎么不去念书，他说，穷。就这一个字，便是全部的原因了。

那时最累的活就是抬枕木，两人一组，一根水泥枕木有250公斤以上。我和李凡一组，我们两个都挺有劲儿，抬起来走得飞快。可是有一天却出了事。在施工现场附近有一个小村子，村里的家禽牲畜什么的就时常跑到工地上来。那一天我和李凡抬着枕木正奔走如飞，我们一前一后，有一根木杠抬着枕木，步调配合得极默契。这时走在前面的李凡就猛地停住脚步，由于他停得太突然，我向前又冲了一步才停下来。这时，枕木的前端便从绳套中滑出，重重地砸在李凡的脚上。

李凡的脚血肉模糊，我问他怎么就忽然停住了，他说有一群小鸡在脚前面，他怕踩到它们。我抱怨说，你不知那样自己会受伤吗？他却说他眼里那时只有那些小鸡，真是傻得可以。我们把他送到最近的镇上去治疗，他的脚弓被砸断了。回到工地上后，和别人搭伙，干活时却再也找不到当初那种默契的感觉。后来又过个近一个月，李凡竟拄着一根拐杖来到工地上。他是来向我们告别的，他要回老家去了，等伤全好了再出来。

坐在铁路旁的一个高冈上，他望远方，铁路向北伸延着。良久，他说："这铁路的尽头就是我家。一直向北，铁路到头了，有个叫乌伊岭的地方，我家就在那里。"我向北方望去，远处迷蒙一片。他又说："你一定笑我傻，为了几只小鸡把自己的脚砸坏了。我在修铁路的时候，每天都会想起铁轨那一头的家，想起我妈。我家原来的房子很破旧，歪斜得不成样子，外面的墙用木头支着，才不倒。可是有一天却倒了，当时我妈正在房子里，她本可以快速地跑出来，可她却想起了炕头上孵蛋的母鸡，便过去把母鸡连同孵蛋的筐都抱起来。刚跑到门口，房子就全倒了，我妈的一条腿被砸在下面。我知道我妈会那么做，因为那只母鸡和那些快出壳的小鸡，是我们全家的希望。"

我一时无语，忽然就明白了李凡为什么一见那些小鸡就忽然停住脚步，他那时一定想起了妈妈，想起了家中的灾难。他走时笑着对我说："等我好了再出来打工，希望咱们还能碰到一块儿！"

十几年过去，我们却再也没见过面，可是每次坐火车时，都会想起他，想起他在铁路最北端的家。那时他常说他离家再远也觉得很近，因为有一条铁路连着。而现在忽然明白，他觉得离家很近，其实是因为他的心从没有离开过。也正因为如此，天下的游子遥望故乡的方向，就像看到了最温暖的那扇窗，最慈爱的那张脸。

药瓶上的鲜花

文/包利民

她离开家的时候，心里是盛装着恨的。虽然才十七岁，她的心上却已历经了太多的风霜。母亲早丧，父亲一直不喜欢她，只因为她是女孩。如果只是平常的打骂，她也就认了。可自从父亲在城里做买卖被骗，赔进去全部家当之后，就变得有些疯疯癫癫了，时好时坏。犯病的时候，便揪住她的头发，抄起身边的任何东西往死里打她。

那几年之中，她到底挨过多少次毒打，已经记不清了，到得后来，她连眼泪都没有了。父亲正常的时候便是沉默，常常抱着母亲的照片流泪。也许正是因为这一点，她才在心底对父亲保留着最后一丝好感。让她彻底绝望的，是第一次恋爱来临的时候，当时村里的一个小伙子对她心生好感，常来找她闲聊。有一次却被父亲撞见，那一次，她的一根手指硬生生被拗断。虽然父亲清醒后抱着她大哭，她却觉得心终于冷透，没有一点温度。

每次挨打，都在她心中埋下了一粒仇恨的种子，如今，所有的种子都破土而出，疯长成一片痛苦与冷漠的森林。在逃离的路上，她一眼也不想回望，这个地方，她是永远不会再回来了。在远离家乡的城里，她却承受着生活的另一种艰辛。这些她都不怕，只是有时梦里见到父亲狰狞的脸，醒来之后，往事便蚕一样噬咬着她的心。

她决定到南方去，觉得离家越远，痛苦也应该会越淡吧！只是她没有想到，又一场噩运向她袭来。还没等出省，她就被同行的阿姨卖到了省内一个边远的山区，成了别人买来的媳妇。她拼死反抗,不让那个男人碰她,他们便把她锁在屋子里,等时间长了她就会绝望,就会认命。她在黑屋子里欲哭无泪,回想自己短短的一生,竟然没有一天快乐的时光,这样活着,还不如死了干净。她在屋子里找到了半瓶农药,一口气喝尽,便等着死亡的来临。

她被发现时,已经只剩下一口气了。那家人惊慌之下,将她抬出门,悄悄地扔在山外的公路上,任其自生自灭。她是幸运的,有过往的车辆把她送进了医院,被抢救了过来。只是,她的幸运也只是让她活着忍受更多的痛苦。她中毒很深,虽然保住了命,却不一定能完全复原。当地公安机关辗转将她送回了家乡,看着这曾经熟悉的一切,想着离开时不再回来的决心,她的心已疼得支离破碎。

姑姑从城里赶来照顾她,她没有看见父亲,那份熟悉的恐惧仍在。姑姑对她说:"你走的这两年,你爸的精神病再没犯过,放心吧孩子,他不会再打你了!"她闭上眼睛,却是清醒的痛苦,那些过往,是无法淡忘的。那些日子,她整日躺在炕上打吊瓶,每一天都要打上好几瓶药。有时她看着地上那许多空药瓶,就会想,如果当初要是一满瓶农药,自己早就解脱了。幸好父亲没有回来,这让她忐忑的心多少有一些平静。

有一天早晨,她睁开眼睛,看见窗台上地上整齐地摆着那些空药瓶,而瓶中,插着一束束新鲜的野花!满屋的药味淡了许多,多了一份馨香,一份灿烂。她问姑姑这是谁采来的花,姑姑说:"当然是爱你的人了!"她的心一动,那份早已逝去的爱情忽然又掠过心底,她想起了那张年轻的脸。

每一天的野花都在更换着,开得红艳艳一片,她怔然望着远远的窗外,野地里的花又开了,而自己的花季,却从没有灿烂地绽放过。

那个凌晨,她被一阵水声惊醒。天才刚刚放亮,她吃力地坐起来,向院子里望去。她的心猛地一跳,看见晨光之中,父亲正在吃力在水井边打水,然后狠命地洗涮地上的一堆空药瓶。在他的身旁,放着许多刚刚采来的野花。

那一瞬间,她心里那一片痛苦的森林,忽然就千树万树地开满了花。在父亲的白发与佝偻的身影里,她看出了一种撞痛她的心的痛悔与爱意!她的眼泪终于淌下来。

阳光轻柔地洒进窗子,有风盈然,满室的鲜花摇曳着一片深情,她终于在苦难的生活之中,嗅到了命运的芬芳。

祝福是穷人的珍宝

文/包利民

第一次踏进这个叫里洼的小山村，它的闭塞与原始着实让我震惊。虽然早已有了心理准备，可当这一切呈现在面前，我还是有着猝不及防的震撼。这里没有电，小村远处深山之中，没有公路，只有一条小道曲曲弯弯地通向遥远的山外。平时的用水要从山腰处的一个泉眼里担回，甚至村民都上山砍柴，这似乎是只在书中才能一见的情景。

学校在山脚下，距小村有一里左右，原是一座土庙。到了这里，才知道，原来的教师已离去，学生们已经停课一个多月了，我是此处唯一的老师。当时已是冬天，漫山的雪将一切装点得纤尘不染。我夜间就住在小小的办公室里，燃着旺旺的炉火，听着外面的北风吹过山林，有一种天遥地远的感觉。第一天的夜里，好容易迷迷糊糊地睡着，却被一阵响动惊醒。侧耳细听，仿佛是有人走在雪地上发出的咯吱声。我从门缝向外望去，有两个黑影在不远处晃动着，顿时紧张起来。临来之前，有人就曾对我说过，这里的人极贫穷，而且野蛮至极，外边来的人很少有不被他们打劫过的。我一阵心寒，抓起一根柴棒，竟是彻夜未眠。

后来才得知，村民是怕我一个人刚开始住在那我那儿害怕，所以才轮流在外面为我守夜的。那一刻，巨大的感动充盈心间。慢慢地发现，这里的人们朴实可爱，他们会听我讲山外的事听得入了神，一脸的惊讶与疑惑。我发给他们的普通香烟，他们舍不得抽，把玩很久才夹在耳朵上。那时我就会想，也许外边关于这里的传言，也许不是真的吧。

转眼间新年快到了。村民都拿着红纸让我写对联和福字，那红纸颜色极黯，不知是收了多少年的。新年的一大早，我一推开房门立刻愣住了，门前摆放着许多斧头，大大小小的有几十把。一瞬间忽然记起，报纸上曾报道过关于这个村子的一个消息。两年前，一个扶贫工作组进驻这里，过了没几天被村民们手持利斧砍了出来，致多人受伤。一时间看着斧头在雪地上闪着寒光，心中不禁忐忑。

在村口遇见一个老大爷，我和他说了这件砍人的事。他告诉我，当初的那个工作组不仅不帮人们脱贫，还白吃白住，最可恨的是，还把村里的一个姑娘糟蹋了，才导致人们群起而攻之。老大爷狡黠地看了我一眼，说："你是不是见到门前堆着那些斧子才问这个的？孩子，在我们这儿，新年的早晨把斧子放到别人家的门前，就是送福，谁家的斧子收得越多，就说明这家最让人尊重！"我一下子明白过来，不禁为自己刚才的疑虑而惭愧，同时心中涌起一阵温暖。

年三十的夜里，我用一只麻袋装起那些斧子，悄悄地在每家门前放上一把，心里暖暖的，仿佛春风一夜间已吹得内心深处春暖花开。

半年后我离开了里洼村，怀着心灵被洗礼过的纯净与感动，把自己最诚挚的祝福送给那些可爱的人们。是的，除了祝福，我什么也不能留下。我永远会记得门前那一堆斧头，记得他们给我的最朴素的祝福，那一份沉甸甸的情谊，就是他们最闪亮的宝贝啊！他们虽然贫穷，却又是那么富有，在这个物欲横流的世界上，不染尘埃的心比什么东西都弥足珍贵！

洪烛作品

母校的女孩

诺言

文/洪烛

京津是第一个喊我叔叔的小孩，所以我一直记得他。

第一次见到京津时他刚刚五岁，还属于喜欢玩水枪和电动火车的年龄。那时我也不过是个高中生，到同学阿强家去玩，刚走到楼梯口，头顶的阳台上便有一束水线射来，随之而起的是一个小男孩得意极了的笑声。“瞧我们中了埋伏。”阿强尴尬地擦去脸上的水迹，指了指阳台上探头的小枪手：“我姐姐的宝贝儿子，叫京津。”

我最初一直错误地听成晶晶，许久以后京津让我帮他做数学题，我才发现他的名字在作业本上的真实的写法。“我爸爸以前是天津人。”他懂事地给我解释着。这都是后来的事了。

我们推门进去，小男孩背着手站在客厅里，规规矩矩地笑着，似乎带着点歉意。京津是阿强的侄子，也就很聪明地主动喊我一声叔叔。喊完之后，仿佛想从称谓里索取点什么，有恃无恐地向我扑来，要我屈起胳膊，让他吊一吊。

我家里没有辈分更小的孩子，第一次听到有人喊我叔叔，心弦似乎还颤了一下。要知道，那时我还处于喊别人叔叔的年纪呢。由于那一声童音，我感觉到时间的变化和自己的变化。为了更像个叔叔，我让京津骑到脖子上。他兴高采烈地拍着我脑袋：“驾！”我差点累得喘不过气来。我弯腰把京津放到地上，他凑近我的耳朵：“你比我叔叔好，他从来不陪我玩。”同时指指阿强走进书房的背影。

我刚在沙发上坐下来，京津顺势骑上我的膝盖：“叔叔，你是干吗的？”我漫不经心地糊弄他：“开飞机的。”京津吓了一跳，从我膝头滑下来，退后几步看着我：“你真是开飞机的？”

那天我正好穿了件皮夹克：“这是飞机服，见过吗？”京津怯怯地吮着手指：“见过。小人书里见过。”我见他真信了，愈加夸张起来：“这是飞机的钥匙。”我抖了抖手上的自行车钥匙串。

“去去去，大人在说话。”阿强不耐烦地呵斥京津，京津不满意地冲他做个鬼脸，不太情愿地退出了客厅。然后我就暂时忘掉他了。

那天我走得晚，阿强替我打开门锁，有人从后面扯我衣袖，一回头，是那个叫京津的小男孩。“叔叔，你开的是哪种飞机？”我愣住了，一下子又想起来，发现小孩子手上捏着本小人书，是写志愿军飞行员的。“我开的是鬼怪式。”我随手在小人书上点了一下，就转身下楼梯。身后传来尖厉的童音：“你骗我！那是美国鬼子的。”

下次去阿强家，京津果然不怎么提飞机的事了，斜着眼睛看我。我想这孩子再也不相信我了。

后来还是我主动扯起了那个话题。好像因为京津把电动火车玩坏了，阿强骂他笨蛋，还打了一下，京津坐在地上哭开了。越哄他越哭得凶，阿强不耐烦地到旁边房间看电视了。“京津别哭，我带你坐飞机。”我觉得孩子的哭声确实刺耳。谁知他居然停住了，又一撇嘴：“你开的是美国鬼子的，我不坐！”哟，没想到他一直以为我真有一架鬼怪式。

“那是缴获过来的。”我继续哄他，“可以坐两个人，上面还有机关枪，下次我带你兜一圈。”

“但是我晕车呀！”京津颇有点替自己担忧的意思，他脸上泪还没干呢。“没关系，开得低一点就不晕了。”我安慰他。“叔叔你真好！”京津满脸感激，“你要是我亲叔叔就好了。”说到这里他居然叹一口气。听到那声不像是发自孩子之口的叹息，我心里怔了一下。

以后每次见到京津，他总显得那么亲热，甚至有点讨好的意思。对待我和阿强，他采取的是两种态度，我感到一个梦对一个孩子所具备的吸引力。“小家伙挺记仇的。”阿强无可奈何地对我说。

京津每次都要我带他上天飞一趟，语气恳切，简直使我难以拒绝。我只得编造各种各样理由，诸如飞机停在单位的楼顶上了，或者螺旋桨坏了，正找人修呢。京津并不失望，居然什么都相信了，我说的任何话他都愿意相信。“没关系的！他居然反过来安慰我。谎言造得越来越大了，越来越天衣无缝了，我反而觉得更难对待面前这颗毫无设防，也不懂得怀疑的童心。

后来到外地读大学，家乡很多人和事都淡忘了。暑假去找阿强，是京津给我开门的：“啊，开飞机的叔叔！”他满怀希望向我扑来。

没想到一个孩子在一年未见之后还能记住我，听见他熟悉的叫声，我确实有几分感动。“太好了，你是来接我的吗？”京津仍然要我屈起胳膊，让他吊一吊，“我叔叔说你一直在外地开飞机呢。”想不到阿强也学会哄孩子了。

“京津，我跟你叔叔好久没见，有好多话要说，说完了再领你去坐飞机。”我拍拍京津的脑袋，他乖乖地退了出来。在我和阿强抽烟、聊天期间，他好几次探了探脑袋，眼睛里闪烁着钦佩和感激。他可能觉得开飞机的叔叔样子真潇洒，或者为自己的梦想马上就要实现而激动得要命。

我和阿强准备出门，刚站起身，阿强神秘的摆摆手：“我们悄悄从走廊出去，别让京津听见，这孩子越来越会闹了。”走到楼下推自行车时，京津追了出来：“叔叔别走，你还没带我坐飞机呢。”阿强的姐姐跟出来拉住了他：“叔叔有重要的事要办。”京津死劲挣扎着，眼泪流了出来，希望我改变主意：“我不管，我要坐飞机！”

阿强翻身上车：“来不及了，咱们快走吧。”京津那饱含泪水而又充满乞求的眼睛使我不敢直视，我埋头蹬车走了。身后京津哭喊着“叔叔，带我坐飞机！”我这时才意识自己对一个孩子欠下了一笔怎样的债！

从那以后，我一直在外地生活，再也没见到京津了。我想再过几年，京津也该长成个小伙子了，会有其他孩子叫他叔叔的。他是否会想到，自己开飞机的叔叔这么些年一直默默无闻地生活着，并为自己未能兑现的诺言而愧对着一颗童心；他是否还记得，自己曾经有过为一架并不存在的飞机，为一个梦而哭泣的时候。

初恋无故事

文/洪烛

我所谓的初恋仅仅和蓉这个名字有关。当时我也不知道这就是初恋。这个通俗且容易重复的名字对于我代表着什么，除了那么一位具体生动的人物之外，还概括了一小段心灵成长的过程。总之我记住了她，并且念念不忘，等到我懂得了什么叫作爱情的时候，就把她当作初恋的对象来看待。可见这个名字对我一生的重要程度。

蓉是我高中时代班上的女孩。那时候我是个容易自卑的男孩，蓉的光芒常常使我抬不起眼睛。我一向是在远处不易察觉地端详她的，我很希望这是一幅画，可以随身携带，随时打开。偏偏她是极活泼的，像浪花一样，我很有耐性地保守着秘密，生怕自己的心情被打湿。这为我忧郁、内向的青春埋下了伏笔。

蓉的课桌在我的侧后方，我上课时充分运用了自己的余光，影影绰绰地感应到她在那儿掀动书本，或埋头抄笔记。心里便很安详，像置身于幸福的氛围之中，一根针落在水泥地上的声音都能听见。偶尔，臆想到她有一缕视线不轻不重地在我肩头，便下意识地坐直了腰杆，深沉、庄重，尽可能体现出精神上的最佳状态。总之那一份朦胧、混沌的情感在心中岩浆般汹涌着，我反倒显得是被动的了。初恋的美丽就在这里。在于你无法驾驭它。

一切开始于一个平淡的晚上，我在家中台灯下做枯燥的作业，为试用新买的钢笔，便在一张白纸上乱画。我出乎自己意料地写下了蓉的名字。那一瞬间我被冥冥之中的安排惊呆了。老早看过一本杂志上的心理测验，说大多数人在试新笔时，总是无意中写自己的名字，可我却写了另一个人的。而且是一个在此之前我觉得毫无联系的名字。我觉得周围或内心深处发生了一点什么。从第二天早晨开始，我真正地注意蓉了。她坐在我的侧后方，她喜欢穿一件天蓝的毛线衣；她桌上的课本像帆一样支起，她伏读的姿态自然、随意，似乎对一切都无从察觉，构成一个和任何人无关的世界。然而正是这个世界唤起我的好奇，带着新鲜的感觉想多看几眼。

母校坐落在梅园新村附近，门前是一条花树夹道的马路，放学的时候，蓉总和一位叫薇的女生结伴同行。我习惯于放慢脚步，远远地跟在后面，注视着她们的背影像两只快乐的舢板在人海里时隐时现，并且想象她们在谈论怎样的话题，蓉的披肩长发如夜色般笼罩在我心头。端详其背影比直接跟她打照面更使我放松，给笨拙羞涩的我留下了想象的余地。我想象着多年后跟她并肩走在大街上的情景，路畔的商店、建筑一定和此刻一样真实完好。我的青春有一半生活在幻想之中，这激发了对未来的憧憬，我自己给自己制造了太多的欢乐……蓉家住离校址不远的五芳里，一次放学，某个去过她家的同伴指着那幢青灰色的小楼，说二层有阳台的那个房间就是蓉家。他是无意中说的，我却记住了。每每路过时忍不住仰面望着那扇养好几盆红月季的窗口，设想蓉正在里面做什么，以及房间的摆设。毕业后我鼓足勇气去找过蓉一次，蓉礼貌地把我让进门时我惊讶了，家具布置得确实和我想象的差不多，我不知道究竟可能是谁影响了谁。

说来说去，还没较多地讲述蓉本人呢。蓉当时在学校里是引人注目的，经常有高年级的同学给她写信。做完广播操大家散场，蓉看见传达室门外的黑板上写有她的名字，就有点拘谨地进去取信。班上的女生议论："信封上肯定写着'内详'。"这一度引发着我的嫉妒和恐惧。我想我如果再不帮助蓉爱上我的话，她恐怕就会投靠其他的男孩了。于是我反复辨别着蓉对我的态度，擦肩而过时她的眼神似乎蕴涵着一点什么——它们曾给我带来过一整天的兴奋与回味。

我下定决心，准备在蓉心中的舞池登台亮相了。我讨厌写信表白，觉得那是躲在幕后的怯弱；然而我更不敢当面跟蓉说，在她清澈的目光下我会冰块一样融化的。我选择了校园里通行的递纸条的方式。常常是前一天晚上在家里事先裁一小条白纸，认认真真地写上一行——关于纸条的内容已淡忘了，准备第二天夹在作业本里或直接塞给她。上课时我用余光扫视着侧后方蓉的身影，一遍遍的脸红、心跳，然而课间休息的铃声一响，就打消了我的所有勇气。就这样，一张线条在口袋里被揉皱了，我又另写出更洁净的一张，字迹依旧那么工整，然而没有一张最终栖落在蓉纤巧的掌心。

然后就是匆促紧张的高考，然后就是母校门口的依依挥别，然后的许多年我奔波于外省，多思善感的青春时光却又浮云般易逝。我的初恋就像梦一样一直未在阳光下公开。那明眸皓齿、步态婀娜的南方女孩蓉，是否意识到有个男孩曾无数次在白纸上涂写她的名字以及自己在别人梦中的存在，也不得而知。甚至，蓉的下落，蓉的今天——是否如昨日一般清新美丽，也不是置身市声尘嚣中的我所能想象。蓉留给我最深刻的印象就是她的背影，披肩长发如夜色般笼罩在我心头。初恋的故事很快就完了。初恋又仿佛从来没有故事。

母校的女孩

文/洪烛

一个女孩，我在武汉读大学时认识的。她比我低一年级，法文系的，老家杭州，但长得像新疆人。以致有好多男生向法文系的熟人打听“你们系的那个新疆女孩叫什么名字？”在我们那个时代，夸一个女孩像新疆人，就等于夸她漂亮。

有一年我过生日，孤独得在校园里直转悠，就想找个人喝喝酒。蓦然看见她背着书包、头发一甩一甩地从听力室出来，我差点要击掌了：这不有现成的吗？来不及多想就笑容可掬地迎上去：“今天我过生日，你有空陪我吃顿饭吗？”女孩似乎并没觉得我冒昧，相反还为我的勇敢所感动，什么都明白似的笑了：“可是我没给你预备礼物呀？”我心花怒放：“你来，就是礼物了。”

在体育场边的周记餐馆里，女孩颇体谅人地点了几道廉价的川味大众菜，并特意叫了瓶桂花酒。她边斟酒边把灿烂的脸孔转向我：“这瓶酒必须由我来付账。”那晚上我和女孩说了好多话，具体说的什么，却想不起来了。只知道第二天我们在校园里路遇时，已默契如一对老熟人，心有灵犀地一笑。

某日晚上有人敲门，我正在伏案写稿，抬起头来：是她。这是她第一次到我宿舍来。同屋的男生都用惊讶且艳羡的目光看我。我连忙把她拉到走廊。“没想到吧？”在灯光昏暗的走廊，她用含笑的眼神看我（这该叫作凝视吧），停顿片刻，“我是来跟你借自行车的。”我从钥匙串上取下车的钥匙，像个傻子般手忙脚乱——她今天换了件蓝色的连衣裙，让人晕眩。直到她高跟鞋的足音消失了很久，我还在玩味着她眼睛里的笑意:很特别,没准对我有点意思吧?

好长时间没见到她了。在食堂里遇见跟她同寝室的女老乡，拦住我:“小檬急性胃炎,住院了。让我转告你,有空去看她。”我把饭碗塞到她手里,掉头向校医院跑去。女孩正靠在病床上无聊地听耳机呢,我面红耳赤地冲到她面前,又没话说了,讷讷地在床边的凳子上坐下。我们就这样互相看着。我不知该怎样安慰这个美丽的病人。后来又有两个穿风衣的男人拎着一网兜水果罐头来探视她,我起身告辞,她拉住我袖子:“听说桂园的花开了,我没法出去看,你下次来时给我采一点。”当天晚上我乘天黑采了一大捧黄澄澄的桂花,揣着去医院。好多年后她告诉我,那天夜里她的梦都是喷香的。

后来我来到了北京,在一家清贫的单位做小职员。一开始还老想着武汉的那个女孩,行云流水地寄一些抒情的信。后来为谋生的问题弄得焦头烂额,提起笔仿佛有千斤重，颇有点无颜见江东父老的意思。女孩再来信语气便有点幽怨:“你为什么不给我写信了呢？”让我怎么回答呢。我索性连这封信也锁进了抽屉里。

整整一年后又听见女孩的声音——而且是本市的电话。她说她就在离我约五公里的一家报社上班(不知她这是服从分配,还是自己选择的？),总之我们又呼吸在同一座城市里了。风把玻璃窗吹得哗哗作响。仿佛我们本身没变,只不过城市变了。人物没变,只不过场景变了。那么故事呢,故事站在城市一方,还是我们一方?

明天是女孩的生日。我便邀请她和另外几位校友来寒舍聚会,名副其实的“寒舍”:我一直在东郊的一个叫麦子店的村落租的农民房,无取暖设施,穷徒四壁。一群人坐在漏风的室内边跺脚边喝酒边聊天,女孩居然挺开心,说了一连串的笑话。我知道她是笑给我听的,她以笑声在默默地安慰失意的我、落魄的我。

元旦的太阳刚刚升起,女孩使劲仰着一张被风吹得红扑扑的脸敲开我的门,她冻得眼泪汪汪的。女孩凭记忆在这个松散颓败的村落里找我的房间,可村子里所有大杂院几乎都一模一样,低矮、破落,陈旧,铺煤渣的胡同也七拐八绕。一位穿着鲜艳单薄的服饰的公主,在这寒风彻骨的迷魂阵里足足转悠了半个小时,忍不住伤心地哭了。其实我每天下班返回时不也同样伤心吗?一位曾经目空一切的书生,居然落魄到寄居在城市边缘的贫民窟里,这就是生活。她忍不住扑进我冰凉的胸膛:“你怎么……惨到这种地步？”我知道她不是在责怪我,而是在责怪生活。可我怎么回答呢？我又能询问谁呢？我只能默默地推开她——像推开一个不该被我破坏其美感的梦,既然我无法保护你的圆满,就让我逃避你的光芒。你的光芒只会令我刺痛。爱情不是万能的,爱情无法挽救一个落魄男人破碎的梦想——反而会增添他心灵的债务。还是让我一个人用孤独和寂寞、用青灯黄卷的奋斗来拼接自己吧。

她坐在我铺着方格床单的行军床上。温顺而怜恤地凝视着我——但正是这种怜恤使一个男人的灵魂逃犯般无地自容。我说出去走走吧。

那是北京最冷的一个冬天。我兜里只有请女孩吃两碗面条的钱,无法给我们清贫的爱情提供温暖如春的屋檐。那一整天我们都茫无目的地在数不清的商店和公园里闲逛。那一整天女孩似乎都在陪我挨饿、陪我受冻,没有任何怨言。所以我感受到的是加倍的饥饿和加倍的寒冷。这就是我们大街上的爱情,这就是穷人的新年。太阳落山时我们正走在东直门立交桥上,回去时女孩萧瑟地一笑,把灿烂的面孔转向我:“我会永远记得1990年的元旦是和谁看日出和日落的。”我明白她的潜台词:她会永远记住我的。这是漫长的一天。这是我爱情帝国的落日。这是我和一个女孩温存而忧伤的告别仪式。

后来我和女孩的联系便少了。偶尔她会打个电话:“你过得好吗?” 我无言以对,转而问她:“你呢?”她便说一些在这座陌生城市的烦恼。我劝她:“你该找一个男朋友,能帮助你的。”“也许是吧。”她语气很幽远,我简直能遥感到她正心不在焉地望着窗外。只有一次,快挂电话的时候,她很特别地问我:“你总这样,不寂寞吗?”每一个字都浸透了关切, 我的血热了起来。我强迫自己用冷静的腔调:“寂寞又能怎么样?人生就要付出代价。”后来听说她谈了个男朋友。第二年她生日那天,我又邀请她和那几位校友来麦子店聚会。女孩来时身边跟着个高大英俊的青年。正好下大雪,麦子店白茫茫一片,有几只家犬在煤渣堆上吠叫,校友们便说:“真是个村子,有狗。”有人便劝我:“你不妨养一只嘛,陪你写诗,就不寂寞了。”她仍然坐在那张行军床上,整个下午话都不多,临走时只说了一句:“你怎么还一个人啊。”要哭了的样子。我连忙和她男朋友开玩笑:“小檬上大学就富于同情心,现在还这样。”她男朋友也说:“她心特软,我陪她看悲剧片时她老哭,手绢都湿透了。”

送客回来后我坐在床上,摇摇头,点一支烟。铺被子睡觉时忽然发现,方格床单上有一根女性的钢丝发夹,毫无疑问是她的,这是无意中失落的,还是特意留下来代表她的心意陪伴我、安慰我的?这是个谜。我仿佛读懂了她冥冥之中的寄托。女孩的心哟。

关于这个谜,我从来没有问过她。因为不久她就结婚了。这个谜也就没必要解开了。很多年过去了,女孩的消息越来越少了,有时我会凝视着那只滚烫的发夹,百感交集:女孩,让我对你说什么好呢?

母亲是游子的故乡

文/洪烛

这么些年来,在我心目中炊烟般袅袅升起的乡愁,最浓郁最无法割舍的一缕是属于母亲的。从 18 岁开始,我就多了一重古典气息浓郁的身份:游子。于是,我的爱常常只能从剪票口开始,到另一个剪票口结束——我常常只能借助一张创伤的车票来维系与母亲的联系。母亲是游子精神上的故乡。而故乡对于我,相当于被放大了的母亲的概念。翻开地图,看到长江中下游那座叫南京的城市,从内心的最深处感到温暖:我的母亲今天仍然生活在那里,在遥远的一扇窗口里做饭、晾洗衣物并且思念着她的儿子。这种时空无法阻隔的心灵感应,该算是一生中永不消逝的电波吧?

我 18 岁那年,母亲骄傲地用她的私房钱买了一张船票,在细雨蒙蒙的码头上送我去武汉读大学,仅仅 4 年以后,又是母亲亲自去排队买了火车票,交到我手里——我就这样展开了迁徙到北京的个人生涯。母亲当时预料不到,她对世界的这两次慷慨,构成她终身恐怕都将追悔的过错:我从此便被她无意识地移交给世界,而不再属于她。她已经付出还将继续付出漫无涯际的失眠、泪水、挂念,来承担世界对一个平凡的母亲的掠夺。我离开故乡已经十几年了,愈行愈远,留给母亲的,永远只是背影。一次次的背影。

我和母亲生活在两座城市里,坐火车需要一昼夜的路程。这就是一个母亲与她孩子的距离。我如果在北方的旷野上呐喊一声,恐怕要经过一昼夜才能传到母亲的耳边。唉,思念母亲的时候,真想能以光速回到她眼前——当然,这肯定也是母亲的愿望,甚至堪称我苍老的母亲对生活最奢侈的要求。我太了解她了。每年回家探亲，总发现母亲老了许多：前年是皱纹多了，去年是头发白了，今年是牙齿掉了……顿时有天上一日、人间一年的恍惚感。触目惊心。我简直不敢如此想象下去。于是转而安慰自己：母亲健在就是一种幸福。虽然天各一方，她的心跳无时无刻不在震撼我的耳膜。就像冬天的鸟怀念远处的树巢——母亲的音容笑貌是我流浪生涯中最隐晦最柔韧的寄托。母亲无论居住在哪里，哪里都是我的故乡。游子的心室供奉着一枚隐形的磁针。

这些年我一直出门在外，大部分时间只能靠书信与家中保持联系。仿佛成为惯例了，收到的家书一般都是父亲执笔，而由母亲在信末附上几句话。母亲的字体一生未有大的变化，横平竖直，纤巧紧凑，一笔一画都保留着女中学生的风味。这恐怕也是母亲总让父亲写正文，自己仅附注几笔的原因。母亲觉得自己的字拿不出手。加上父亲日常拟惯了公文，遣词造句自如，讲述事理也极周全，因而似乎更有发言权。然而我知道，家中频繁来信，大多缘自母亲耐不住自己的思念，而催促父亲"又该给孩子写信了"，父亲不过是代言人而已。每逢拆阅家书，我心理上总偏爱地视作"母亲又来信了"，虽然母亲的信总是很短很短。

母亲的爱是细致而不无担忧的，总是敏感于我写信间隔太长，"是否生病或发生什么事了？"她每每不厌其烦地探询实则载荷着太深的挂念。我没想象过母亲接到孩子去信的心情，但母亲自己说她常常是读了一遍又一遍，直到眼泪流了出来。作为男孩子，大大咧咧惯了，有时把写家信当作应付差事，潦草完成，有时事务一多就疏忘了这茬，白惹母亲担心了无数次。

偶逢父亲出差，执笔家书的任务就完全由母亲完成。然而母亲的信仍然很短很短，翻来覆去说不腻的仍然是那么几句。唯一异乎寻常的是，母亲悄悄地问我是否找女朋友了，然后勾勒一遍她理想中儿媳妇的模式，不外乎温柔呀贤惠呀能干呀之类。对于母亲的操心，我微笑之余常常无言以对。

有一次平淡地拆开信，一张小画卡掉出来。我才想起今天是我的生日。也许所有母亲确实比儿女更深刻地记得那一天，它是儿女生命的起点，更是母爱随之诞生的日子。母亲啊母亲，从此开始了她的养育、守望、担忧、欣慰以及对离别的畏惧。这是一段多么漫长、艰辛而又多么伟大的历程啊！

每年回南京休假，日程排得满满的，早出晚归，忙于探亲访友、参加各种聚会，有时深夜喝得半醉悄悄溜进家门，发现母亲房间的灯还亮着，她仰躺在床头，用耳机听磁带，眼睛却望着天花板发呆。我仿佛洞察了母亲寂寞的日常生活，是怎样度过的。包括我不在身边的那无数个夜晚，她是怎样以思念来填补那可怕的空白。这时我才懊悔虽然回到家中，陪伴母亲的时候仍很少。对于成熟了的儿女来说，母亲只是他生活的一部分。但对于衰老了的母亲来说，儿子却接近于她生活的全部。

母亲越老，精神上就越脆弱。以前离别，无论刮风下雨，她坚持要送我到火车站，我一次次地目睹过她站在月台上挥手的身影从缓缓移动的车窗里消失——就像不断重演的神圣仪式。记不清从哪一年开始，她改为在家中的阳台上目送我。她说每次离别对于她都是不小的打击，每次我走后她都要流好半天的泪，这几年越来越觉得有点承受不了，要过好几天才能恢复过来。我提着行李箱走到拐弯的丁字路口，下意识地回头，发现母亲瘦弱的身影凄楚地依在二楼阳台上(像被世界遗弃了一样孤独)，我知道自己又留给她一年的痛苦。那一瞬间我真想抛掉箱子飞跑回去再拥抱她一次，或索性永不离开。可我只能故作超脱地向她招一招手。然后就不可阻止地从她视野里消失了。在异乡想起母亲，头脑中总浮现出这同一幅画面，仿佛她自始至终都伫立在故乡的阳台上，一分钟都不曾离开。同样，母亲思念我时，也会反复咀嚼我的背影，我高耸起衣领逆风而行的背影留给她的是苦涩的滋味吧？

一次次迎面走来，又一次次转身离云——这就是母亲眼中的我。是谁在折磨这个平凡、善良而无辜的女人——是我还是命运？阳台上的母亲，你别再流泪了。千里之外的母亲，你别再衰老了。请你一定站在原地，别动，等我回来。

最后一笑

文/洪烛

我和她分手的时候，她迅速地一笑，随即缓慢地转过身去。毫无疑问那种笑容是凄楚的。后来就再也没见到她了。她一转身仿佛用了整整二十年。这二十年里我走了好多地方遇见了好多人，她的容颜在印象中逐渐模糊了，但我忘不掉她的侧影和转身的动作。黑白两色格子的外套，脑后火红的发夹，以及被痛苦侵蚀着的月牙般的脸庞。

这一切发生在叫武汉的那个城市，至于是哪一条街道，已记不确切了。好像离火车站很近吧。我们从一家灯火混浊的咖啡厅里走出来，我祝福她了，她也正在以尽可能平静的语气祝福我的远行。那纯粹是一次为了告别的聚会，我很舍不得她，然而没有办法。载重汽车一辆接一辆与我们擦肩而过，灯柱不时扫过我们的肩膀。

狂热的时代，既不相信眼泪，也没有《魂断蓝桥》的忧伤。相对无言，我用翻毛皮鞋踢打路边冻硬的石头，无声地劝慰自己，也安慰她：别难过，多年后我们会很超脱地看待这一切。她低垂着头，一绺黑发遮盖住光洁的前额。那是白纸一样的年龄，那是她的初恋，那是艰难岁月里我们最初的情爱和最初的誓言。“等着我吧，我会回来的”，我发出一生中最温柔的声音。她听懂了，这是西蒙诺夫的诗句，被许多年轻人抄录在日记本里。她迅速地一笑，随即缓慢地转身离去，揣着我的承诺融入背景。那一年冬天的站台很冷清，很冷清。

以后的日子飘忽漫长，我搭乘命运的驿车奔波四方，也一点点变得坚强。我不断地重温她忽明忽暗的侧影，像放映慢镜头一样展开它，也不断地后悔：我当时为什么就没有吻吻她——哪怕握一握她冻僵的小手，或许能给予她力量。羞涩的爱情是真正的爱情，羞涩的恋人是难忘的恋人。她属于红楼梦里的那类女子，美丽得近乎忧郁，时常讶异地眨着童话般的眼睛，仿佛因为失误才降落到我们这座炊烟袅袅的星球上。与世俗的隔阂无法打破，注定她将被剥夺与生俱来的水晶鞋。然而我爱她，像渴望滋润一尾搁浅在沙滩的美人鱼。她手风琴拉得好，但不会织毛衣。想到这些的时候，我正小憩在邮票般大小的北部山区车站，电线杆上喇叭里传出草原的气息："在那遥远的地方，有位好姑娘……"这支歌我很爱听，但不敢唱。

她凄楚的一笑是有预感的一笑，她的预感得到了残酷的证实：二十年的流逝比一次转身还要简单。这二十年里我遇见好多人，但再没有遇见她。世界比我们当初想象的要大。后来她怎样了，过得好吗？我们为什么中断了联系——像蛮荒年代里的一只鸟和另一只鸟？实在无法追忆。我们不知不觉就遗失了最珍贵的东西。等到发现的时候，已经来不及了。我没有保存她的照片，需要闭上眼睛，才能吃力地勾勒出她正面的轮廓和表情，然而随时都可能从空气中、从空白的墙壁上再现出她的侧影：高挺的鼻梁、路灯下逼真的睫毛，以及眼角眉梢的忧愁……她转身时，我觉得青春正轰鸣着离我而去。从此作为另一个无关的人在大地上行走。

她的下落对于我是个谜。她曾经居住的城市对于我是个谜。走在任何一条街道上，我都希望碰见她，哪怕仅仅呼吸到她留下的气息，也能使我相信黯淡冬天里的某个夜晚——确实在这个世界上发生过，并且正躲藏在离我不远的地方。或许一转身，就能看见她。